浙江省社科规划课题成果
（科普读物类，课题编号 22KPDW04YB）

器物旅行记

刘小方

中国大百科全书出版社

图书在版编目（CIP）数据

器物旅行记／刘小方著．
-- 北京：中国大百科全书出版社，2022.8
ISBN 978-7-5202-1163-5
Ⅰ.①器…Ⅱ.①刘….①故事—作品集—中国—当代Ⅳ.①I247.81

中国版本图书馆CIP数据核字（2022）第128323号

器物旅行记

出 版 人：刘祚臣
策 划 人：赵新宇
王 凯
责任编辑：赵 菲
责任印制：邹景峰
封面设计：今亮新声

出版发行：中国大百科全书出版社
地 址：北京阜成门北大街17号 邮政编码：100037
电 话：010—68317319
印 制：北京瑞禾彩色印刷有限公司
字 数：300千字
印 张：19.5
开 本：889毫米×1194毫米 1/16
版 次：2022年8月第1版
印 次：2022年11月第2次印刷
书 号：ISBN 978-7-5202-1163-5
定 价：88.00元

《器物旅行记》序

在拿到刘小方教授《器物旅行记》全书文稿之前，就已零星读到他发表于各种媒介的动物、工具、日用品和食物的发源地与地理扩散的故事。2021年在组织《旅游学刊》笔谈栏目“旅行书写与游历研究”一组文章时，我就关注到刘小方教授的器物旅行方面的文章，并询问是否可以从器物旅行角度撰文参与，虽然后来非常遗憾因为栏目规定每一次笔谈只能容纳六篇论文，当时不得不忍痛割爱，感觉很是欠了小方教授的人情。所以这次接到小方教授布置的作业，给他的系列器物发源地与扩散旅行史的大作写一个序言时，我立即应命而行了。

在讨论任何一个器物或物种的发源地到扩散的历史发展过程时，我们可以从不同的学科角度进行观察分析。考古学、历史学、地理学、人类学、语言学、游记文学等，都可以成为人类文化交流与地理扩散的研究视角和分析方法。从游历理论来看，无论是给予人类生存、发展的自然资源和食材原料，还是提供人类衣食住行所需的物质、物资及工具，抑或是属于精神领域需求的符号工艺等非物质文化，它们在全球不同大陆和地区之间的传播与扩散过程，归根到底都离不开人类自身的远距离旅行：在旅途及目的地的新知探索与异地体验的人类游历这一基本活动的发生、发展。人类基于各种载体或动机产生了不同形式的游历活动，有的属于拓展自身的生存空间和迁徙需要，有的属于远距离的商业贸易需要，也有的属于精神领域和科学领域的传教科考需要，我们分别将上述三种游历活动概括为生拓、生易和生思，即人类为了生存、生产和生活所需而产生的拓殖型游历、交易型游历和思维型游历。所谓历史上的器物旅行，基本上寄托于上述三种游历形式。

游历理论也对器物及物种的文化地理扩散和空间传播进行了阐释。在我看来，刘小方教授在其大作中述及的家具器具、衣饰饮食、生物物种等若干类型的事物扩散过程，一般都可归纳到知识的区际溢出。首先，我们注意到，人类早期直至近代工业化的漫长历史时期，各种形式的游历活动对整个人类社会和地球环境产生和赋加了大规模、显著性的影响。影响之一就是知识溢出，特别是探索性游历，也就是1841年之前的以生拓、生易、生思为主的游历活动，使得人类获得了许多新的关于自然、地理、物种、生产和生活的丰富知识，并且通过跨区域的旅行活动将这些知识进行持久的、播种机一样的区际溢出。实际上，游历活动对人类社会的影响还包括对个体的人格发展和全球整体的文化地图的改变。当然了，器物（及物种）旅行分析本身，也会丰富游历的区际知识溢出的研究视角，拓宽关于游历的知识溢出和社会影响的研究领域。

小方教授的大作的另一个贡献是，他的写作基础虽然非常清楚地显示其曾经受过严谨的学术训练，但文字表达出来的书写风格特别亲读者而不晦涩。这种读起来舒服流畅的写作，其实背后隐藏着严肃的研究基础。会写纯科学的论文的学者不可谓不多，但是既有学术造诣也有表达能力的作者确实不多。

如果读者们有机会打开这本书阅读下去，我相信你们会同意我的上面的评价的。

北京大学城市与环境学院 教授 博导

2022年1月30日（农历腊月二十八）

于三亚旅居

器物中的新旅游观

“形而上者谓之道，形而下者谓之器。”从古至今，人们都关注“器”与“道”的关系，道在上，器在下，器亦道，道亦器，道先器后，器以载道，日用即道，天下皆器。从旅游的角度理解，除了文化意义上的道，器物在生产使用和传播过程中，还有空间上的“道”，器物随人的旅行，是一部新的旅游史。刘小方的《器物旅行记》，就是这样一部著作。

中国古代有许多关于器物的典籍，第一部词典《尔雅》器合自然，对天文地理、动物植物、人事和生活用器进行分类诠释。第一部手工业技术文献《周礼·考工记》器以藏礼，除了“天有时，地有气，材有美，工有巧”的工艺规范，还对社会分工和用器等级进行划分。第一部博物学著作《博物志》器以传神，受《山海经》影响，记载了山川地理、飞禽走兽、奇草异物和神仙故事，尤其是古人制造的浮槎上银河传说，显示了天纵圣哲的东方智慧。宋代《考古图》器以存理，收录了宫廷和私家收藏的古代铜器、玉器，并对每件器物精细摹绘，作者吕大临作为程颐、程颢的著名弟子，以器物镶嵌于程朱理学之间，以理究实，物之用与心之事相互映照，“实有是理，故实有是物；实有是物，故实有是用。实有是理，故实有是心；实有是心，故实有是事”。沈括《梦溪笔谈》器以法情，提出器物制造“凡物皆有法，造物以合度，人情不相远，巧由民醇故”。明代文震亨《长物志》器以藏美，洋洋12卷包括花木、室庐、水石、蔬果、禽鱼、几榻、书画、器具、舟车、位置、香茗、衣饰等，号称晚明士大夫生活的“百科全书”。清代《皇朝礼器图》器以载道，“是编所述则皆昭代典章，事货得诸目验，故毫厘毕肖，分刊无批。圣世鸿规，灿然明备”，不仅是礼制需要，更是王朝更迭的国家身份认同。

但是，在古代的器物典籍中，基本还是沉浸在“自我”的世界中，缺乏“他者”的眼光，随着近代中西文化的交流，自我与他者互换的时候，器物在其中起到十分微妙而重要的作用。唐晓峰先生提出“马可·波罗有眼不识泰山”的命题，作为早期认知中国的旅行家，在马可·波罗撰写的厚厚的游记中，根本没有记载黄河、泰山等中国人心中的神圣的景观，而是关注各地的器物物产如何丰富、城市如何繁荣、女人如何漂亮。当利玛窦希望闯入中国的世界时，起初并未得到朝廷的许可，而是用自鸣钟、西琴等奇异的西方器物，巧妙地引起了明代万历皇帝的极大兴趣。随着器物而来的是《坤舆万国全图》，此时的人们才知道，原来除了中国，还有万国；除了本国，还有世界。

小方描述的是以小见大的世界，是东西方交流的轨迹，是古往今来的器物史记，是旅游研究的器物精神。该书极具特色，也具有意义。一是器物反映的宏大历史，从“一带一路”传过来的作物品种，不仅丰富了中国人的餐桌，更是直接推动了农业大发展和历史时期人口剧增与经济繁荣，“吃瓜群众”吃出了文明滋味，“辣眼睛”的洋葱洗涤了人们的视野，“马到成功”演绎了欧亚草原的战争铁骑。二是中西方文化的比较视野，人文始祖“轩辕”与历史的车轮，“席地而坐”的传统与椅子、桌子、席梦思和榻榻米，从东方扇子“国潮”到风行世界的“国际潮”，从华服之美到西服之范。三是器物的传播之道，众多的器物形成了中西方的贸易和文化路线，随着动物的足迹、种植的迁移、战争的硝烟、移民的迁徙等，极大地丰富了单纯旅游意义上的路途。四是写作语言精彩，有幽默，“狮子狗旅行记——从紫禁城‘御犬’到全美‘冠军狗’”；有诗意，“香皂旅行记——伴水而生，贴地而行”；有史实，“筷子旅行记——从商纣‘象箸’到谢尔顿‘筷子’”；有哲理，“取火器旅行记——从‘圣火’到‘火柴’”；等等。

在中国旅游研究中，应该有三重视野：一是学术规范的视野，二是思想史的视野，三是科普的视野。旅游作为新兴学科，与其他经典学科的不同在于，旅游学研究应该以与自然之美和人文之胜对话为出发点，心游书海，人在旅途。王国维先生提出学问的三境界：一是“独上高楼，望尽天涯路”；二是“衣带渐宽终不悔，为伊消得人憔悴”；三是“众里寻他千百度，蓦然回首，那人却在，灯火阑珊处”。我觉得，旅游研究的境界与孟子的《尽心》同理：“充实之谓美，充实而有光辉之谓大，大而化之之谓圣，圣而不可知之之谓神。”山水如此，城乡如此，器物如此，研究者也如此。

小方多年来坚持学术与科普的结合，《器物旅行记》初步走出了自己的特色，也开辟了国内旅游研究和写作的新领域。同时，我特别感谢《百科知识》的王凯编辑，慧眼识珠，在杂志上专门开辟专栏，帮助有才华的年轻人施展抱负。“我是清都山水郎，天教分付与疏狂。曾批给雨支风券，累上留云借月章。”看着小方这么多年坚持不懈的努力，相信还会出版一系列优秀成果。

李小波

四川师范大学历史文化与旅游学院 教授 博士

2022 年 4 月 6 日

前　言

《器物旅行记》——另一个视角的游记写作

自古以来，人类就执着于游记写作。如《大唐西域记》《马可·波罗游记》《伊本·白图泰游记》《长春真人西游记》《真腊风土记》《哥伦布航海日记》等著作，反映的都是人在大尺度空间穿越中的所见所闻。当这些见闻与优秀旅行者的扎实学术基础相碰撞时，游记书写便会溢出游记的边界，极大地丰富哲学、历史学、人类学、生物学、医学、地理学、海洋学等学科的内容，形成推动人类历史文化进步的特殊力量。正如澳大利亚学者大卫·特恩布尔所言："人们通过在空间中旅行而创造空间，并通过创作旅行记录而建构知识。"

相对于旅行者，器物是静默不言的，是伴随人的脚步而游历的。与人的游记不同，器物旅行记可以由不同代际的旅行者"接力"完成，往往跨越了更大尺度的时空。因此，器物的旅行能显示出进化和演变的特征，这种进化和演变本身也见证了器物对不同文化环境的适应。

一、器物游记书写的历史与现状

现在，很多器物都已融入我们的生活。它们既能登大雅之堂，也能入寻常百姓之家。它们是如此普通，以至于让人觉得它们的存在理所当然，甚至无需解释；然而，它们中的每一个都并非我们生活中的原有之物，如桌子、椅子、玻璃镜子等家具，如狮子、大象、牛等动物，如番茄、辣椒、土豆等植物，如火柴、剃须刀、香皂等日用品……关于器物的重要性，清初文人余怀在为《闲情偶寄》所写的序言中说："《周礼》一书，本言王道，乃上自井田军国之大，下至酒浆扉屦之细，无不纤悉具备，位置得宜。故曰'王道本乎人情'。"

无论从东方还是西方的视野来看，这些器物的到来，或充满离奇，或出于偶然，或经历坎坷，或一帆风顺。当我们从器物旅行的角度入手，便可发现一条不同的旅行路径。因为当器物在不同时间、不同地域和不同族群中流转时，总是伴随着多种原因和复杂的过程，这些原因和过程为我们理解人类整体游历提供了另一个视角。正如明代吴中名士沈春泽给文震亨的《长物志》作的序中所言：“小小闲事长物，将来有滥觞而不可知者，聊以是编堤防之。”

1. 器物史的书写

器物史在中国和西方都不少见，西晋张华的《博物志》、唐代段成式的《酉阳杂俎》、宋代洪迈的《容斋随笔》、明代文震亨的《长物志》，古罗马学者老普林尼的《自然史》、英国威廉·丹彼尔的《新环球航行》、英国达尔文的《物种起源》等著作中，都有涉及器物的历史、追溯器物的来源和行踪等内容；不过，这些作品多关注单个器物于某时、某地的状态及附带的故事或传说，对于器物跨地域旅行的书写偏少，也缺少专门器物的旅行梳理。

近年来，专门的器物史书写在学界颇受欢迎，欧美汉学家开器物交流史著述之先河，如美国学者薛爱华的《撒马尔罕的金桃》、劳费尔的《中国伊朗编》、斯文·贝克特的《棉花帝国：一部资本主义全球史》等；华人学者中，如季羡林先生的《糖史》、王晴佳教授的《筷子——饮食与文化》等均以东方器物为题，是影响深远的专题器物史。

2. 器物游记的科普书写

与关注人的游记相反，器物游记书写和研究相对较冷。自2019年2月在科普杂志《百科知识》上发表《轮子旅行记》以来，笔者推出了一个新的科普写作系列——“器物旅行记”。这个系列由“餐桌故事”“家具传奇”“日用品之歌”“动植物旅行记”“霓裳魅影”五部分构成，通过追溯我们生活中常见器物的旅行历史，为读者构建另一个视角的游记书写。

截至2022年6月，“器物旅行记”系列文章已经完成写作36篇。由于选题贴近大众日常生活，行文轻松有趣，收获了社会的较多关注。其中，“牙刷旅行记”为《新华文摘》收录，“土豆旅行记”“扇子旅行记”“内裤旅行记”“床席旅行记”“筷子旅行记”等为《济南日报》《青年博览》《科学之友》《家教世界》以及“知乎”“搜狐”“腾讯”“网易”等网站全文转载，产生了较大的阅读浏览量，反映了读者对这一系列选题的认可和喜爱。

二、器物游记写作的方法和途径

不同于人的游记写作，器物游记写作需要从多个角度入手，以探讨器物在更大区域的旅行路线和地区影响力。要较为全面地揭示器物旅行的空间特征，理清器物旅行与其他学科的关联，在写作方法上，器物游记的书写需要从文献互证、图文互证、方言互证三个角度展开。

1. 文献互证。即做到古今文献互证、中外文献互证、文献和通俗故事互证的三个结合。

我们知道，要全面描述器物旅行的时空历程，就不能只依赖某一特定时期的文献，首先就要做到古今中外文献的互证。如关于马、辣椒等器物的旅行，不能只关注《左传》《华阳国志》《大唐西域记》等中文文献，还要充分钻研《伊利亚特》《神曲》《论风、水和地方》以及《中国印度见闻录》《苏莱曼游记》等西方文献和阿拉伯文献中的相关描述与记载，更需要关注当代考古学科的最新考古进展和研究成果，如近些年发表于《自然》等权威杂志上的《古老基因证明家马驯化》《辣椒淀粉化石与辣椒在美洲的驯化与传播》等文章，这些为追溯马和辣椒的旅行过往提供了更加科学严谨的信息。

此外，一些通俗故事和民间传说中往往也蕴含着器物旅行的信息和内容，如童话《卖火柴的小女孩》中就包含着早期火柴生产、使用的相关信息，为我们了解人类取火器的旅行提供了参考；《白雪公主》中的“魔镜”也是早期使用玻璃镜子的例证，对我们探讨镜子的旅行历史也有帮助。这些通俗有趣的故事和传说，是吸引人们阅读文章的良好开端，也能帮助我们更好地讲述器物的旅行。

2. 图文互证。与追溯任何人类有形历史一样，器物原型、模型和画像（包括岩画、壁画等）是三种最重要的依据。

叙利亚耶班尔·阿鲁达出土的乌鲁克时期（约公元前3500—前3100年）的一只用白垩土做的轮子、印度科纳拉克太阳神庙的战车图像，为我们提供了早期人类发明创造轮子的古老信息。在敦煌壁画中，在成都、西安等地的汉墓壁画中，在唐代画家阎立本的《步辇图》、南唐画家顾闳中的《韩熙载夜宴图》中，在日本古代浮世绘和埃及金字塔壁画中，我们能找到筷子、椅子、桌子、床榻、洋葱、扇子等器物的影踪。

这些画像中出现的器物影像，一方面弥补了文献记载的不足；另一方面，也和文献记载相互印证，为器物游记的书写提供了真实的证据。如在唐代玄奘的《大唐西域记》、义净的《南海寄归内法传》中都提到了佛教僧侣们用“嚼杨枝”的方式来刷牙，如果单凭文献记载就进行“牙刷旅行记”的书写，则明显证据不足。这时，当我们把视线转向图像和壁画，就能得到更生动的证据。如敦煌第154、159、186、196、361窟《弥勒经变》系列壁画中，就保留了那时候人们用“杨枝刷牙”的画面。通过这样的图文互证，我们就能准确把握早期牙刷的旅行路线。又如，我们可以通过西方近现代画家的作品佐证器物旅行的关键节点，在17世纪中期意大利画家朱塞佩·雷科的《静物水果》、乔瓦尼·斯坦奇的《西瓜》等画作中，我们能看到当时欧洲西瓜的模样。

3. 方言互证。即通过不同地区对同一器物的不同称谓来追寻器物的时空旅行路线。

“语言是最有价值的地域人文景观。”因生活环境和地理单元的不同，人们在语言表达方面形成了巨大的差异；即便使用同一种语言，也有在发音和习惯用语表达方面不同的方言。不同地区的人们对同一种器物叫法的不同，方言表达的不同，其本身就蕴含了器物旅行的相关信息。

从大的方面来看，从陆上丝绸之路旅行到中国的器物多以“胡”命名，如胡床、胡凳、胡琴、胡马、胡萝卜、胡瓜（黄瓜）、胡豆（花生）等；从海上丝绸之路旅行到中国的，多以“洋”“海”“番”命名，如洋柿子、洋火、洋碱、洋葱、番茄、番薯、番石榴、海椒等。

汉代司马迁在《史记》中说：“桃李不言，下自成蹊。”生活中常见的器物与“桃李”相同，也是静态的、客观的、无言的，但每一个器物背后都有着十分丰富多彩的旅行故事。特定器物的旅行故事、旅行经历和旅行路线，往往能从一个侧面折射出人类文明的发展变迁史，也蕴含着不同区域的人们交流、交往、交融的过往。

宋代朱熹曾说：“蒙惠者虽知其然，而未必知其所以然也。”作为深受多种器物恩惠的现代人，挖掘我们身边器物旅行的过往，不仅能增添更多的生活乐趣，更能让我们对器物的前世今生“知其所以然”。这或许正是《器物旅行记》写作的价值与意义。

目 录

开篇

第一编 家具传奇

第二编 餐桌故事

第三编　日用品之歌

第四编　动植物旅行记

第五编　霓裳魅影

开篇

经过数千年的发展完善，不同功能、规格，来自不同地方的器物出现在我们身边，它们丰富、改善了我们的日常生活。在诸多器物中，轮子最为基础，也最为重要。我们生活在一个充满轮子的社会空间中，如果将轮子从生活中抽走，不仅现代社会将无以为继，就连古代社会也要陷入混沌。轮子造型简单，但意义重大，追溯轮子旅行的有趣故事就成为本书的开篇之作。

滚吧，文明
——轮子旅行记

轮子是最常见的东西，它与我们的生活密切相关。借由齿轮，人们完成了精密机械的重组，实现了对时间及其他精度的完美刻画；借由滑轮，人们把重物提升，造出高出人体自身数十乃至数百倍的建筑；借由轮轴，人们传导动力，继而完成长距离的快速移动，甚至一飞冲天……无法想象，如果将轮子从生活中抽离，人类的世界、人类的文明会是怎样的存在。

关于轮子的起源，众说纷纭。北京大学唐晓峰教授推测说，大约是看到圆形的蒲叶被风吹起在地上滚动，古人受到启发，继而发明了轮子。从形态上看，最早的轮子是实心的，或由一整块木头做成，或由两块或三块木板拼合，就是对自然形态的直接模仿。最早时，轮子中心有圆孔，圆孔周围有突起的毂，车轴固定，车轮套在车轴上转动。这种轮子虽可以运转起来，但车轴承受的压力大，而且承载力有限，高速运转和转弯均不灵活。有了轮子，就有了车。有了轮车，加上先民早先驯服的牛、马，就可以“服牛乘马，引重致远”，用牛、马拉车，相对轻松地将重物送到远方。当然，随轮子一起向前滚动的，还有人类的文明。

转轮圣王，丝路西来的轮影

我们知道，自然界不乏圆润的图案、形状与物体。天上的日、水中的月、树上的水果、地上的西瓜、砍伐后的原木、风吹起的蒲叶等，都可能为人类发明轮子提供了启迪。从自然的圆润之形到人工轮子实物的出现，经历了漫长的历史时期。轮子发明的具体时间目前还不可知，但最早发明或出现轮子的地方最有可能在中东或欧洲。然后，轮子随着古人类的交流与交往而四向“滚”去。

与追溯任何人类有形遗产的历史一样，实物、模型和画像（包括岩画）是三种最重要的依据。1974 年，在叙利亚耶班尔 · 阿鲁达出土了乌鲁克时期（约公元前 3500—前 3100 年）的一只用白垩土做的轮子模型，其直径约 8 厘米，厚约 3 厘米。它被认为是世界上迄今发现的最早的轮子。中东地区的考古发掘还显示，在幼发拉底河与底格里斯河流域，乌鲁克时期的苏美尔人在不少泥板上留下了有四轮车形态的楔形文字；此外，在中亚古国亚美尼亚西部的休尼克山发现的距今 7000 年至 4000 多年的大量壁画中，也有约 50 幅岩画是与轮子相关的。这些轮子既有实心的木轮，也有带四根辐条的简易辐轮。

2015 年 1 月，英国著名杂志《古物》上发表了题为《欧洲和近东轮车的最早证据》一文。文章系统性回顾了欧洲及地中海沿岸地区近 60 年的轮车考古发现，并用大量实物将轮子的早期发明与使用延伸到更西的区域。其中，1976 年瑞士苏黎世附近的滨湖遗址发现的三只实心木轮（其中两只还与轴连在一起）断代为公元前 3000 年早期；在差不多同一时期，荷兰、保加利亚、乌克兰等地也都出土了距今超过 5000 年的早期轮子，这些轮子多用一块完整的厚木做成，且轮子中央留有明显的轮毂。凡此种种，人们可以大致确定轮子的诞生之地。

轮子在中东、欧洲诞生之后向东方“滚”来，可能先到了南亚次大陆的古印度。目前虽缺少古印度轮子的相关考古信息，但我们能从婆罗门教神祇设置中看到轮子的影子。婆罗门教是世界上最古老的宗教之一，在诸多婆罗门教的神祇中，有一位地位特殊的“转轮圣王”。相传，当新的宇宙君王出现时，天上将会出现一个旋转的金轮，作为其统治权力的证明。这位能转动金轮、扭转乾坤的神就叫“转轮圣王”。

佛教早期经典《长阿含经》中也有《转轮圣王修行经》，并对“转轮圣王”的来历和法力做了描述。经书中说，“圣王”因拥有“金轮、白象、绀马、神珠、玉女、居士、主兵”七种宝物，而“能伏怨敌，不用兵仗，自然太平”。“七宝”之首即为“金轮”。这其实反映了轮子在古印度的重要作用。关于“金轮”的由来，经文说：“以十五日月满时，沐浴香汤，升宝殿上。綵女围绕，自然轮宝忽现在前，轮有千辐，光色具足，天匠所造，非世所有。”

有趣的是，《长阿含经》还隐约透露出轮子向东、向南、向西、向北的传播路线：“东方诸小国王见大王（即转轮圣王）至……即从大王巡行诸国，至东海表；次行南方、西方、北方。”据说金轮所到之处，民风开化，文明渐起，“土沃野丰，多出珍宝，林水清净”。

社会存在决定社会意识。轮子周而复始、由近及远滚动，极大推动社会

重庆大足石刻生命之轮雕塑

生产力发展的事实，或许给予早期宗教创始者诸多启示，由此才有了“转轮圣王”与“轮回”等思想和内容。借由轮子宣传宗教教义，却也为轮子的发明、使用及传播描绘了早期的路线图景。

轩辕，向轮子致敬的华夏先祖

无独有偶，古代中国人对轮子也极为尊崇。《荀子》中说：“奚仲作车，乘杜作乘马。”唐代杨倞注释说：“奚仲，夏禹时车正。黄帝时已有车服，故谓之轩辕。”从字形上看，“轩辕”二字均从“车”，上古时期，轮子是车最重要的部件。中国人将自己的先祖称为“轩辕”，无疑也是在向轮子的发明者致敬。我们知道，古代车子诞生的关键在于车轮。轮是车的最重要构件，故“轮”有时就是“车”。陶渊明《归园田居·其二》中有“野外罕人事，穷巷寡轮鞅”之句，王嘉《拾遗记》中也记有“又副以瑶华之轮十乘，随王之后，以载其书也”。

对于车的发明者，中国古代文献里众说纷纭，《荀子》和《左传》都说“奚仲作车”，《山海经》却说“奚仲生吉光，吉光是始以木为车”。当人们疑惑到底是父亲奚仲发明了车，还是儿子吉光发明了车时，《孙膑兵法》又有“禹作舟车，以变象之”的“大禹作车”之说。稍晚，《宋书》又有“庖羲画八卦，而为大舆，服牛乘马，以利天下”的“伏羲造车说”等。但正如龚缨晏教授的研究，这些都是没有任何科学依据的传说而已，不能作为轮子是在中国发明的论据。当然，古代中国人并不是简单地引进和接受轮子，“而是对它进行了不断的加工改造，并且还有许多技术上的创造与发明，例如中凹型车轮制造等”。

最初传入中土的轮子可能是无辐的圆木片，轮径较短，即将圆形全木裁削成没有辐条的浑圆木片，中间设孔穿原木棍成轴，人力推拉牵引轴，使轮滚动，后世称这种原始木轮为“辁”。《说文解字》则完整解释道：“有辐曰轮，无辐曰辁。”从考古出土的实物来看，商代已是有辐之轮的时代，这种有辐的车轮，中心是圆孔，内周置毂，轴贯毂中。《老子》中就有“三十辐共一毂，当其无，有车之用”的说法。轮子的外周，即接触地面的轮圈，古代称其为“牙”或“辋”。辋牙是将直木用火烤后揉为弧形拼接，或合二木，或合三木。

轮子向马拉车的过渡中，轮毂的重要性得到了凸显。毂是套在轮轴之间的坚固圆木。从河南安阳大司空村出土的商代轮车和北京房山琉璃河出土的西周轮车等实物来看，古代先民对毂进行了创造性的设计。毂木被处理成两端细、中间粗的腰鼓状，毂木之中部外圈凿出榫眼（毂孔），以供辐条插入。为了防止轮子转动时内滑，轴头（毂孔与轴套合的部分）被设计成锥形，以确保轮车高速运转时轮子不外脱。由于古代车轮轮径大、车箱宽，为了扩大对车箱的支持面，提高车子的稳定性，一般车毂都长出轮子不少；所以，错车时，车毂容易相撞。《战国策》中就有“临淄之途，车毂击，人肩摩”的记载。

在中国，轮子的旅行路线是由北向南的。《左传》中记载，晋国为了瓦解楚国和吴国的联盟关系，特意从北方运来 30 辆兵车送给吴国。正是北来的轮子和轮车，加速了中国南方社会文明的进程，有车的国家和地区迅速崛起就是例证。

直至今天，每年农历七月十八至廿四，安徽黄山脚下的仙源镇及周边地区都会举行传统的“轩辕车会”。虽名为“车会”，主角却是一个个高达两米左右、通身被漆成红色的大木轮子。这些轮子通身为木制，由两人一左一右滚动向前，为所到之处带来幸福与吉祥。安徽黄山地处华东，位于长江、淮河以南，这里的人们用这种方式纪念黄河流域的轩辕黄帝，并感激黄帝为他们带来了“轮子”，正是轮子由北而南的另一段文化记忆。

有了轮子，人们顺势造出了用马拉和用牛拉的车子。为了方便车子的行驶，人们又进行了大规模的道路修建。正如唐晓峰教授所言，道路一开始就不是为人行走方便而建，而是为了车的行驶而建。《周礼》中“匠人营国，方九里，旁三门，国中九经九纬，经涂九轨”的记载就明确说明，营建城市道路要满足行车的需求。秦始皇统一六国后所做的“车同轨，书同文”也是先从车辆道路的标准化开始的。可以说，轮子撕开了文明的口子，让道路延伸，让流通在道路上的制度、文化、人员与物品也四向延伸。

印加古道，无轮世界的落寞

1533年，距哥伦布发现美洲大陆已41年，麦哲伦也已经完成环球旅行11年了；古老的中国此时是大明嘉靖十二年，离郑和最后一次下西洋刚好过去整整100年。经历了陆上丝绸之路和海上丝绸之路的交替繁荣，东西方的绝大部分土地上早已“车辚辚，马萧萧”。而此时，南美洲安第斯高原上，拥有20万士兵的庞大印加帝国仍处于“无轮”的状态，并因此正走向国运的终点。

印加帝国在世界文明史上占有独特的地位，国力最强盛时的疆域面积近100万平方千米；边界最南在今天智利中部的毛莱河，最北抵达今天哥伦比亚和厄瓜多尔边境的安卡斯迈友河，东跨安第斯山脉，西临太平洋，包括现在的秘鲁全境和厄瓜多尔、玻利维亚、智利和阿根廷的部分地区。

为了统治辽阔的国土，印加皇帝曾下令修建了沟通南北的总长2万余千米的两条皇家大道。印加人逢山开路，填沟平壑，遇水架桥，在山崖边砌护墙，在沙漠地筑堤道。大道沿途还设有驿站和仓库，为往来人员提供食宿和军事装备。这就是今天人们所熟知的著名的“印加古道”。他们还利用天然地形，建造梯田，开挖河渠，创造了极为复杂而高效的灌溉系统，通过大量栽种玉米和马铃薯等40余种农作物，养活了1000多万人。印加人还是建筑领域的大师，他们用巨石在海拔4000米的高原上修筑了“云端之城”马丘比丘。

然而，有谁能想到，如此庞大的帝国竟然被不足200人的西班牙杂牌远征军所征服。从1524年开始，大字不识的西班牙人弗朗西斯科·皮萨罗及其纠集的一小撮远征军开始在印加国土上横冲直撞，烧抢掳掠，如入无人之境，最终于1533年8月29日将绑架已久的印加皇帝阿塔华尔帕杀死，在理论上宣告了印加帝国的灭亡。

学界对印加帝国灭亡的原因有诸多研究和讨论，除了帝国晚期内战严重消耗了国力之外，最重要的原因可能在于“印加文明不仅与欧亚大陆文明基本隔绝，而且与相邻的墨西哥和中部美洲的文明极少交往，因而，安第斯地区长期处于没有铁器、没有牛马、没有车轮的‘三无’世界，而且也无玛雅人那样的书面文字和书写数字系统。文化发展的这种封闭性导致了印加文明始终未能超越地域文明的明显局限”。

轮子的长期缺失为印加帝国的发展进步带来了太多的制约。以那条著名的印加古道为例，由于没有轮子和车的出现，其道路以人的尺度而修筑，最宽的地方为 7.2 米，大部分为 3、4 米，不少区域仅容两三人并行，且多以台阶而非推平的方式处理坡面。这样的道路自然难以行车或骑马，所以，印加帝国的驿递员都是以跑步方式传递信息的。前一站驿递员在接近后一站时会高声呼喊，以便后一站的驿递员做好准备，立即接力向下一站奔去。据说，印加驿递员都在长期的奔跑中练就了“飞毛腿”的功力，能保证印加皇帝在两天之内即可吃到沿海送来的鲜鱼。

“一骑红尘妃子笑，无人知是荔枝来。”同样是穿越山峦，中国人以轮车的标准在崇山峻岭中修筑栈道，在确保快速运送新鲜荔枝的同时，也保障帝国经济、军事的安全。印加古道的“飞毛腿”虽亦能快速传递消息和小额物品，但对于行军打仗、大体量的货物运输而言就难以承受。当骑着高头大马、拖着辎重武器、车辆的西班牙远征军突然出现在印加人面前时，他们大惊失色，自乱方寸，缴械投降，任人宰割，就不足为怪了。

第一编

家具传奇

家具，顾名思义是居家所用的器具，一般指床榻、桌椅、镜子等器物。毫无疑问，家具与人们的日常生活关系密切，人们夜间睡眠、伏案劳作、对镜梳妆等都离不开家具的辅助。从远古至今，不同地区的人们受各自地理环境、资源禀赋以及习俗传统的影响，在家具设计与制作上呈现明显的差异，为了更舒适地居家生活，人们自然渴求更加适应人体生理特征的家具。正因为如此，家具旅行才有了内在动力。

本编包括椅子、桌子、床榻、蚊帐等器物旅行的内容。古往今来，这些家具都曾伴随不同文明背景下的人们起居生活，但不同地区的人们使用这些家具的时间大不相同。从家具旅行的时空特征来看，有一个自西而东、又自东而西的过程。其中，丝绸之路的勃兴和佛教的东传，为中国带来了高足座椅；宋明之后，中国桌椅制作呈现的简明美学风靡世界，中式家具漂洋过海，成为欧美世界争相收藏的对象，从而掀起了东方家具西游的篇章。

胡床中土行记——『椅子』旅行记

西汉初年，张骞凿空西域，东西方文化与社会交流有规模地展开。一种叫“胡床”的坐具自西而来，然后先北后南，成为中土世界的新宠，并于唐代继续向东传播到朝鲜半岛和日本。在此之前，中国人席地而坐，并由此衍生出一系列礼仪标准，胡床的到来并非即刻改变了中国人的坐姿，席坐仍延续了相当长的时间。即便在今天的日本，源自中国的席坐习俗仍然保留了下来，并作为接待贵客的一种礼仪而存在。有证据显示，胡床的中土旅行与佛教的传播关系密切。佛教倡导“万法皆空”，主张为生命作减法，这与中国原生的道家思想不谋而合，两者都成为中国坐具设计的智慧之源。宋明之际，以椅子为代表的中国坐具呈现出简约、仿生、舒适等美学特征，成为世界家具艺术宝库中不可或缺的珍奇器物。

席：从远古坐具到日常表达

与躺和站相比，坐相对严谨而又不失舒适。所以，除了躺着和站着，坐大概是现代人最为耗时的动作了。人们坐着工作，坐着休闲，坐着谈天说地，坐着静思遐想，坐着平移千里，坐着一飞冲天或潜入深海……千百年来，为了更好地坐，人们可没少花心思。从席地而坐到靠椅、沙发问世，中国人坐得越来越高，也越来越舒服。

时光回溯2000年，对于我们的祖先来说，坐可是一件相当费力的事情，因为那时“坐”的同义词是“跪”。跪与坐基本动作相同，双腿跪地，大腿、臀部与上身保持一条直线为“跪”；臀部坐在小腿肚上，上身挺直则为“坐”或“危坐”，这是《周礼》《礼记》中规定的“坐式”。

选择如此坐式，很可能与当时人们的衣着服饰相关。古时，人们“上衣下裳”，上衣长而下裳短，“裳”不是裤子，而是类似于裙子。所以，只有跪坐才能确保仪态端庄，否则，容易露出下体，极为不雅。这样“坐”当然不需要坐具，有平整的地面即可；但这种坐式实在令人不舒服，小坐还可坚持，久坐还真受不了。孟子说容易“腓（腿肚子）痛、足痹、转筋”。今天，我们看明代吴彬绘制的《孔子杏坛讲学图》，孔子正面端坐，身后有一屏风，前面为颜子、曾子、子思和孟子四人，他们都危坐于铺席之上倾听老师讲课。可能是无法久坐，老师授课也不高谈阔论，滔滔不绝，而以师生问答为主。这或许是《论语》言简意赅、微言大义的原因之一。

虽然危坐对坐具没有要求，但直接坐在地上还是既不卫生也不健康，所以，人们用芦苇或竹子编织成席铺在地上，用以隔绝潮气和表现美观。《说文解字》说：“席，藉也。”为了显示身份和社会地位的不同，不同场合的席子之上和席子周边会用丝绸、金帛包裹并饰以纹路。《礼记》曰：“礼天子诸侯席，有黼绣纯饰。”《周礼》中对席的规定更加细致：“设莞筵纷纯，加缫席画纯。”所谓“筵”，就是铺在下面的席子，“初在地者一重，谓之筵。重在上者，即谓之席”。中国自古就是礼仪之邦，“入席”和“坐席”自然也有很多规矩。《礼记》说：“若非饮食之客，则布席。席间函丈，主人跪正席，客跪抚席而辞。客彻重席，主人固辞。客践席，乃坐。”孔子也说：“席不正，不坐。”

西汉初年，人们的坐具仍是席。当年，汉文帝召见贾谊促膝夜谈，聊的不是国计民生而是长生成仙，所以有“可怜夜半虚前席，不问苍生问鬼神”的诗句。南朝刘义庆《世说新语》中有“管宁割席”的故事，说的是三国名士管宁与华歆割席断交，足见席地而坐至南北朝时仍有延续。但危坐的确不舒服，随着胡服的引进和完善，裤子的流行终于让人们摆脱了垂足坐可能出现的尴尬情景。到了唐代，坐席已不多见，危坐甚至成为酷吏们审案的一种刑罚。

唐代《旧唐书》中记载了一个故事，说的是唐肃宗时著名的酷吏敬羽审问太子少傅、郑国公李遵时，就以危坐的方式进行。李遵因为身高体胖无法长时间危坐席上，多次请求垂足而坐，但遭到拒绝。如此审问，让李遵苦不堪言，竟先后四次扑倒在地，最后只能请求问罪。

今天，席地危坐早已不是中国人的礼仪要求，但“席”对我们日常表达的影响随处可见。汉语中，我们称呼领导为“主席”，英语中对应的词汇为“chairman”，直译为“椅人”。不难看出，东西方对领导人的称呼都与坐具相关，并反映出“席地坐”和“垂足坐”两种不同的坐姿。除了“主席”，我们把宴会叫“酒席”，把参加宴会叫“坐席”，将第一的地位或位置称为“首席”，将参加活动称为“出席”，还将某种风潮或势力突如其来称为“席卷”，将他人的好建议称为“一席话”，等等。

胡床：一路西来入汉诗

“床前明月光，疑是地上霜。举头望明月，低头思故乡。”相信不少细心人读《静夜思》都会产生这样的疑问：李白家是什么样的结构，能让他的床头洒满月光，让他一抬头就能看见月亮？难道他家没有屋顶或者屋檐？再读曹丕的《燕歌行二首·其一》，发现问题更大，因为诗曰“明月皎皎照我床，星汉西流夜未央”，这已经不是床前明月光，而是明月直接照我床了。其实，“此床”非“彼床”，两位诗人只是在“床”前省略了一个“胡”字而已。

胡床，即从胡地传来的床。“胡”是一个相当宽泛的历史地理概念，唐代以前泛指帝国以西的区域。那时域外人士及舶来品自丝绸之路西来，故统称为“胡”，如胡人、胡桃、胡瓜、胡琴、胡床等。胡床又称“绳床”“交床”等，其造型与今天的马扎差不多。最早可能在两河流域或埃及被发明，之后一路传播到南亚次大陆，再随佛教东传来到中原。

南朝僧人慧皎所著《高僧传》中就有多处提到绳床，如记载僧人圆寂时“即扶坐绳床，颜貌不异，似若入定”。南朝诗人庾肩吾曾写《咏胡床应教诗》：“传名乃外域，入用信中京。足欹形已正，文斜体自平。临堂对远客，命旅誓初征。何如淄馆下，淹留奉盛明。”但绳床是什么样子和结构，以上文献都没有说明。

第一次详细描述印度绳床的是唐代著名高僧义净，他曾于玄奘之后取海道到印度游学七年。义净以其亲眼所见，在《南海寄归内法传》中记载了印度僧人生活的场景，这其中就有对绳床的描述：“西方僧众将食之时，必须人人净洗手足，各各别踞小床。高可七寸，方才一尺，藤绳织内，脚圆且轻，卑幼之流，小拈随事，双足蹋地，前置盘盂。”与义净法师的记录相对应，胡床在东汉就已经在中原流行了，《后汉书》中说：“灵帝，好胡服、胡帐、胡床、胡坐、胡饭、胡空侯、胡笛、胡舞，京都贵戚皆竞为之。”

敦煌莫高窟壁画中的倚坐菩萨像

我们知道，东汉永平七年（公元64年），汉明帝派使者秦景等去西域访求佛法。三年后，他们同印度高僧摄摩腾、竺法兰一同回到洛阳，这标志着佛教正式传入中国。据文献记载，摄摩腾等人带到洛阳的佛教资料中有“释迦倚像”。“倚像”即是倚坐之像，也就是我们现在的垂足坐像。此外，敦煌莫高窟现存的五胡十六国时期早期佛教造像就有垂足倚坐和垂足交脚的菩萨像。从汉明帝到汉灵帝，已过去100年左右的时间，胡床大概已经从画像上走入了人们的生活。

当然，习惯了席地而坐的中原人并不是马上就接受了胡床和垂足坐，甚至僧侣们也都先跪坐其上，后来才慢慢变为坐。这种变化遭到了顾欢等人的批评，这位南齐的太学博士甚至把垂足坐上升到夷夏之别上来，旗帜鲜明地反对胡床所带来的垂足坐。

舒适和自在战胜了僵化和迂腐的规定，胡床也最终替代席，成为最受人们欢迎的坐具。明白了床与胡床的不同，我们再读李白的《长干行》就恍然大悟了："妾发初覆额，折花门前剧。郎骑竹马来，绕床弄青梅。"两小无猜、青梅竹马的孩子们应该是绕着马扎或凳子追跑嬉戏，而不是围着睡床，当然更自然也更符合生活的本来样貌。

中国椅：从胡床西来到风靡世界

椅子最初被称为"倚子"。"倚"，倚靠之意，倚子当然是指有靠背的坐具。椅子的出现对于中国家具和家居环境有着深远的影响。考古学家孙机先生在《中国古代物质文化》一书中曾指出，中国家具发展有一个明显的由低到高的过程，这与古人坐姿关系密切。最初，人们"席地而坐"，家具普遍低而少；随着坐具的升高，人们由跪坐到垂足坐；视野升高的同时，各类家具也随着增高和丰富。20 世纪 40 年代中后期，丹麦著名家具设计师汉斯·威格纳被中国明代椅子的造型深深打动，并以此为蓝本设计出风靡欧美的"中国椅"。

关于中国椅子出现的时间，成书于五代末年的《清异录》把它的发明归功于唐玄宗李隆基。其作者陶穀说："相传明皇行幸频多……欲息则无以寄身，遂创意如此，当时称'逍遥坐'。"有了唐明皇的发明，大唐的皇帝再也不用坐在地上了，关于椅子的文字记载也多了起来。唐朝中期，鉴真和尚的弟子——日本著名僧人圆仁来中国求法学习，他的《入唐求法巡礼行记》一书中多处提到中国的"椅子"，为我们了解椅子的流传与改进提供了另一个视角。

《韩熙载夜宴图》（局部）中已经有了椅子的身影

唐末五代时期，椅子开始在中国南方出现，顾闳中的名画《韩熙载夜宴图》中就已经有了椅子的身影。该画卷描绘的是南唐著名文人韩熙载在南京的奢侈生活场景，画卷第一段就有四把椅子，分别坐着弹琵琶的女子、教坊副使、太常博士及其门生。这些椅子简约雅致、造型成熟，上面还铺挂有柔软的丝绸椅套。此外，日本平安时代中期（北宋建国前后）编纂的法律实施细则《延喜式》中已经有了“凡厅坐者，亲王及中纳言以上倚子，五位以上漆涂床子”的记载，可知椅子已在北宋前就东传日本。

两宋时期，随着商品经济的发展，皇亲国戚、富商大贾和文人雅士们都将桌椅看作室内重要的物件，太师椅就是在这个时候出现的。北宋张端义在《贵耳集》中记载：“今之校（交）椅，古之胡床也。自来只有栲栳式，宰执侍从皆用之。因秦师垣（秦桧）在国忌所，偃仰片时坠巾。京尹吴渊奉承时相，出意撰制荷叶托首四十柄，载赴国忌所，遣匠者顷刻添上。凡宰执侍从皆有之，遂号‘太师样’。”

陆游在《老学庵笔记》中记载，宋高宗赵构当年为自己父亲徽宗赵佶服丧时就坐一把用白木制作的“御倚子”，觐见的臣子以为是檀香木所制。此外，在宋代《十八学士图》和《梧阴清暇图》等画作中，靠背椅方正结实，且有明显的侧角和收分，造型工艺更加美观。不难发现，在宋代，椅子的地位变得愈加重要，制作椅子的材料也越来越考究。

《十八学士图》（局部）

《梧阴清暇图》

到了明代，椅子的制作甚至有了国家标准，多部著作中专门讲述椅子。其中，文震亨在《长物志》中说得最具体："总之，（椅子）宜矮不宜高，宜阔不宜狭，其折叠单靠、吴江竹椅、专诸禅椅诸俗式，断不可用。踏足处，须以竹镶之，庶历久不坏。"明代最有名的是"四出头官帽椅"，主要由靠背、座面、扶手和搭脑四大部分组成，大小零件多达13个；无论是对椅背的弯曲弧度、椅面的宽度及厚度，还是对椅腿材质，都有相当细致的要求，以确保坐于其上的舒适度。因为造型独具匠心，以椅子为代表的明代家具在全世界享有盛誉，被誉为"东方艺术的明珠"。这可能正是汉斯·威格纳被打动的深层次原因。

从奈良正仓院到欧美博物馆

——桌子旅行记

在现代生活中，桌子扮演着重要角色：人们或用它看书、读报、绘画、写作，或用它款待亲友、游戏娱乐，或用它盛放物品、美化环境，或用它进行会议谈判、商务社交，等等。在《现代汉语词典》中，对“桌子”的解释是“家具，上有平面，下有支柱，在上面放东西或做事情”。在英语中，table（桌子）一词来自古法语及拉丁语*tabula*，原意是“石板或木板”。桌子可高可矮，一般高 72 ~ 76 厘米，以方便人们坐下休息、工作或娱乐。

从使用的角度来看，桌子大多和椅子搭配在一起，椅子的高度和样式影响着桌子的形制。由于“席地而坐”在中国古代保持了较长时间，所以桌子在中国出现的时间相对较晚，也经历了一个由低到高的发展历程。在汉语中，“桌”字在宋代才出现，最早指代桌子的汉字是“几”和“案”，两者意思相近，如《说文解字》中说：“案，几属。”《玉篇》中说：“几，案也。”

时至今日，世界上第一张桌子出现于何时已经难以考证；不过，4000 多年前的古埃及墓室壁画中已经有了相对简陋的桌子的图像。随后，

古希腊、古罗马文明中都有关于木桌的图画和文字记录。随着“胡床（椅子）”沿着丝绸之路的传入，西方形制的桌子很可能也来到中原，加速了中国桌子的增高和成熟。西周后期，低矮的木几现身于中国人的室内，成为人们久坐时倚靠的对象。秦汉时期，木板连排样式的“栅足”小桌出现，并在这一时期的画卷或墓室壁画上留下身影。隋唐时期，“栅足案”与遣唐使一道旅行到日本。明代，中国桌子制作进入鼎盛时期，大量简约大气的精品木桌漂洋过海，成为欧洲皇室贵族家中的“座上宾”。这些木桌最终流入欧美各大博物馆，成为闪亮的中国文化符号。

几、案、卓，中国木桌的源流之旅

从全世界范围看，桌子与椅子诞生时间相差不大；但从使用频率看，早期人们对于椅子的需求高于桌子。世界家具史专家、英国人菲莉斯·贝内特·奥茨在《西方家具演变史——风格与样式》中写道：“在古埃及的古王国时期（公元前 2686—前 2160 年），也许会有一张三脚凳子或一张粗陋的桌子。”“凳子和椅子在高度上有着相当多的变化……一张坐几人的饭桌这时候还没有出现。”在埃及第五王朝时期的墓室壁画中，就有不少制作木质家具的内容。在其中一幅壁画中，两名木匠相对而立，正在制作一件家具，双手向下按着的似乎就是一张桌子。

相比于古埃及人，古希腊人“更会使用桌子，但希腊人的餐桌不大。当它不用的时候，常被收藏在长沙发椅的下面。希腊人创作的一张有吸引力的小圆桌，有三只带蹄的鹿腿造型”。伴随着战争、贸易、宗教以及多种形式断断续续的交流，古埃及人和古希腊人的桌子形态逐渐影响到周边地区。4—6 世纪，雄踞东西方之间的拜占庭文明出现了改良后的四腿高脚木桌，其样式与今天我们所熟悉的桌子相差不大。

不同于“胡床”自西方传入中国的清晰印记，桌子是否沿丝绸之路旅行到中国，还缺乏考古和实物的证据；不过，在敦煌第

▎《庖厨图》

85窟（晚唐时期）的一幅壁画——《庖厨图》中，就已经出现了类似我们今天的高桌。壁画中，一位厨师正在厨房切肉，厨房陈设有一个木架和两张四脚木桌。南京林业大学邵晓峰博士在《敦煌壁画在中国古代家具嬗变研究中的独特价值探微》一文中认为，这两张木桌“形制比例十分接近于今天的方桌。桌面比例恰当，应为厚木板拼接而成，四条桌腿已经不再像前期家具那样笨重，而是粗细适中，有侧脚和收分，腿间并有横枨连接，反映了家具制作上的一个很大进步”。

从时间上看，在隋唐以前，由于椅子和坐具尚未全面普及，中国人仍以席地而坐为主。对于坐姿，浙江大学黄金贵教授认为，其“姿势如跪，臀部落于脚跟，谓之‘坐’，伸腰及股，挺直膝盖以上之身，谓之‘跪’，长跪肃恭之姿，谓之‘跽’”。不难看出，无论是哪种“坐”姿，时间长了人都会疲惫；所以，为了减缓疲劳，中国先民发明了“几”这种小桌子。《说文解字》中说：“几，象形，象其高而上平可倚，下有足。”换言之，为了减轻久坐的疲劳，人们在席位后设置了这种倚靠之具。正所谓“古人坐而凭几，蹲则未有倚几者也”。

由于席地而坐的人们高度有限，所以，“几”一般较矮，以便放置在人身后左侧或身前。据文献记述，汉代时的“几”约“长五尺，高三尺，广二尺”。汉代一尺约等于今天的23厘米，高三尺的“几”应该有69厘米高；不过，从考古出土实物来看，这一阶段的“几”很少有超过50厘米高的。如1957年河南信阳长台关楚墓出土的“木雕花几”高48厘米，1958年湖南常德德山镇楚墓出土的“黑漆木几”高34厘米。由于“几”的高度和宽度有限，所以南北朝之前的著名宴席，如秦赵两国的“渑池之会”、项羽的“鸿门宴”、周瑜的“群英会”等都是以分餐而不是以合餐方式进行的。

除了满足跪坐时倚凭的需要之外，人们站立摆放东西也需要一个被支撑起来的平台，于是，“案”便出现了。一般来说，“案”比“几”高，多置于人们胸前，便于人们伏于其上翻看书籍、批阅文件或从事其他劳作。至于“案”比“几”高多少，不同史籍的记载有所不同。《三国志》中描述“（孙）权拔刀斫前奏案”，我们不妨想象一下这个画面：当七尺六寸（1.74米）的孙权拔剑砍向眼前的“案”时，“案”的高度如果过低，其震撼效果一定大打折扣。

就字形而言，到宋代，“桌”还是用“卓”的通假字来表示。由于“卓”有“高而直立”之意，所以，当用“卓”表示桌子时，这种家具的高度已明显高了起来。在南宋刘松年的画作《围炉博古图》中，一张较大的木桌横陈在画面中心，桌上铺着织锦，摆放着很多古玩，桌腿之间以横木连接，显得稳重大气。

《围炉博古图》

栅足案，东渡日本的唐桌

走进日本古都奈良，不少游客会有穿越时空来到唐代某个都市的感觉。在平成宫遗址的东侧，一座五开间重檐庑殿顶木结构建筑巍然挺立，二层殿额上清晰书写着“大华严寺”四个繁体汉字。四下绿树成荫，温顺的长角斑点小鹿三五成群，安然地在行人之中散步。这里便是日本著名的世界文化遗产地——奈良东大寺。无论是建筑风格，还是平面规划，东大寺都能引发人们对于唐代中国的联想。如著名唐代高僧鉴真东渡日本后就曾于此驻锡，浓郁的汉文化氛围也总能拨动中国游客的心弦。事实上，东大寺闻名全世界，不仅因为其历史悠远、建筑独特，更是因为它下属的正仓院收藏了大量来自丝绸之路尤其是中国唐宋时期的文物。

作为著名的历史文物珍藏馆，正仓院自 8 世纪开始兴建，千余年间共收集了 9000 多件来自波斯、中国、朝鲜半岛的文物，其中精品或为当年隋唐王朝的封赐，或由遣隋使、遣唐使从中国带回。在正仓院珍藏的唐宋时期的家具中，24 张木几案尤其珍贵，因为这些被称为“多足几”或“栅足案”的木桌在中国已经找不到实物了。正仓院珍藏的这批几案不仅数量多，而且种类齐全，共有十八足、二十二足、三十六足等八种类型。其中一件柏木“二十八足几”案面平直、栅形直足，两侧各 14 足，高约 50 厘米，堪称精品中的精品。

2000 年初，一件长 123.5 厘米、宽 37.5 厘米、高 49.5 厘米的日本藏品——断代为五代至北宋的“黑漆曲栅足翘头案”被中国商家购得，为 1000 多年前中国几案旅行东瀛的历史画上一个圆满的句号。2018 年，当这张“栅足案”再次现身香港佳士得拍卖行时，其价格已经高达 300 万 ~ 500 万港币。之所以受到收藏界如此关注，除了这张桌案历史久远外，其完整的品相也是关键，专家们评价其“相对完整，案面长方形，侧面上下边沿起阳线，两端安翘头，下接曲栅足各五支，呈梯形足，通体髹黑漆，结实透亮，裂纹如皮肤肌理，露披胎麻布”。

黑漆曲栅足翘头案

作为早期中国的代表性桌案，“栅足案”在秦汉时就已经出现。所谓“栅”，就是用木条等围成的阻拦物，要抬高桌面或几案面，就需要用木条等作为支撑。基于受力的需要，古人用木板连排的方式制成桌腿，这就叫“栅足”。出于美观的目的，人们制作出弯曲的木条，这就叫“曲栅足”。东晋著名画家顾恺之的《女史箴图》第五段画面中，在一张悬挂帷幔的床前面，就有一张长长的“曲栅足案”，案面平直，为深褐色，曲栅线条纤细，为蓝黑色。在唐代诗人、画家王维的《伏生授经图》中，“曲栅足”也相当清晰：瘦骨嶙峋的名儒伏生坐在蒲席上，一张“曲栅足案”横在双腿之上，但见他两手伏于桌面，正在打开一幅卷轴，似乎要开始讲经说法。目测伏生倚靠的这张“曲栅足案”长约 1 米、宽 50 厘米、高 50 厘米，弧形的栅足向两侧自然外伸，稳稳着地，样子简约而实用。

《女史箴图》（局部）

不过，无论是顾恺之的《女史箴图》，还是王维的《伏生授经图》，画作中的“曲栅足案”反映的都是初唐及以前的木桌形制。事实上，从唐朝开始，随着胡床的逐渐普及，中国人的坐具已经升高，随着坐具升高的当然还有桌案的高度。宋代以后，50 厘米左右的“栅足案”或“曲栅足案”基本上退出了人们的视野。

而 7 世纪中期的日本正在推行著名的大化革新，这次改革的目的就是要全面学习中国唐朝的体制，将唐朝的礼仪、习俗、文化、制度等系统性引入日本。其中也包括席地而坐的坐姿以及相对低矮的几案制度，所以，被遣唐使带回日本的“栅足案”不仅得到了很好的保护，而且还影响了日本家具的发展方向。

硬木桌，西游欧美的明清桌子

宋元之后，中国家具的制作水平迅猛提高。在艺术风格上，大胆摒弃前朝繁复拖沓的设计，崇尚简约灵巧的意境，找到一条独特的发展道路。对此，清代李渔在《闲情偶寄》中写道："予初观《燕几图》……以其太涉烦琐，而且无此极大之屋，尽列其间，以观全势故也。凡人制物，务使人人可备，家家可用，始为布帛菽粟之才，不则售冕旒而沽玉食，难乎其为购者矣。"《燕几图》由北宋黄伯思编著，在当时，"燕几"是一种可以错综分合的案几，开始时有六几，后来又增加为七几，也叫"七星"，使用时纵横排列，使之成为各种几何图形，构成复杂多样。材料上则多选用生长于热带地区的花梨木、红木、紫檀木等珍稀硬木，后期制作时又充分运用中国传统蜡饰工艺，使家具既能呈现原木的纹理，又可确保棕眼细密、色泽典雅。

明代，虽然大体推行"闭关锁国"政策，但在郑和下西洋等系列海外探索活动的引领下，官方和民间两个维度一直延续着对外的交流与贸易。简约清爽、线条优美、比例匀称、气质高贵的中国木桌，正是借着这股时断时续的贸易风潮不断登陆欧洲，成为影响世界家具制造的强劲东风。对此，欧洲多位建筑及家具艺术史研究大家对以明代木桌为代表的中国家具予以高度评价。其中，被誉为"欧洲家具之父"的托马斯·齐彭代尔更是亲自操刀，以明式家具为蓝本为英国王室打造了一整套宫廷桌椅。

托马斯·齐彭代尔出生于英格兰东北部的约克郡，是英国乃至欧洲最著名的家具艺术家。他于1754年出版了著名的《绅士和家具设计指南》一书，奠定了自己在欧洲家具理论设计领域不可撼动的地位。在这本书中，齐彭代尔系统介绍了来自中国的明式家具，并在对比了古往今来世界各类家具的艺术形态之后，明确指出："在全世界范围内，能以'式'（style）相称的家具仅有三类：中国明式家具、哥特式家具和洛可可式家具。"

稍晚于托马斯·齐彭代尔的建筑学家威廉·钱伯斯同样迷醉明代木桌。1740—1749 年，他借在瑞典东印度公司任职的机会，曾三次前往中国旅行，以深入学习中国园林营建及家具制作技艺。回到欧洲后，他于 1757 年出版了《中国建筑与家具设计》一书。作为最早介绍中国园林和中国家具的专业人士，威廉·钱伯斯对欧洲的造园艺术和家具设计产生了较大影响。他本人设计制作的明式木桌，线条舒展、棱角分明，样式简约清爽、韵味十足。

正是在 18—19 世纪欧洲建筑及家具艺术家的强势关注和推荐下，中国明式木桌不断在欧洲受到热捧，随后成为整个欧美乃至世界收藏界争抢的对象。现在，无论是美国大都会博物馆、加州中国古典家具博物馆、明尼阿波利斯博物馆，还是英国大英博物馆、法国吉美博物馆、丹麦国家博物馆等世界一流博物馆，都将中国明清木桌作为收藏的首选，也将已有的木桌藏品视为镇馆之宝。

当然，并不是所有的明代家具都是通过平等贸易登陆欧美世界的，它们中的一部分还印刻着中华民族的苦难与屈辱。1921 年，一本名为《中国家具》（中文名为《欧洲旧藏中国家具实例》）的图录在法国出版，作者为莫里斯·杜邦。这本书收录了流转在欧洲的顶级中国明清家具 58 件，其中有桌案 16 件（明代 6 件，清早期 10 件），这些家具全部为当年八国联军入侵北京时从故宫、颐和园等地抢劫掠夺而来。

今天，桌子早已成为我们生活中最普通的家具，桌子的材质、式样、风格也更加多元化。当我们享受桌子带来的便捷和舒适的时候，不妨也回顾下中国木桌的旅行，看看那些木桌走过的漫漫长路，听听那些木桌曾经的故事，或许我们就会对中国木桌肃然起敬，因为它们曾经长久地引领过时代的潮流。

从古埃及木床到日本榻榻米

——床席旅行记

睡眠是动物生存的基本需求，良好的睡眠对动物机体健康和生命延续至关重要。从姿势上看，动物们睡觉或卧或站各有不同；对于“日出而作，日落而息”的人类而言，却只有卧（躺）着睡觉才能舒适地进入梦乡。因此，无论是高门大户的富豪府邸，还是家徒四壁的清贫之家，床都被摆放在家中最重要的空间。

古埃及最先出现了高脚的木床，菲莉斯·贝内特·奥茨在《西方家具演变史——风格与样式》中指出，在公元前2000年左右的埃及，床“是一种有矩形构架的简单式样，常常是用长一点的腿使床的头部升高，这样床就以倾斜姿势至脚端，有时还形成一定的斜度”。在地图上，古埃及所在的北非与西欧隔地中海相望，两地之间相互交

明清雕花木床

流的历史久远，埃及高脚木床先为古希腊人接受，随后经罗马帝国旅行到中东及南亚地区和中国。

在东方，最早的床是中国人发明的“席”。李宗山先生在《中国家具史图说》中写道：“从史前时期的考古发现看，出现最早、最原始的坐卧类家具应是‘席’，‘席’是以编织技术为基础的。”伴随着中华文明的扩展和影响，“席”作为东方人睡眠的解决方案，由中原向东旅行到朝鲜半岛和日本，向南旅行到越南和中南半岛，成为今天榻榻米的来源。

巢居与地床，上古时期床的影踪

“日有广厦千万间，夜来只需一席床。”对于人们来说，白天活动范围广且形式多样，可站、可坐、可跑、可跳，夜晚却只能卧榻而眠，所以，床显得尤为重要。清代李渔在《闲情偶寄》中总结说：“人生百年，所历之时，日居其半，夜居其半。日间所处之地，或堂或庑，或舟或车，总无一定之在。而夜间所处，则止有一床。是床也者，乃我半生相共之物，较之结发糟糠，犹分先后者也，人之待物，其最厚者，当莫过此。”

那么，在床诞生之前，世界上不同地区的人们睡在哪里呢？哪些地方或器物扮演过“床”的角色呢？对此，《庄子》篇给出了“巢居”，即人们睡在树上的推测：“古者禽兽多而人少，于是民皆巢居以避之，昼拾橡栗，暮栖木上。”依照进化论的观点，人类由古猿进化而来，早期像猴子一样栖居在树上也在情理之中。对此，世界著名考古学家布莱恩·费根在《床的人类史：从卧室窥见人类变迁》一书中也较为认同。他写道：“在乌干达西部的托罗—塞姆利基保护区，黑猩猩会用乌干达铁木（一种枝干粗大且间距宽阔的树）的树枝做床。它们把嫩枝条编织在一起，做成结实耐用的床……可以肯定，我们人类遥远的祖先也是这样做的。在高于地面的地方，他们也一定筑了用于睡觉、在白天炎热的时候休息以及繁殖的‘窝’。”

随着人们在地面上的活动不断增加，每天从树上爬上爬下越来越不方便，于是，在干燥洞穴的地面睡觉便成为可能。据美国《国家地理》杂志报道，世界上已知最古老的“床”是在南非东部的夸祖鲁—纳塔尔省发现的，这张厚30多厘米、面积约2平方米的“床”可以追溯到7.7万年前。从远处看，它像由一层层的芦苇和灯心草紧压而成的“垫子”，也许是为了除菌灭虫，部分芦苇和灯心草还有被火烧过的痕迹。除此之外，“床”上还残留有一些树叶，考古学家推测那是人们睡觉时的“被单”。因为对于史前的远古人类来说，夜晚通常是在一堆树叶或干草上度过的。

在南非“古床”出现7万年后，人类席地而睡的方式依旧没有改变。在美国得克萨斯州西南佩科斯河河谷中的海因兹洞穴，考古人员发现了一处距今7000年的人类栖息地。在这个深约3米的干燥洞穴中，凹陷的洞壁里保留着“铺着草皮的睡坑和火炉”的遗迹。据推测，这些地方应该是远古狩猎采集者夜晚蜷缩睡觉的“床”。相比南非“古床”，这些小的椭圆形“床”尺寸较小，没有足够的空间伸展四肢，只能以蜷缩的方式休息，也许这更有利于人们在夜间保温。

随着等级社会的到来，为了突出贵族的身份和地位，西方世界的人们抬高了睡床的高度。美索不达米亚地区的古埃及人和古苏美尔人开始将木制的床架固定在床腿上，形成供人们睡觉的平台，于是，高约30厘米的木床在距今约6000年的时候被发明了出来。在著名的古埃及少年法老图坦卡蒙（公元前14世纪）的墓葬中，考古学家就发现了6张造型别致的猫腿高床。由于地理位置相近，埃及的高木床很快旅行到了古希腊和古罗马。布莱恩·费根研究认为：“在希腊和罗马，富人的床和埃及的床类似，都以窄长方形为基础式样，但床腿更长，甚至可以兼作桌子使用。这种床没有脚踏板，但床头能够支撑人们斜靠在上面。”

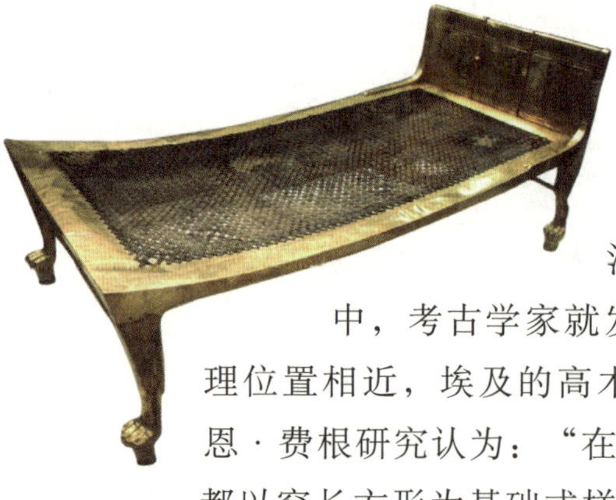

由于地理、人文环境的巨大差异，遥远东方的“床”在很长时

期内都没有明显升高。在陕西西安半坡遗址，出现了高出地面约10厘米、面积约5平方米的“土床”或土台。为了防潮，这些“土床”有的还经过了烧烤，表面相对光滑平整且坚硬，部分“床”面上还残留有厚厚的草木灰。除了“土床”，半坡遗址中也出现了带有席纹的陶器，说明当时的先民已经掌握了编织技术，能制作出隔离地面潮气的席子。半坡博物馆的贺卫良先生据此推测半坡先民们的生活画面：“（冬日里）土床上铺着席子，席子上垫着兽皮和茅草，人们身上穿着用兽皮、布缝制的衣服，躺在席子上。”

壁画胡床，高床西来的丝路旅行记忆

汉代以前，由于没有桌椅，中国人多席地而坐，也席地而卧。甚至到了唐代，仍有人直接睡在席子上。对于席的起源，最早可追溯至“神农作席荐”。“荐”是什么呢？东汉刘熙在《释名》中说：“荐，所以自荐藉也。”说明它是用于睡觉或坐着时放置在底层、比较低级的席。

那么，席和床之间是什么关系呢？语言学家王力先生认为，床是席的进步形式，席先而床后。最早的床面由活动屉板组成，整个床可以拆散组装，所以，《释名》中说：“人所坐卧曰床。床，装也，所以自装载也。长狭而卑曰榻，言其榻然近地也。”从字形上看，床、榻都和木相关，而不是与编织席的草或竹相关。这意味着，早期中国的床和席是两个不同的事物。

1957年，在河南信阳长台关楚墓中发掘出一张战国中期的彩绘漆木床。该床呈长方形，有六足，长2.18米，宽1.39米，足高19厘米，通高44厘米，四周还有棂格形栏杆，说明当时已经有了架空的木床。另据《史记》记载：“沛公至高阳传舍……郦生至，入谒，沛公方

战国漆绘围栏大木床

踞床使两女子洗足，而见郦生。”在这幅历史画面中，刘邦所靠的床应当有一定的高度，因为如果直接席地而坐，两位侍女为他洗脚定然非常不便。

当然，从半坡遗址高10厘米的土床到信阳楚墓高44厘米的战国木床来看，先秦时期的中国，床的高度相对有限，与同时期西方床高相差不少。随着西汉张骞凿空西域，东汉佛教东传中原，来自西方和中亚地区的高脚椅凳——胡床开始旅行到中国，不仅将中国人的席地而坐变为垂足而坐，也慢慢抬升了中国床的高度。在古丝绸之路沿线，无论是克孜尔千佛洞中佛祖高坐说法图，还是敦煌壁画中僧侣坐卧讲法图，都有大量高坐椅凳和坐榻出现。这些壁画无疑成为西式高床在魏晋南北朝前后旅行至中原的最好证明。

敦煌壁画《须摩提女因缘》（局部）

对此，《敦煌壁画中床榻的解析》一文指出：“在敦煌石窟壁画中出现了不同于传统席地而坐的起居方式……同时来自天竺佛国的高型家具，如双人胡床与靠背扶手椅等也丰富了敦煌地区的家具种类，促进了传统家具的发展。”在敦煌北魏第257窟西壁北侧的壁画《须摩提女因缘》中，就有两人共坐于一个较长的胡床之上，从画面上看，该胡床的高度与坐者小腿长度相当，应该高三四十厘米。不难推测，只要稍稍将这张胡床延长，就

敦煌壁画《弊狗因缘》（局部）

能满足人们躺卧睡觉的需要。另外，北魏第257窟南壁的《弊狗因缘》壁画中，直接出现一位僧侣躺卧在四腿木床上的画面。长期研究敦煌壁画家具的杨森博士认为，这是敦煌壁画中最早的床家具图像，其高度已与现代床相当。

可能正是因为这种宽大的胡床更好地满足了人们日常使用的要求，也能凸显豪门权势阶层的身份地位，中原地区很快就接受了它。1976年2月，考古工作人员在山东嘉祥县杨楼村发掘了一处隋代古墓，墓主人为隋文帝时的驾部侍郎徐敏行。在出土的墓室壁画《徐侍郎夫妇宴享行乐图》中，徐敏行夫妇合坐在一张大型坐榻上。该榻比例均匀，造型简易明了，高度应该超过30厘米，面积也较《须摩提女因缘》中的胡床更大，完全可以用来作卧床。因此，对于整个高脚床的旅行路线，杨森博士指出："倘若追溯胡床家具的渊源，还需要向世界文明的源头古埃及、希腊去寻觅。"

壁画《徐侍郎夫妇宴享行乐图》（局部）

"席"卷天下，中式卧床东游记

随着坐椅的升高，中国卧具也开始慢慢升高，但床上铺设的席子一直未变，席子成为中国床的重要组成部分。在交通不是很发达的古代，人们不可能携带笨重的木床到处旅行，但带着柔软轻便的席子四处走走还是很有可能的。从文献记录和考古实物看，的确是席子率先四向旅行，成为中国床的代表，来到不同的国家和地区。

中国是礼仪之邦，人们重视礼仪，坐卧行走都有严格的行为标准。在发明和广泛使用床之前，为了规范人们的生活礼仪，周天子专门设立“司几筵”这一官职，专职负责人们坐卧筵席的铺陈之事。可能正是这种自上而下的要求和规范，使得中国古人对席及其使用相当重视。

《礼记》中强调：“天子之席五重，诸侯之席三重，大夫再重。”也就是说，为了坐卧更加舒适，也能更好地突出人们身份等级的不同，在具体使用时，需要根据情况铺设多层席，每层席的材质和纹饰都有不同。席的这种使用要求，在汉代表现得尤为突出。《后汉书》记载：“帝令群臣能说经者更相难诘，义有不通，辄夺其席以益通者，凭遂重坐五十余席。”由此可见，能力高、口才好的人就能坐在更多的席之上，反之则会被撤去坐下席，用这样的方法当然能凸显一个人的地位和受重视的程度。

由于不同地区的人们织席所用的材料不同，席还产生了很多不同的名字。如在古代文献中，用蒲草编织的席叫“蒲席”或“莞席”，用竹、藤编织的席叫簟（音店）。西汉初年文学家扬雄在《方言》中说：“簟，宋魏之间谓之笙，或谓之籧苗。自关而西，或谓之簟，或谓之笲。其粗者谓之籧篨。自关而东，或谓之篕掞。”这些名字也隐隐透露出席子在中国大地上的旅行信息。

汉唐之间，中国文化走向成熟，并通过中央王朝的朝贡体系深刻影响了周边国家。作为每日都使用的卧具，席也开始翻山越岭，向西曾旅行到河西走廊以西的西域地区，那里的人们掌握织席技术后，还将自己所织的席上贡给中原皇室。

几乎在同时，中原的席子也向东旅行，漂洋过海来到朝鲜半岛和日本。席子旅行到朝鲜半岛的具体时间尚不清楚，因为史籍中均未记载其地有席。直到北宋末年，出使高丽的王云在《鸡林志》中说：“高丽人多织席，有龙须席、藤席。今舶人贩至者，皆席草织之，狭而密紧，上亦有小团花。”人们才知道当时高丽不仅已经有了卧席，而且制作水准还不低。

日本民众十分喜欢和重视从中国旅行而来的卧席。在日文中，席写作“畳”，也就是今天我们熟悉的榻榻米。日本史书《古事纪》中的记载说明，在中国唐代中后期，日本已经系统使用席。

榻榻米

此后，在日本的《延喜式》中还详细规定了畳的固定格式。规定要求根据使用者身份的高低，对畳的大小和边缘的颜色进行选择和使用。日本对畳的使用方式明显受中国的影响。《礼记》中说："古人枕席之具，夜则设之，晓则敛之，不以私亵之用示人。"也就是说，当夜晚到来时，人们才将枕席被褥取出，白天则把它们收好，以确保房间清洁宽敞。今天日本人使用榻榻米的方式与《礼记》中的记述大致相同。

明代开始，中国出现了架子床。架子床三面设矮围子，四角立柱，上承床顶，方便人们挂上帐子，确保冬天保温、夏天防蚊。从外形上看，架子床像一间小屋子，确保了私密性。可惜由于多种原因，明式架子床未能对世界产生很大影响。对此，马未都先生在《一榻清风，古诗文中的床》中写道："可惜现在的中国人放弃了曾给人们生活带来诸多变化、带来幸福享受的中式床，都睡在了外国床上。"

一片明镜自西来——玻璃旅行记

1851年，为了迎接首届万国博览会，英国设计师约瑟夫·帕克斯顿在伦敦海德公园建起了一幢耗费30多万块玻璃的高大建筑——水晶宫。这座通体透亮的房子宛如一粒晶莹的大雨滴从天而降，以前所未有的靓丽姿态屹立在人们眼前。白天，那剔透的玻璃在阳光下耀眼夺目，令人迷醉；夜间，水晶宫内灯火通明，宛若天街上的明灯。据说在9个月的博览会期间，水晶宫吸引了600万游客前来观赏，而当时伦敦城的居民总共也才230万。

人们对水晶宫予以盛赞，除了其建筑造型与规格较为独特外，更主要的是对“玻璃”这种建筑材料如此大规模使用及使用效果的震惊。要知道在彼时的中国，玻璃还是相当稀罕的玩意儿。虽然早在康熙年间，清廷就已经在造办处设立“玻璃作”，聘请西洋师傅专职生产玻璃；但直至清朝中后期，中国的玻璃仍主要是供给皇家贵族或官僚大贾的奢侈品，远未走向民间。追溯玻璃旅

水晶宫建筑模型

行的历史，我们发现，早在三四千年前，随着一批批丝绸金帛从长安打包西行，一件件精巧的玻璃制品也在古罗马的街头、埃及亚历山大港和中亚粟特人的驼背上包装完毕，准备踏上东进之路。

两位中国人目睹了水晶宫的芳华，并以东方视角为我们留下了难得的历史画面。1867 年，清末政论家王韬赴欧洲旅行，他在《漫游随录》中的“玻璃巨室”一文中写道：“（水晶宫）地势高峻，望之巍然若冈阜……南北各峙一塔，高矗霄汉。北塔凡十四级，高四十丈。窗栏槛，悉玻璃也；日光注射，一片精莹。”

玻璃，火与沙的西方故事

成语“窗明几净”最早出现于北宋，说明当时人们对理想家居生活的要求。“窗明”，当然要装上玻璃效果最佳；但从宋代至清代中期，中国人的窗户基本都是糊纸或布纱。如《长物志》中说：“俱钉明瓦，或以纸糊，不可用绛素纱及梅花簟，冬日欲承日，制大眼风窗，眼径尺许，中以线经其上，庶纸不为风雪所破，其制亦雅。”雅致虽然雅致，但采光性和耐用性必然大打折扣，让人不禁怀疑，古代的“窗明”是不是指不糊纸张的透亮？

我们不妨进一步设想，如果没有玻璃，就没有灯泡，人们只能在屋内点油灯，在室外打灯笼，那么，城市璀璨的夜景将不复存在；如果没有玻璃，品类繁多的光学仪器就不能顺利诞生，就不会有各种眼镜、透视镜、放大镜、显微镜、望远镜等，那么，物理学、化学和医学等自然科学的发展就会受到制约；如果没有玻璃，汽车、轮船的驾驶舱不会是透明又挡风的所在，驾驶的乐趣要减少一半，最可怕的是飞机，将无法一飞冲天……看来，玻璃对我们生活的影响还是相当深刻的。

关于玻璃的起源，专家们一般认为玻璃最早出现在埃及或两河流域。古罗马学者老普林尼在其《自然史》中追溯说，很久之前，一艘腓尼基商船在暮色中进入地中海某港口避风躲雨，生火做饭的水手们一时找不到搭建炉灶的大块石头，就用船舱里的苏打凑合。不想，在第二天早上，他们在炉灰里发现了许多闪闪发亮的小晶体。这些小晶体既不是木头、泥土，又不是金属、石块，而是“玻璃”。

事实上，只有高温才能熔化沙子、苏打、石灰，进而产生玻璃，一般生火做饭是达不到这个温度的。所以，俄罗斯科学史专家斯韦什尼科夫在《玻璃的故事》中指出，老普林尼的记录是不靠谱的。斯韦什尼科夫认为，世界上最早的玻璃可能诞生于古埃及的陶瓷作坊，是陶瓷匠人为瓷器上釉时的意外收获。100多年前，人们在埃及菲弗的一座古墓中发现一颗水滴形状的绿色玻璃项珠，碳十四测定显示其年龄已超过5500岁。这一发现也将人类制造玻璃的历史定格在更加遥远的过去。

“葡萄美酒夜光杯，欲饮琵琶马上催。”葡萄美酒在唐代长安的东市和西市中不难见到，但夜光杯大概只能是“枥多名马，家有妓乐”的富贵诗人王翰所持有了。古代文献中记载的夜光杯一般不大，上面也少有花纹，其奇妙之处在于，夜光杯异常光亮，而且转动后会显现出各种各样的颜色。早期，罗马匠人把一些五彩玻璃碎粒放到透明的玻璃里，这些碎粒可以把光线折射开来，所以哪怕只是借助一点微弱的烛光，夜光杯也能五彩斑斓，流光溢彩。对于那时候的人们来说，夜光杯的光学现象不仅具有观赏价值，而且被赋予了各种“神性”或“灵性”。传说这种杯子会发出一股特殊的、柔和的香气，有人还相信杯子可以解除毒性，等等。

产于甘肃张掖的祁连玉竹节夜光杯

罗马皇帝尼禄曾经花费70枚塔兰特银币购置一个玻璃夜光杯。据说，这笔钱在当时可以买进300名强壮的年轻奴隶。在遥远的东方，大汉帝国的丝绸虽然也很昂贵，但与玻璃相比，可谓“小巫见大巫”了。据学者统计，汉武帝时期的长安，40匹绢的价格才能换得一个“汉生口”（即成年奴隶或战俘）。据此推算，罗马的一个夜光杯的价格相当于长安 1.2 万匹绢的价格，如果再加上数万里的运费和商队的合理利润，大汉帝国大概没几人能买得起尼禄的夜光杯。

如此昂贵的价格意味着玻璃制造技术须严格保密，意味着玻璃成品多为杯、盘、碗、盏等方便携带和运输的小物件，意味着玻璃成为商队长途贩运的核心产品。近些年来，国内先后出土不少战国时期的“蜻蜓眼”玻璃珠，如 1974 年甘肃平凉庙庄出土的数枚大小不一的战国时期的玻璃珠，2011 年安徽当涂县陶庄战国墓出土的一颗“蜻蜓眼”。这些玻璃珠均采用镶嵌技术所制，器型和纹饰与同时期地中海地区的玻璃制品完全一致，体现出春秋战国时期玻璃旅行的方向和路线。

玻璃之路，由西向东的商道传奇

1877 年，德国地理学家李希霍芬在其著作中首次提出了“丝绸之路”的概念。自此，勾连欧洲与中国的历史商道有了一个响亮的名号。应当注意的是，东西方的交流是双向的，从西方的视野观察，这条商道上最具代表性的是来自中国的丝绸、茶叶和瓷器等，其中以丝绸最为著名；从中国的角度来看，自西而来的则是玻璃（琉璃）、宝石和皮毛等，其中以玻璃制品最为贵重。因而，对古代中国而言，丝绸之路应当是“玻璃之路”。

魏晋南北朝时期，匈奴、鲜卑、羯、氐、羌等少数民族先后进驻中原，陆上丝绸之路也在风云变幻中更加通畅。源自西亚、中亚的玻璃和掌握玻璃制造技艺的匠人源源不断地来到中原。据《魏书》记载：“世祖时，其国人（大月氏人）商贩京师。自云能铸石为五色瑠（琉）璃，于是采矿山中，于京师铸之。既成，光泽乃美于西方来者。乃诏为行殿，容百余人，光色映徹。观者见之，莫不惊骇，以为神明所作。自此，中国瑠（琉）璃遂贱，人不复珍之。”这是西方玻璃和玻璃技术旅行至我国的最早记录。《北史》记载的大月氏商人或许也是善于经商的粟特人。

到了隋代，中国北方的玻璃制造技术似乎仍掌握在中亚移民手

西汉蓝色弦纹玻璃杯

中。《隋书》中记载："（何）稠博览古图，多识旧物。波斯尝献金绵锦袍，组织殊丽。上命稠为之。稠锦既成，逾所献者，上甚悦。时中国久绝琉璃之作，匠人无敢厝意，稠以绿瓷为之，与真不异。"何稠是中亚粟特人的移民后代，粟特人在汉代文献中也被称为"康居"，他们生活在中亚泽拉夫尚河流域。泽拉夫尚河流经吉尔吉斯斯坦、乌兹别克斯坦等国，是连接欧亚大陆的中枢，在陆路交流的鼎盛时期，东西方的货物、文化、思想在这里交流碰撞。精明的粟特人充分发挥自身优势，很快成长为古代优秀商帮。流淌着粟特人血液的何稠在父辈熏陶之下，自然精通商道上的多种技艺和知识，这其中就包括制造玻璃。

有趣的是，玻璃制品经海上丝绸之路抵达中国南方的时间几乎与到达北方的时间一致。在过去50多年中，广西合浦、广东徐闻等地的西汉、东汉墓中就出土了不少玻璃珠和深腹玻璃小杯、浅腹玻璃盘等文物。这些玻璃器皿的器壁相对较厚，体现了早期西方的模塑技术。专家据此推断出这批玻璃的旅行路线：从意大利或地中海东部港口起航，经红海口岸后，用货船运送到索马里海岸，然后到达印度，再经印度南部港口阿里卡梅杜港运往中国。

关于这条海上玻璃之路，《汉书》中描绘得很详细，这是由广

西合浦向南、向西至中亚的海道："自日南障塞、徐闻、合浦船行可五月，有都元国。又船行可四月，有邑卢没国；又船行可二十余日，有谌离国；步行可十余日，有夫甘都卢国。自夫甘都卢国船行可二月余，有黄支国，民俗略与珠厓相类……多异物，自武帝以来皆献见……与应募者俱入海市明珠、璧流离（即玻璃）、奇石异物，赍黄金杂缯而往。"

当然，聪明的中国人从来不是被动的接受者，在"玻璃之路"的交流、交往中，中国人很快学会并掌握了玻璃的制作方法和技术。三国吴国的万震在《南州异物志》中记录道："玻璃本质是石，欲作器以自然灰冶之。自然灰如黄灰，生南海滨，亦可浣衣，用之不须淋，但投之中，滑如苔石，不得此灰不可释。"葛洪在《抱朴子》中也曾讲过当时进口的中东玻璃碗及其在国内仿制的情况："外国作水精椀，实是合五种灰以作之，今交、广多有得其法而铸作之者。"

西洋镜，一片明镜自西来

在玻璃家族中，平面镜子出现的时间较晚。在中文中，"镜"字部首为"金"，意味着镜子最早为金属范畴。在漫长的时光里，中国人主要用铜作镜子。《旧唐书》中唐太宗说："以铜为镜，可以正衣冠；以古为镜，可以知兴替；以人为镜，可以明得失。"《红楼梦》第十二回"王熙凤毒设相思局，贾天祥正照风月鉴"中，跛足道人"从褡裢中取出一面镜子来，两面皆可照人，镜把上面錾着'风月宝鉴'四字"，能在镜子上"錾"字，足以说明其材质不可能是玻璃，最有可能的还是铜。

16世纪中叶，意大利人通过把锡熔化倒在一块平滑大理石上，然后注入一些水银，再把一块玻璃放上去的方式造出了平面的镜子，但这个工艺相对复杂，且造价不菲。据说法国女王玛丽·德·美第奇结婚时，威尼斯共和国就向她呈上一面小小的玻璃镜子作为礼物，这个仅有书本大小的镜子在当时的售价竟高达15万法郎。为了保守镜子制作的秘密，威尼斯人将所有玻璃技师迁到一座名为

“木兰诺”的小岛上，并将小岛严密封锁，以确保整个欧洲的豪门望族都只能到木兰诺来订购镜子。为了打破威尼斯人对玻璃制作技术的垄断，法国人暗中花巨资资助两位木兰诺技师逃到法国，之后，玻璃镜子开始在欧洲大陆普及开来。从中不难看出，玻璃镜子的早期旅行充满诡谲与阴谋。

在德国童话故事《白雪公主》中，邪恶王后拥有一面“魔镜”，只要对镜子说：“镜子镜子挂在墙，谁是世界最漂亮？”镜子就可以映出世界上最美的女人。从时间上看，收入《白雪公主》的《格林童话》出版于1812年，那时玻璃镜子还只是极少数人手中的珍玩，那透亮镜面映照出来的世界如此真实，这或许是让人们称其为“魔镜”的原因。随着玻璃镜子制作技术的揭秘和成熟，“西洋镜”也开始旅行到了中国。清代前期的文献里，关于镜子的记录多了起来。

清初学者王士祯在《池北偶谈》中有这样的记载：康熙年间，荷兰进贡的物品中就有两面照身大镜子。据说，那个时候，一块不足两平方尺的玻璃镜面价值300多两银子。在当时，这个价格完全能在京城购置一处四合院。除了学者，文学家也不时提及镜子，《红楼梦》第四十一回就借刘姥姥的视角描述了大观园里的镜子。刘姥姥见到的富贵人家的“穿衣镜”应该不是铜镜，而是时兴的玻璃镜子。

对镜子感兴趣的人还有很多，清代乾隆皇帝就是其一。他不仅对玻璃镜情有独钟，而且乐于探寻玻璃镜面制作和成像的原理。可惜的是，乾隆皇帝对镜子的关注始终限于个人兴趣，没有将镜子的科学探索延续并推广，否则清代的玻璃制作技术还会有更大发展。

从日本浮世绘到非洲抗疟疾『神器』——蚊帐旅行记

1.9 亿年来，蚊子的生命循环在地球上就未曾间断过。作为全世界最招人厌恶的昆虫，它们数量繁多又分布广泛，夏夜里无处不在，让人防不胜防；它们嚣张跋扈，吹着喇叭唱着歌来叮咬人畜；它们危害极大，在吸血的同时还传播多种疾病，给人们带来巨大的痛苦和损失。2020 年世界卫生组织发布的《世界疟疾报告》显示，当年全球有 2.29 亿人因为蚊子叮咬而感染疟疾，因此而死亡的人数高达 40.7 万。数千年来，人类的科学技术突飞猛进，经济生活日新月异，然而面对蚊子的袭扰，却仍没有更高效的方法，防蚊手段也没有突破性的进展。到目前，最简单、生态的防蚊方法仍是使用蚊帐。

关于蚊帐的起源，西方学界整体性忽略中国，认为蚊帐诞生于古埃及。其原因是，在古埃及象形文字中有表示蚊帐的文字，金字塔中也有古埃及托勒密王朝最后一任女法老克里奥佩特拉在蚊帐中活动的壁画；但从时间上看，中国人有意识地使用蚊帐可能并不比古埃及

晚。如《周礼》中就专设“幕人”一职，专门负责天下臣民各类帐子的使用和管理工作，这其中就包括蚊帐。大约在唐代前后，中国蚊帐东传日本，直到江户时代，蚊帐才在日本全国范围内普及使用。近些年，受气候变暖和全球化进程加剧的影响，蚊子及其所引发的传染病对人类的威胁加重；因此，自2000年开始，蚊帐在非洲大陆和南亚地区的旅行速度开始加快，蚊帐也成为抵抗疟疾等蚊虫传染病的“神器”。

人蚊大战，笑到最后的蚊帐

中国古人很早就将被蚊子叮咬的烦恼记录了下来，《庄子》中说：“蚊虻噆肤，则通昔不寐矣。”由此看来，“庄周梦蝶”一定发生在秋冬季节，因为若在夏夜，蚊子让人整夜难眠，难有美梦。晋代文人傅选在《蚊赋》中将蚊子的危害说得更严重：“众繁炽而无数，动群声而成雷，肆惨毒于有生，及餐肤以疗饥。妨农工于南田，废女工于机杼。”蚊虫袭扰，让男人的田间劳作和女人的织布纺纱都受到影响。唐代段成式在《酉阳杂俎》中记录了一则白鸟（蚊子）咬死人的故事：“相传江淮间有驿，呼露筋。尝有人醉止其处。一夕，白鸟蛄嘬，血滴筋露而死。”

除了讨厌和恐惧，古人也认真研究过蚊子的习性。如清代李渔在《闲情偶寄》中说：“蚊之为物也，体极柔而性极勇，形极微而机极诈。薄暮而驱，彼宁受奔驰之苦，挞伐之危，守死而弗去者十之八九。及其去也，又必择地而攻，乘虚以入。昆虫庶类之善用兵法者，莫过于蚊。其择地也，每弃后而攻前；其乘虚也，必舍垣而窥户。”在李渔的笔下，蚊子不仅来无影去无踪，还擅长团队作战，似乎颇懂兵法，难怪人蚊大战之中以人的失败居多。

对于如何预防蚊子叮咬，中国古人大致总结出三种方法。

一是用气味驱蚊。如宋代著作《格物粗谈》中说：“端午时，收贮浮萍，阴干，加雄黄，作纸缠香，烧之，能祛蚊虫。”这种方式类似今天的蚊香驱蚊。另外就是制作香包，随身携带或悬挂床边，如清代潘荣陛所著的《帝京岁时纪胜》中说："用软帛缝老健人、角黍、蒜头、五毒、老虎等式。抽作大红硃雄葫芦，小儿佩之，宜夏避恶。"

二是靠蚊帐驱蚊。关于帐，《释名》中说："帐，张也，施于床上。"床上的帐，冬日可以防风保暖，夏日则可以防蚊。《闲情偶寄》中说："设帐之故有二，蔽风、隔蚊是也。蔽风之利十之三，隔蚊之功十之七。然隔蚊以此，闭蚊于中而使之不得出者亦以此。"清末王先谦在《后汉书集解》中说，东汉名吏黄昌为了躲避蚊子，借钱也要购置一顶蚊帐，以熬过漫漫夏夜："夏多蚊，贫无帱，拥债以为帱。"

三是靠祖上阴德或自己的德行驱蚊。如《南史》中记载："武丁贵嫔……少时与邻女月下纺绩，诸女并患蚊蚋，而贵嫔弗之觉也。"傍晚，几个小姑娘一起纺纱，只有最后成为贵妃的女子不被蚊子叮咬。这种奇异的功能只能靠天赐。《南史》中还有类似记录："（孙）谦自少及老，历二县五郡，所在廉洁，居身俭素，床施蘧蒢屏风，冬则布被莞席，夏日无帱帐，而夜卧未尝有蚊蚋，人多异焉。"意思是说由于孙谦品格高尚、为人爱戴，因此，蚊子也不叮咬他。事实上，嗜血是蚊子的本性，人体毛发稀少，是蚊子最理想的吸血对象，所以，人想要完全躲过蚊子的袭扰几乎是不可能的。

为了防蚊，人类想尽办法，古希腊历史学家希罗多德在《历史》一书中曾写道："（埃及人）与众多蚊子作战，这是他们发明的招式，塔楼是为居住在沼泽上游的人们服务的。他们爬上塔楼，在那里睡觉，因为风大，蚊子飞不高。但是，那些生活在沼泽周围的人弃用塔楼，采用其他办法防蚊。他们每个人都有一个网，白天用来捕鱼，晚上爬到网下面睡觉。如果是穿羊毛或亚麻制的衣服睡觉，蚊子会透过衣服咬人，而有网子隔着的话，蚊子一点也咬不到人。"

比较而言，还是蚊帐或渔网这种物理方式防蚊效果最好。所以，唐代诗人刘禹锡在《聚蚊谣》中说："天生有时不可遏，为尔设幄潜匡床。清商一来秋日晓，羞尔微形饲丹鸟。"宋代诗人李刘也在《麾蚊》中说："烟驱扇系手频挝，奈尔传呼又满衙。我醉不眠君不去，下帷高枕任喧哗。”

东行日本，浮世绘中的中国蚊帐

在中国，先有帐，然后才有蚊帐。历史学家黄金贵先生认为，从春秋至唐以前，帐一直都是宫室的主要实用性装饰物。早期中国人倾向在宫室布置帐，是适应当时建筑结构的要求。因为当时的宫室，“前半是高大的殿堂，后半是居室。堂下是露天的中庭，堂前是楹柱，虽一般有廊庑，也是有柱而无墙壁门窗。殿堂两侧墙壁皆有小门、窗棂，室后也有北门、北窗，窗无扇而不可开闭。于是需要一种灵便的装饰物，既不妨碍宫室的采光、通风，又可防雨雪、御风寒、挡蚊蝇，当然只有帏帐才能满足需求”。堂室之内因为各种临时性空间分割也需要利用帏帐，因此，帏帐在唐代之前久为盛行。唐之后，随着宫室建筑包括门窗建造水平的进一步提高，帏帐的设置才渐趋减少，但仍不绝于世。

《周礼》中说：“幕人掌帷、幕、幄……之事。”郑玄注曰：“在旁曰帷，在上曰幕，幕或在地，展陈于上。”《宋史》进一步解释说：“郊坛不得建斋宫，惟设幕屋而已，其制架木而以苇为障，上下四旁周以幄帟，以象宫室，谓之幕殿。”后来，“幕”成为专有名词，指将帅的营帐或衙署，也被称为“幕府”。或许正是因为帐幕东传日本，才有了日本历史上重要的幕府时代（1192—1867年）。

从读音上看，日语“蚊（平假名为かや）”的发音与浙北蚊帐的方言“帐子”很接近，显示出蚊帐自中国旅行至日本的古老信息。中日文化交流历史悠久，隋唐时期，日本曾先后派遣23批使者到中国，系统学习中国的典章制度和各种文化。818年，嵯峨天皇根据遣唐使菅原清公的建议，下诏改定礼仪，命令全国“男女衣服皆依唐制”。夏夜里隋唐时期的中国人普遍使用的蚊帐，应当也是在这一时期旅行到了日本。

对于日本的蚊帐历史，美国凯斯西储大学著名历史学教授戴尔·威廉姆在《中世纪和近现代日本生活指南》一书中指出："蚊帐（Kaya）在日本很早就已经使用，江户时期的夏天，日本各个阶层的家庭普遍使用蚊帐了。绝大部分日本人在睡觉时，都有悬挂在头顶的蚊帐相伴。"

蚊帐在日本的普及时间之所以相对较晚，可能与早期中国帏帐材质昂贵有关。日本东京国立博物馆艺术馆网站上有一篇名为《日本蚊帐制作历史》的文章中说："从18世纪中期到20世纪50年代，日本人开始依赖由亚麻制作的蚊帐，蚊帐的出现让人们可以高效率地对付无处不在的蚊子。从材质上看，最早的蚊帐多以亚麻为材料，由手工编织而成，除了亚麻，人们后来还从棉花或树皮中抽取纤维，编制成13英寸宽的线卷，然后再用手工织成蚊帐。"廉价亚麻的出现，使日本普通民众得以使用蚊帐。随着蚊帐在生活中的普及，以蚊帐为对象的艺术创作也在日本大行其道，最具代表的就是江户时期的浮世绘。

浮世绘的早期画家铃木春信以蚊帐为主题创作了不少画作，尤以《蚊帐下的母子》最为著名。画面上是一间临水的屋舍，屋内，一位年轻母亲正一边忙着系蚊帐，一边回头看着拉住自己衣襟的儿子。那顶青绿的蚊帐似与年轻母亲同高，占据了室内大部分空间。蚊帐前，母子相视而望，母亲的眼里多是慈爱，儿子的表情则颇为调皮，完美展示了日本乡间的夏夜生活。

《蚊帐下的母子》

善于人物画的喜多川歌麿也留下了多幅与蚊帐相关的画作。在《蚊帐里的读信女》的画面中，一位在蚊帐中的女子正全神贯注地读信，她的双手伸出蚊帐，略微抬高，紧紧地

《妇人泊客之图》

抓着信。为了能借着灯光看清楚信纸上的内容，她整个身体前倾，头还将垂直的蚊帐顶出一个圆润的弧形。整个画作中，蚊帐的存在增加了女子靠近光线的焦虑和欲望，突出了女子读信时的强烈表情，增强了画面的戏剧性效果。

在喜多川歌麿的另一幅画作《妇人泊客之图》中，蚊帐的作用更加凸显，画面中六位身着华丽和服的女子被横陈的蚊帐三三隔开，其中三位安坐蚊帐之内，或轻摇团扇，或梳妆打扮；蚊帐外的三位，或正在系蚊帐，或手捧卧具款款走来，画面轻松安适，层次感和纵深感很强。从色彩来看，蚊帐整体呈浅绿色，保留着亚麻的颜色，上沿的饰边为红色，红绿搭配形成鲜明的对比，令人印象深刻。

不仅画家，诗人也加入描述和讴歌蚊帐的队伍中来。江户时期著名的女俳句诗人千代尼曾被人要求用四句韵律诗写出四边形、三角形和圆形，她略加思索就写下了一首著名诗歌《蚊帐》：“蚊帐的一角，松开。啊！月亮。”

远行非洲，抵抗疟疾的蚊帐

越来越多的研究表明，蚊子不仅是令人厌烦的吸血虫，更是可怕的传染病宿主和传播者，所以，在古埃及、古美索不达米亚和古玛雅，死神、瘟神、冥界神都与蚊子形象密切相关。美国俄勒冈州立大学古生物学家乔治·波纳尔指出，蚊子深远影响了地球的历史，在中生代，食物链的顶端并不是身体庞大的恐龙，而是携带传染病毒的蚊虫。

美国历史学家蒂莫西·怀恩加在《蚊子：最致命捕食者的人类史》一书中说："在人类历史长河中，两大致命蚊媒病——疟疾和黄热病，始终是导致人类死亡和历史改变的主要原因……早期帝国在领土扩张和财富积累方面的成败，很大程度上取决于蚊子。"

我们都有这样的感受，在蚊子肆虐的季节，无论怎样厚衣遮体、焚香驱虫、左拍右打，总免不了被蚊子叮咬。美国作家马克·吐温说："我们对天气无计可施，对蚊子也是如此。"

在2016年巴西里约奥运会上，几幅中国运动员安坐在自己蚊帐中的照片在全世界走红。当年2月，一种由蚊子传播的寨卡病毒在巴西肆虐，各国运动员如临大敌，却无计可施；而中国蚊帐的出现，顿时让全世界的人眼前一亮。其实，早在巴西里约奥运会之前，中国蚊帐就已经被西方人所重视。英国人戴维·利文斯通可能是将中国蚊帐传入非洲的第一人。这位在非洲近代史上有着深远影响的传教士和探险家也是首次将疟疾、痢疾等传染病与蚊子叮咬联系在一起的人。研究利文斯通的学者们发现，他最初最想前往的地方是中国；然而，第一次鸦片战争的爆发，打断了他的中国之行。随后，他前往非洲。在30多年的探险旅程中，他横穿非洲大陆，完成了众多地理大发现。在非洲期间，他本人饱受蚊虫叮咬和疟疾病痛的困扰，这让他对蚊帐推崇有加。他曾在旅行日记中写道："应该为蚊帐的发明者在威斯敏斯特宫修建一尊雕像。"

时至今日，疟疾在大部分国家已经被消灭，但在非洲、南亚以及南美洲一些地区，疟疾仍然是当地最致命的疾病之一。《世界疟疾报告》统计显示，全球大约每30秒就有一个人死于因蚊虫叮咬引发的传染疾病。其中，非洲的情况最为严重，每年有30多万人死于疟疾，其中大部分是儿童。作为一种简单、经济且高效的防蚊“神器”，蚊帐不仅可保护人们在睡觉时免受蚊虫叮咬，还能最大程度降低疟疾的发病率；而且，蚊帐价格低廉、效果明显，所以，越来越多的人将预防疟疾的重任交给了蚊帐。

2006年，美国著名体育专栏作家里克·赖利在《体育画报》上写了一篇文章，呼吁自己的读者每人捐赠10美元（采购蚊帐的价格5美元，运输、培训和安装费用5美元），用于向非洲捐献蚊帐，以保护那里的人民免受蚊子的侵害。同年，一个名为“只要蚊帐”（Nothing But Nets）的全球性草根非政府组织在美国成立，其目的就是唤醒人们提高对蚊虫传染疟疾的认识，募集资金，帮助非洲人民抗击疟疾。

经过十多年的努力，撒哈拉以南的非洲地区约有53%的人口受到了蚊帐的保护；而在2000年，这一比例仅为2%。现在，越来越多的人和商业组织成为“只要蚊帐”机构的合伙人，越来越多的人为饱受疟疾困扰的人们捐赠蚊帐。到2020年底，“只要蚊帐”机构已经累计筹集7000多万美元，向尼日利亚、中非共和国、加蓬、埃塞俄比亚和科特迪瓦等国家有需要的家庭提供了1300万顶蚊帐。这些蚊帐为受疟疾困扰的当地人带来了福音。

第二编 餐桌故事

今天，我们的餐桌已经相对丰富，发达的互联网、便捷的交通和现代化的物流让我们能最快知晓、品尝来自世界不同地区的蔬菜、瓜果等美味佳肴。如果我们将时间向前推移，就会发现古人的餐桌要寂寞得多（如辣椒、胡萝卜、番茄等我们熟悉的果蔬都未曾出现在秦皇汉武甚至唐宗宋祖的菜谱中）。

假如穿越时空来到先秦时期的长安、洛阳或临淄，你可能会失望，因为那时中原地区的畜牧业并不发达，只能在年终或重大祭祀时才能吃到肉类。蔬菜的种类也偏少，土豆、辣椒、菠菜、胡萝卜、茄子、南瓜还没有引种，就连我们现在最常见的西瓜、香蕉、菠萝、草莓等水果也都没有。当然，不仅中国，长久以来，西方人的餐桌同样孤单，土豆、玉米、辣椒、番茄长久缺席欧洲人的餐桌，就连中国人最早培育成功的桃子也没有引种到西方。

本编中，我们主要关注当前与全世界人们厨房关系密切的食材，为大家奉献一段与“吃”有关的趣味历史和故事。

『吃瓜群众』不了解的——西瓜旅行记

在夏天众多水果中，西瓜无疑是最受人们欢迎的一种。试想一下，在艳阳高照、汗流浃背之时，如果能吃上一块西瓜，将是炎热天气里对自己最好的犒赏。圆润饱满的外形、鲜红多汁的瓜瓤、解渴营养的品质，使西瓜在全世界俘获了无数粉丝。

瓜从何处来

追逐西瓜旅行的脚步，英国传教士、探险家大卫·利文斯通和德国著名植物学家阿道夫·恩格勒，通过文献整理和实地考察，探索出西瓜的原产地在今天非洲的南部地区。

人们至今还能在纳米比亚和博茨瓦纳等地找到西瓜的先祖——一种叫 tsamma 的野生蔓状甜瓜。这种瓜的叶子呈羽毛状，一根蔓藤上可以结 100 多个指甲大小的小瓜，其形态和现代西瓜具有明显的生物学渊源。不过，野生西瓜的甜度很低，当地土著用它们制作泡菜，或者捣碎当浆果食用。阿道夫·恩格勒认为，在很古老的时代，西瓜就由非洲南部向北旅行，并传播到了埃及。或许正是在这个阶段，西瓜经过了初步的育种改良，所以，在 4000 多年前的埃及墓葬壁画中，就出现了我们所熟悉的西瓜和表述西瓜的专有

象形文字。大约在公元前的某一年，西瓜开始播种到整个南欧和中东地区。联合国粮农组织的统计数据显示，当今世界最大的几个西瓜生产国分别是中国、伊朗、土耳其、巴西和美国。其中，中国2020年的西瓜产量为6234.4万吨，毫无争议地成为世界第一吃瓜大国。

猪八戒在哪儿吃西瓜

从西瓜旅行至中国的时间来看，无论是雄才大略的秦皇汉武，还是建立霸业的唐宗宋祖，都与西瓜无缘。夏日里的李白“懒摇白羽扇”“脱巾挂石壁”，暑热中的苏轼“酒困路长惟欲睡，日高人渴漫思茶”，因为他们都无福享受西瓜带来的解渴与清凉。

在诸多名人与西瓜的故事中，小朋友们最喜欢的可能是《猪八戒吃西瓜》了；但翻开《西游记》，我们发现书中并无猪八戒吃西瓜的情节，这个故事其实是童话作家鲍蕾的作品。

尽管如此，《西游记》中的确有“西瓜”的影子。在小说第六十六回《诸神遭毒手，弥勒缚妖魔》中，孙悟空借弥勒佛之手收服黄眉怪，双方在瓜田有一场战斗：“行者见有瓜田，打个滚，钻入里面，即变做一个大熟瓜，又熟又甜……弥勒即把行者变的那瓜，双手递与妖王。妖王更不察情，到此接过手，张口便啃。”从描述来看，这无疑是一片西瓜田。如果《西游记》里的猪八戒要吃西瓜，只能在这片瓜田里了。

从小说中的时间脉络看，唐僧师徒去西天取经发生在唐贞观十三年（639年），而西瓜进入中原的时间还要在400多年以后的宋代，所以，猪八戒在此时的唐帝国境内是不可能吃到西瓜的。那么，在空间上是否有可能呢？回答这个问题之前，我们需要先定位一下《西游记》中“小雷音寺”附近的这片“瓜田”。

重新梳理唐僧师徒四人此前的旅行线路，我们发现：在第五十九回，师徒四人行至火焰山（假定火焰山就在今天的新疆吐鲁番）。从时间上看，唐僧师徒四人从火焰山走到“小雷音寺”，从秋末走到了第二年春天。除去各种神力相助，按照正常人每天约30千米的行进速度，从吐鲁番向西走三个多月时间，应该有3000多千米的距离，也就是说，差不多能到印度新德里或伊朗德黑兰。

那么，初唐时期，中东伊朗等地是否有西瓜呢？2015年，美国《国家地理》杂志刊登了一篇名为《夏日美味——西瓜的5000年神秘史》的文章。文中称："各种历史文献表明，公元前400年到公元500年，西瓜从东北非传播到地中海国家。专家推测认为，除了贸易和物物交换，西瓜之所以能旅行到这么多地方，与其可为长途旅行提供天然水源也有一定关系。"也就是说，在中国唐代初年，西瓜是有可能出现在中东地区的。美国学者劳费尔在其中西文化交流史著作《中国伊朗编》中说："据6世纪阿拉伯人和波斯人说，西瓜是从印度来到他们国家，为此他们将西瓜称为'Batieo Indi'，意思是'印度瓜'。"

如此看来，猪八戒还是能吃到西瓜的；不过，他得在西行之路上走得足够远才行。

西来之瓜的中国之旅

与其他引种自域外的瓜果不同，西瓜没有令人眼花缭乱的众多名称。从字面上看，西瓜就是"西来之瓜"或"西域之瓜"的意思。这个名字应该是由胡峤起的或最早翻译的。胡峤是五代后晋至后周之间的人，曾为后晋同州郃阳的县令。在辽会同十年（947年），作为宣武节度使萧翰的掌书记，胡峤曾与萧翰一同投奔辽国。后来，萧翰因谋反被辽国所杀，胡峤无所依靠，虏居辽国7年，留下《陷虏记》一书。

书中记录胡峤北行辽国的一路见闻，其中就有关于"西瓜"的记录："又行三日，遂至上京，所谓西楼也。西楼有邑屋市肆，交易无钱而用布……自上京东去四十里，至真珠寨，始食菜。明日东行，地势渐高，西望平地松林，郁然数十里。遂入平川，多草木，始食西瓜，云契丹破回纥得此种，以牛粪覆棚而种，大如中国冬瓜而味甘。”在这则最早记录西瓜的中国古文献中，我们不仅清楚地看到了西瓜自西北新疆方向传播至内蒙古及中国北方的线路，也明了了“西瓜”一名的由来。不过，《陷虏记》中并未提及胡峤是否将西瓜或西瓜种籽带回中原。

70多年之后，西瓜在中国北方已经相对普及；但由于宋辽、宋夏、宋金之间的战争与对峙，西瓜的南下之旅进展缓慢。直到南宋建炎三年（1129年）至绍兴十三年（1143年），洪皓才将西瓜正式引入江南。洪皓是著有《夷坚志》《容斋随笔》等著作的洪迈的父亲。与胡峤的经历相仿，洪皓是在代表南宋与金国谈判时，遭到数年的扣押。他在回忆体著作《松漠纪闻》一书中也提到了西瓜：“西瓜形如扁蒲而圆，色极青翠，经岁则变黄，其瓞类甜瓜，味甘脆，中有汁，尤冷。《五代史·四夷附录》云以牛粪覆棚种之，予携以归，今禁圃乡圃皆有。”史载，洪皓回归后，西瓜也被引种到临安（今浙江杭州市）、饶州（今江西鄱阳县）、英州（今广东英德市）等地。

经南宋的试种，到元代时，西瓜在中国大地上已经不算是新奇的东西了。吴瑞在《日用本草》一书中也说道：“契丹破回纥，使得此种，以牛粪覆而种之，结实如斗大，而圆如匏，色如青玉，子如金色或黑麻色，北地多有之。”到了明代，西瓜已经在中国大江南北皆有种植，并出现多个品种。李时珍在《本草纲目》中总结说：“按胡峤《陷虏记》言，峤征回纥，得此种归，名曰西瓜，则西瓜自五代始入中国，今则南北皆有，而南方者味稍不及，亦甜瓜之类也。”从李时珍的记录来看，南方虽有西瓜，但品质和味道都不如北方所产。与此同时，据1709年出版的日本《太和本草》一书中的记载，西瓜在宽永时代（1624—1643年）初次由中国移植到日本。

不过，南宋范成大“碧蔓凌霜卧软沙，年来处处食西瓜”的描述可能有些夸张。因为在《红楼梦》第二十六回中，曹雪芹借薛蟠的口说：“这藕和瓜，亏他怎么种出来的。”薛蟠是豪门中的浪荡公子，如果他觉得西瓜难得且贵重，说明在明代和清代早期，西瓜的种植范围仍然有限，西瓜仍属于稀罕物，应该不属于寻常老百姓的餐桌之物。

从陆路东进中国之外，西瓜还经过海路旅行至东南亚各国。曾追随郑和下西洋的马欢见多识广，在其《瀛涯胜览》一书中多次提及西瓜：占城国，“有梅、橘、西瓜、甘蔗、椰子、菠萝蜜、芭蕉子之类”；苏门答腊国，“西瓜绿皮红子，有长二三尺者”；爪哇国，“果有芭蕉子、椰子、甘蔗、石榴、莲房、莽吉柿、西瓜、郎级之类”。

艺术家的缪斯

在西方，西瓜一直都激发着艺术家的创作热情，如意大利著名静物派画家朱塞佩·雷科就画过一幅著名的《静物水果》，画面的正中心是一个红瓤黑子的厚皮大西瓜。不过，同时期意大利画家乔瓦尼·斯坦奇笔下的西瓜完全颠覆了我们对西瓜的印象：他笔下的西瓜剖面有呈“米”字形的白色瓤体，为白色包裹的才是红瓤黑子的部分。到了19世纪，画家笔下的西瓜才逐渐变为我们今天所熟悉的样子，如美国第一位静物画家拉斐尔·佩尔1813年的油画《甜瓜与牵牛花》、巴西户外画的先驱阿戈斯蒂尼奥·乔斯·达莫塔1860年的《木瓜与西瓜》、罗马尼亚画家米哈伊尔·斯特凡内斯库的《自然作物西瓜》，等等。

除了艺术画作，西瓜也是作家创作的灵感来源，马克·吐温在名为《罗莎娜坚持改革》的短篇小说中盛赞“西瓜只应天上有”，他写道：“真正南方的西瓜是上天

油画中的西瓜

的恩赐，其他普通东西不能与之相提并论。西瓜是这个世界上奢侈品的主宰，是上帝恩典的统治地球上所有水果的国王。只要你尝过它，你就知道天使吃了什么。伊甸园中的夏娃吃的肯定不是南方的西瓜，因为我们知道是她后悔了。”

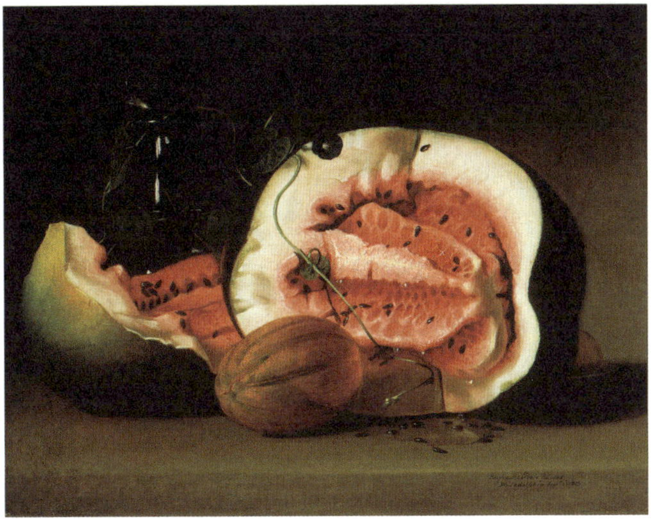

拉斐尔·佩尔的油画《甜瓜与牵牛花》

不过，为广大的吃瓜群众所不了解的是，早期的西瓜并不如今天这般美味。《夏日美味——西瓜的5000年神秘史》一文认为：“如果天使和天上的神仙吃了野生的西瓜，恐怕得吐出五脏六腑。因为原始西瓜的瓜瓤是淡绿色的，又苦又硬，绝非一种美味。”

美国“吃瓜”需谨慎

在美国，谈论西瓜或者将西瓜与非洲裔美国人联系起来是一件不得了的事情。

2014 年 8 月，《波士顿先驱报》发表了一幅漫画。漫画中，一名男子一边坐在白宫的浴缸里洗澡，一边向正在刷牙的奥巴马总统推销牙膏。这幅漫画的初衷是讽刺白宫糟糕的安保系统，不想却因为这幅漫画的提示语招惹了大麻烦。因为漫画中男子说的是：“您试过最新的西瓜口味牙膏吗？”要知道，将黑人和西瓜联系起来就是明显的种族歧视。2017 年 9 月，经过艰苦试训的罗伯特·帕蒂森被底特律第 55 消防队正式录取，为了表示感谢，他将一个大西瓜作为加入消防队的礼物送给老队员。谁料此举引起轩然大波，在黑人占 90%的消防队，这一礼物立刻被认为是明显的种族挑衅。

尽管《波士顿先驱报》将漫画中的“西瓜口味”改成“草莓口味”，罗伯特也立刻道歉，但这仍难以平息公众的愤怒，罗伯特也因此丢掉了工作。之所以出现这样的问题，就和西瓜在美国的旅行关系密切。

与世界其他地方相比，西瓜进入美洲的历史稍晚。16 世纪，哥伦布发现新大陆之后，西瓜逐渐通过欧洲殖民者和非洲奴隶贸易被带到了美洲。据说，第一批西瓜是在北美洲佛罗里达地区生根的。17 世纪，人们开始在马萨诸塞州和南美洲的秘鲁、巴西等英国、西班牙和葡萄牙的殖民地种植西瓜等水果。

2014 年 12 月 8 日，美国《大西洋月刊》发表了威廉·布莱克的文章《西瓜如何成为了一个种族主义者的比喻》。文章回顾了西瓜在美国的种植及旅行史，说道：“将非洲裔美国人与西瓜联系起来有着特定的历史原因和特定政治背景，美国内战之后，赢得自由的南方黑人通过卖西瓜获得继续生存的机会，并将这种水果视为他们自由的象征。而南方白人则因此赋予西瓜不洁、懒惰、幼稚和不受欢迎的形象。”事实上，早在美国内战之前，欧洲也有人鄙视西瓜、厌恶食用西瓜。“在早期欧洲人的思想里，典型的吃西瓜的人是贫穷的意大利人或阿拉伯农民。1801 年，驻扎在埃及的一名英国军官看到了当地人在吃西瓜。‘他们吃西瓜的样子极为贪婪，好像害怕被过路人抢走一样，西瓜皮则被随意丢弃在街道（上）’，所以他认为西瓜是那些可怜的阿拉伯人的盛宴，是一顿

阿戈斯蒂尼奥·乔斯·达莫塔的油画《木瓜与西瓜》

可以代替丰盛晚饭的廉价替代品。”

将特定阶层的饮食偏好作为讽刺和嘲笑的对象，并进一步将之上升为种族歧视的具体内容，这和美国内战之后南方的媒体宣传密不可分。失去奴隶的南方种植园主和鄙视黑人的报纸不断扩大着西瓜和自由黑人之间的联系，加大了利用西瓜嘲讽黑人的力度。1869 年，《弗兰克 · 莱斯利新闻画报》上出现了第一组黑人大吃西瓜的漫画，漫画的文字解释说：“南方黑人并没有特别明显地表现出对其他美食的热爱，而只钟情于西瓜，黑人小孩对西瓜简直迷恋不已。”到了 20 世纪初的美国，西瓜与黑人的刻板印象已无处不在。一张流行的明信片就描绘了一个老年黑人，两只手上各拿着一个西瓜，配文说：“看这个黑人，他对自己以外的任何事情都没有什么责任和兴趣。”

所幸，西瓜在中国并无如此禁忌。地不分南北东西，皆以西瓜为美味；人不分老少男女，皆为吃瓜群众。刀切拳锤，嘴啃勺舀，西瓜面前暑热尽散，一个字——爽！

从花开马丘比丘到根生全世界
——土豆旅行记

土豆是我们生活中最常见的蔬菜。在中国，繁多而特色鲜明的地方菜系中都能看见它的身影，凉拌或者爆炒土豆丝是中国人熟悉的家常菜；在美国，土豆切条油炸化名薯条，那可是麦当劳、肯德基等西式快餐的标配；在欧洲，土豆泥、土豆烧牛肉等又是德国、俄罗斯的名菜。在世界烹饪食品的舞台上，土豆是当仁不让的主角。除了蔬菜的角色，土豆还是继小麦、水稻和玉米之后，产量居世界第四的粮食作物，它的广泛种植使更多的人口得以生存。

8000多年前，安第斯山脉的印第安人在海拔四五千米的高原上培育出土豆。对于小麦或水稻等谷物而言，如果结出的果实过大，则植株无法承受地上部分的重量；而土豆在地下生长，不受这种情况的限制，因而其产量很高，加之土豆生命力顽强，对生长环境不挑剔，具备了在全球广泛种植的先天条件。16世纪中叶，西班牙征服者从秘鲁、玻利维亚等地将土豆运回欧洲，开启了土豆的全球旅行。

2015年，在美国好莱坞科幻电影《火星救援》中，创作人员对在火星地表种植土豆进行了大胆而乐观的想象。2016年春，现实中的美国国家航空航天局和秘鲁国际土豆中心开展合作研究，在模拟的火星环境里培育土豆，其目标正是未来

在真正的火星上种植土豆。其实，早在1995年10月，美国国家航空航天局就已经联合威斯康星大学麦迪逊分校将土豆送上太空，进行了种植实验。与其他农作物相比，土豆不仅完成了全球旅行，也成为太空旅行的先驱。

科幻电影《火星救援》剧照

欧洲之旅的苦涩史

关于土豆的起源地，美国历史学家普雷斯科特在《秘鲁征服史》中做过专门的考证。书中提到，16世纪的西班牙人发现了“（秘鲁）科迪勒拉山脉较高的山坡上，在玉米和稻谷达不到的地方，可以看到有土豆的种植。不知道土豆是秘鲁土生土长的，还是从邻国智利输入的，但它成为印加王统治下的高原地区的主要作物”。不难看出，土豆花最早是开放在马丘比丘的高山之上的。

此外，普雷斯科特还引述了人们在南美发现的野生土豆：“（土豆）这种植物的野生标本可以在更高的地方找到，它们在矮小灌木丛中自然地生长，科迪勒拉山脉的高处覆盖着这种灌木丛，直到它们逐渐为苔藓和黄色浅草所代替，那些黄色浅草地带像一条金色的地毯，围绕在高大的锥形山的山脚，这些山峰高耸入永寂之地，上面覆盖着积攒了无数个世纪的积雪。”

关于土豆如何从美洲抵达欧洲，大部分人认为，土豆是跟随“凯旋”的西班牙征服者船队登陆欧洲的。也有流传的版本认为是英国冒险家沃尔特·雷利爵士第一个将它引入欧洲。这位英国伊丽莎白时代的著名冒险家迷恋吸烟，也曾留下“谁控制了海洋，谁就控制了世界贸易；谁控制了世界贸易，谁就控制了世界财富，最后也就控制了世界本身”的名言。据说，他于1589年在自己位于爱尔兰

沃尔特·雷利爵士雕像

科克的庄园里首次引种了土豆，并将其作为礼物送给了女王伊丽莎白一世。

与土豆在南美的大受欢迎相反，初到欧洲的土豆备受歧视，最终花了半个多世纪才被人们接受和喜爱。那时的欧洲人不仅不能接受土豆，反而认为土豆是不祥的蔬菜，将其与恐怖的麻风病、梅毒和早死、不育以及道德败坏等联系起来。随着土豆在欧洲各国旅行的加速，各种污蔑土豆的谣言四起。17 世纪，人们常把各种倒霉事与土豆联系起来，如法国人曾称土豆为“巫婆用的毒草”，俄国人则称土豆为“魔鬼的苹果”。至今，英语里还将那些矮胖的不受异性欢迎的人称作“丑陋的土豆（ugly potato）”。2006 年 7 月，因为波兰总统卡钦斯基取消了与德国总理默克尔的会谈，德国的《每日新闻报》居然刊登了一篇名为《波兰的新土豆》的文章讽刺卡钦斯基，双方一时剑拔弩张，闹出了一场外交事件。

在南美是“超级明星”，来到欧洲却成了“不祥之物”，这可是费劲进行长途旅行的土豆所没有想到的。之所以出现这个问题，首先是因为欧洲人“以貌取人”，嫌土豆长得丑。与现在略显臃肿的身材相比，早期的土豆更难看些，不仅个头更小，块状分布也不均匀，就像人身上的淤血肿块，与同时代从美洲来的烟草、可可、番茄和辣椒相比，土豆的颜值明显不高。其次，土豆表皮粗糙，口感较差，切开后，其块茎中的酪氨酸受到氧化后会迅速变黑，这些都令16世纪的欧洲人难以接受。最后，土豆出身“贫贱”，来自“落后”的美洲殖民地，又是从泥土里挖出来的，这让自恃“文明”的欧洲社会无法不鄙视它。

不过，谣言止于智者。虽然长相不尽如人意，但土豆丰富的营养、可口的味道和较高的产量还是逐渐赢得了人们的喜爱。法国著名植物学家安东尼·奥古斯丁·帕蒙蒂埃在长期考察和研究后，认为土豆是不可多得的食材，他极力说服国王路易十六接受土豆，还将一束土豆花送给王后玛丽·安托瓦内特。据说，这位法国王后非常喜欢这种紫色的五瓣花，并将它戴在头上。这一举动很快受到欧洲时尚界的追捧，各地名流和贵族纷纷效仿。有了王后的示范和国王的支持，帕蒙蒂埃开始在法国高调种植土豆。他先是花费巨资平整出100英亩（约40万平方米）土地，种上土豆，然后，动用军队日夜巡逻，并大肆宣传土豆。高调的军事化种植和夸张的宣传立即引起了人们的关注，土豆的形象在法国被扭转，大规模地种植和食用之风开始在欧洲流行。

土豆的北美旅行

土豆于8000年之前就在智利、秘鲁、新格拉纳达和科迪勒拉山脉一带出现，但同时期的北美洲和墨西哥等地则没有土豆。地理学家洪堡认为，这证明了南北美洲彼此之间没有相互的交流和往来。他进一步指出，北美洲最早出现土豆的地方在弗吉尼亚，这里的土豆是由西班牙殖民者从南美洲传来的。从具体时间来看，土豆于1621年到达北美洲殖民地。当时，百慕大州长纳撒尼尔·巴特勒出于友好向弗吉尼亚州长弗朗西斯·怀亚特邮寄了两个大雪松木箱，箱里就装有南美洲特有的土豆和其他蔬菜种子。

不过，旅行到北美洲的土豆并没有立刻为人们所青睐，在很长时间里，它们都是作为马或者其他动物的饲料而存在。直到19世纪中叶，爱尔兰大饥荒之后，土豆的命运才在美国实现了逆转。爱尔兰大饥荒为什么会与万里之外的美国扯上关系？这其中，土豆又扮演了什么角色呢？

我们知道，19世纪初，土豆开始风行欧洲大陆。在当时的爱尔兰，土豆的长势尤为良好，越来越多的爱尔兰人也依赖上了这种美味，底层劳动者每日的土豆消耗量达到五千克左右，是同时期法国人的10倍。随着种植面积的扩大和对土豆依赖程度的加深，一场灾祸悄然而至。由于当时传入爱尔兰的土豆种子都来自南美洲安第斯山脉，种类非常单一，生态系统相对脆弱。从1845年开始，一场名为“晚疫病”的传染病在土豆之间蔓延，当年就有1/3的土豆绝收；1846年，灾情更加严重，大面积的土豆苗枯萎死去；至1849年，这场土豆“瘟疫”引发的饥荒造成上百万人死亡，更多的人选择逃离家园。

根据科学家的研究，晚疫病属真菌病害，土豆是由于感染了一种疫霉属的白色孢子而致病。在最初染病的土豆植株上，叶片和茎上会出现像被水浸过或绿藻样的边缘；很快，整片叶子坏死；几天后，整个植株就会死亡。如果孢子掉进土壤，成熟的土豆块茎也会被感染，使块茎出现裂痕和皮孔，在很短时间里，感染的块茎会变为红色或紫色，并因变臭和溃烂而无法供人食用。由于这种孢子体积非常小，弱风都能带它四处飘散，所以，一旦出现疫情，大规模的损失几乎无法避免。

这场因土豆引发的移民规模史无前例，200多万爱尔兰人坐上早先运送黑人奴隶的简陋船只，踏上去往美国或澳大利亚的旅程。据后来统计，截至1860年，到美国的爱尔兰人超过100万，剧烈而明显地改变了美国的人口结构。这些到来的爱尔兰人大部分仍从事农业生产，并继续在美国种植自己心爱的土豆。1872年，著名园艺家路德·伯班克发现了抗病的土豆杂交种，为抗击晚疫病做出了突出贡献。新的土豆品种很快在爱尔兰人聚居的新罕布什尔州、爱达荷州等地大面积种植。因为种植面积和土豆产量名列北美洲前茅，爱达荷州还获得了“土豆州”的美誉。

1853年，在纽约萨拉托加温泉的一个时尚度假胜地，爱尔兰裔铁路大亨范德比尔特正在大宴宾客。当一盘传统的炸鱼和土豆条送上餐桌后，主人只看了一眼就抱怨土豆被切得太厚。这道菜被送回厨房，厨师乔治·克鲁姆立刻为高傲的客人们把土豆切成细条，并用热油炸熟加盐腌制后重新上桌。令厨师意想不到的是，大家非常喜欢这种“脆条”，风靡全球的薯条就此诞生了。

今天，因为那场大饥荒而来到美国的爱尔兰人已经繁衍到了3600万人，远远超过现在的爱尔兰本土人口数量。在美国，爱尔兰裔美国人成为仅次于德国裔的第二大族群。近百年来，一大批影响美国甚至影响世界的美籍爱尔兰人登上了美国的政治舞台，如奥巴马、布什父子、克林顿、里根、卡特、尼克松、肯尼迪、杜鲁门等在内的很多总统都具有爱尔兰血统。不能不说，爱尔兰人改变了美国，一个小小的土豆改变了美国。

两百年的土豆中国行

从名称上看，土豆的英语名“potato”来自西班牙语“patata”，西班牙语的这个词汇则是由加勒比地区的泰诺语“batata（红薯）”和南美洲印加帝国的官方语克丘亚语“papa（土豆）”混合而来的，在欧美的大部分语言中，土豆的名称都大致保持了这样的发音。由此不难看出，“potato”这个名字本身也蕴含着土豆旅行的信息。

佛罗里达当地种植的新土豆

从产量上看，中国目前是世界

第一大土豆生产国，2020年土豆产量高达1亿吨，是排名世界第二的印度土豆产量的两倍多。土豆在中国受不受欢迎，看看中国人给它起的众多名字就知道了。东北人叫它“土豆”，西北、西南人叫它“洋芋”，华北人叫它“山药蛋”，江浙人叫它“洋番薯”，广东人叫它“薯仔”，官方又称它“马铃薯”。从土豆在中国的名称上看，真可谓“土洋结合”，土到底，也洋到家。

那么，土豆是什么时候旅行到中国的呢？又是经由哪些路线到达中国的呢？近些年，植物史学家经过考证发现，土豆来到中国的历史非常短，大约有200多年。从土豆学名“马铃薯”在中国史籍中出现的时间来看，清康熙三十九年（1700年），福建松溪县（即今浙闽交界的南平市松溪县）的《松溪县志》中第一次记载了马铃薯：“康熙十八年，县府曾下文劝农，晓谕民众种植马铃薯。”对于马铃薯的性状，《松溪县志》中这样描述：“叶依树生，掘取之，形有大小，略如铃子，色黑而圆，味苦甘。”

不过，有农史专家认为，《松溪县志》所言的“马铃薯”不是我们今天所吃到的土豆，而是一种名为“黄独”的中药材，原因在于“叶依树生”，说明该种植物为缠绕藤本植物，而土豆是蔓生植物；“色黑而圆，味苦甘”，更符合黄独的特性，即暗黑色球形块茎、稍有苦味等，况且黄独的藤蔓上长着的珠芽就很像马铃儿，这可能是后人误判的关键原因。如此看来，土豆不大可能于康熙年间就在浙南闽北地区出现。

如果上述看法准确，那么地方志中最早出现土豆记录的是清道光二十四年（1844年）的《城口厅志》（城口厅，今重庆市城口县，位于四川、重庆、陕西三地交界）：“洋芋，厅境嘉庆十二三年始有之，贫民悉以为食。”到了光绪九年（1883年），陕西《孝义厅志》（孝义厅，今陕西商洛市柞水县）中也有了关于土豆的记录：“洋芋，俗传此种系嘉庆时杨大人（遇春）自西洋带来，高山民以为主食。”1893年，四川《奉节县志》（奉节县，今属重庆市）中也说：“包谷，洋芋，红薯三种古书不载。乾嘉以来，渐产此物。”此外，清代植物学家吴其濬在《植物名实图考》中也记录了山西和陕西的土豆种植情况。

除了陕西、四川、山西、重庆等地，土豆还出现在了贵州。1927年贵州的《大定县志》中保留了清道光二十四年大定知府黄宅中劝百姓广种土豆时写下的诗歌："春分种荞麦，谷雨种苞谷。不如栽阳（洋）芋，一亩收百斛。正月土松复，五月卵抱熟。圆实结累累，蕃衍采盈掬。我闻嘉禾里，培莳遍山谷。四乡勤菑畲，入口佐膳粥。"这首诗歌的下面还对"洋芋"进行了较为详细的描述："盖蜀土产芋，形圆而大，状若蹲鸱，谓之芋魁。其子繁者，亩收百斛，可以充粮食而度饥年……因劝广栽，以充民食。"

通过对中国各地地方志中的土豆记录进行梳理，山西省农业科学院的谷茂、马慧英、薛世明等学者在《中国马铃薯栽培史考略》中指出，四川江油至现在重庆城口，及秦巴山南麓地区是中国马铃薯最早的输入地和栽培区；土豆由这里向四周辐射传播，向西北进入甘肃武都、天水，向北进入陕南，向东进入鄂西，向南经四川冕宁、会理和雷波分别进入云南和贵州毕节。这应该是土豆在中国旅行的最早路线。

值得注意的是，中国土豆最先出现的地方在长江流域和黄河流域中上游的交界地带，而不是沿海地区。北京大学项梦冰教授在最新研究成果中说："马铃薯在中国的推广相当晚近，具体而言，是民国以后的事情。"从具体路线来看，土豆可能是由日本传入中国，经长江上溯至川陕交界，那里的土壤和气候更适合当时的土豆品种生长。

1962年，张畅先生在《东北马铃薯栽培》中对东北土豆的来历做了这样的说明：大约19世纪末叶，东北才有马铃薯的栽植；普遍的栽培是在20世纪的初年，关内汉民迁移，帝俄贵族流亡于东北和朝鲜族迁入吉林，都曾先后把马铃薯带入东北；敌伪时期又从日本引进许多马铃薯品种。

从南美观赏尤物到中国味觉狂欢——辣椒旅行记

对于当代中国人而言，“开门七件事，柴米油盐酱醋茶”是不完整的表述，因为日常生活中最为重要的辣椒被遗漏了。

一场与辣椒有关的饮食狂欢

在我们的厨房里，辣椒可以是主菜、配菜，可以是调料，也可以同时都是。除了刺激舌尖味蕾，辣椒在医学上也有广泛用途，从辣椒中提取的辣椒素对关节炎等疾病的治疗均有效果。

在我国西南地区，流传着“四川重庆人不怕辣，贵州云南人辣不怕，湖南广西人怕不辣”的说法；在西北地区，陕西大地“八百里秦川尘土飞扬，三千万儿女共吼秦腔，一碗燃面喜气洋洋，没放辣子嘟嘟囔囔”；在甘肃、新疆地区，大盘鸡、拉条子、烤串，哪一种美食都少不了辣椒的相伴。在中国，不吃辣甚至成为被揶揄的对象。2018 年一场台风之后，广州超市中的物品被抢购一空，唯有辣椒静静剩在角落，“不吃辣，是广州人最后的倔强”的段子在互联网上疯传。在汉语中，辣椒也可以是对人的描述，如古典文学名著《红楼梦》中贾母把性格直率的王熙凤称为“凤辣子”，一生钟

爱辣椒的毛主席则说“爱吃辣椒的人都是革命者”。细细想来，辣椒竟然如此牢固地占据着我们的厨房和我们的思想。

当然，不仅中国，全世界似乎都陷入了一场和辣椒有关的饮食狂欢。在东南亚地区，美食烹饪显示出当地人对辣椒的钟爱，几乎所有的菜肴都离不开辣椒的介入。究其原因，与这里的食物结构、气候条件和宗教信仰密切相关。泰国、越南、柬埔寨等国居民以大米为主食，在烹饪中引入辣椒，能减少人们对肉类等昂贵辅食的依赖，可以吃下更多米饭以增强体力；炎热潮湿的天气容易引发食物变质，辣椒则在减少食物腐败方面具有特殊功效；东南亚民族信仰多元化，不同宗教有不同的饮食规定和习惯，辣椒作为烹饪调料却为所有宗教信徒所接受，有学者甚至认为辣椒加速了东南亚地区人们相互之间的身份认同。

在北美地区，1893 年芝加哥世界博览会上第一次出现了圣安东尼奥牌辣椒酱，由此开启了辣椒酱征服北美的步伐。1977 年，为了表彰辣椒对饮食调味的贡献，美国得克萨斯州的立法机构还将

辣椒正式列入官方菜肴。

现在，无论你问中国人、印度人、墨西哥人或泰国人，他们都会说辣椒原产于自己的家乡，因为辣椒已然成为他们烹饪中不可或缺的调料。欧美人使用的辣椒量虽然不大，但他们也对这种调料充满了热情。追溯辣椒旅行的历史，我们发现，这种源于美洲的珍馐，最早是因为其美丽的花朵而被人们中意和培育，它在全世界的旅行时间不过500多年。那么，辣椒是经由怎样的旅行路线传播到世界各地的呢？又是什么力量使它迅速占据了各国的餐桌呢？

辣椒的全球旅行

我们知道，辣椒属于辣椒属，是茄科植物家族的成员之一。茄科家族还包括番茄、土豆和茄子等。已知的25种野生辣椒中，只有5种被人类驯化栽培，在南美洲，大部分辣椒仍是野生的，形状和颜色远比墨西哥经典的弯曲红色或绿色小子弹辣椒更为多样化。

2007年，美国考古学家琳达·佩里等人在《科学》杂志上发表了《辣椒淀粉化石与辣椒在美洲的驯化与传播》一文，详细介绍了他们在加勒比海、委内瑞拉和安第斯山脉等地的考古发现。文章指出，在出土的人类早期磨石、炊具上，都有大量辣椒淀粉微粒化石，由此可以推测，早在大约6250年前，厄瓜多尔南部的人们就吃上了人工驯化的辣椒。由于人们没有在厄瓜多尔南部发现野生辣椒，因此，这些驯化培育的辣椒肯定是从南美的秘鲁或玻利维亚被带过来的。根据琳达·佩里等人的研究，辣椒最初是由南美土著发现并驯化的，“无论出于何种原因，人们在那里种植和交易辣椒至少有超过6000年的历史”。人们据此可以断定，辣椒的原产地为南美洲。

1492年8月，当哥伦布从西班牙出发开始环游世界时，他怀揣一个非常迫切和重要的目标，那就是为欧洲人的厨房和膳食添一重保障。因为自希腊和罗马时代以来，欧洲人一直使用黑胡椒作为烹饪的辅助品，以改善膳食的质量。黑胡椒等调料从亚洲东印度群岛源源不断地来到欧洲，不仅丰富了欧洲人食物的风味，也推动了亚历山大、热那亚和威尼斯等贸易港口的长期发展和繁荣。但到了中世纪，崛起的奥斯曼帝国切断了欧洲通往亚洲的陆路和海路通道，旧有贸易渠道越来越艰难，黑胡椒等香料价格一路走高，并逐渐成为一种奢侈品。由于价格过于昂贵，以致在较长一段时间内，它和玉米（十六七世纪时等同于黄金）进行交换，甚至被用来支付租金和税金。正因如此，大批欧洲商人才产生了寻找通往印度及其他胡椒产地新通道的动力。当然，促使哥伦布发现新大陆的原因不仅仅是胡椒，还有其他利润丰厚的香料、丝绸和鸦片等，但不能不说的是，如何让自己的食物更加可口，肯定也是扬帆海上的哥伦布要考虑的问题之一。

1492 年底，哥伦布船队没有抵达预想中的东方印度或中国，却来到了中美洲，他们在今天的海地建立了据点。在对这片土地的征服与劫掠中，哥伦布船队发现了当地土著栽培并使用的辣椒，并将辣椒带回西班牙。第二年，哥伦布写下并发表了对辣椒性状和药用特征的研究，这成为辣椒旅行到欧洲的最早记录。但正如英国作家莉齐 · 科林汉姆在她的《咖喱：大厨与征服者的传奇》一书中所描述的那样，欧洲人最初对哥伦布带回来的辣椒并不感冒："在伊比利亚半岛上，辣椒更像是一种有趣的观赏植物，而不是一种广受欢迎的调味品。"也难怪，那一朵朵呈五角星状的白色小花的确不同于一般花朵的浓艳与绚丽，却自有一番韵味在其中。

尽管欧洲人没有即刻品尝辣椒的美味，但他们确实成为辣椒最得力的传播者。来到旧大陆的辣椒很快被葡萄牙贸易商运往他们在西非、印度和东亚各地的定居点和新增的殖民地。在哥伦布

发现新大陆后的30年中，至少有三种不同类型的辣椒茁壮生长在印度洋西海岸的丛林中，并随着欧洲殖民者的脚步迅速传播到南亚次大陆（约在16世纪初传到印度），用来代替传统调料黑胡椒为食物增加味觉刺激。在东南亚的泰国，葡萄牙人的短暂统治并未将当地人转变为基督徒，但辣椒的成功引入彻底地改变了泰国人的食物味道。

与此同时，欧洲传教士和殖民者也向日本、印度尼西亚和中国传播了辣椒。有统计显示，在抵达西班牙的半个世纪后，辣椒已经被广泛种植在西非沿海的大部分地区，并通过北非的马格里布，向中东、巴尔干和东欧传播。辣椒的传播速度非常快，部分原因是它们很容易在各种气候和条件下生长，价廉，可供人们长期使用。

近30年来，随着印度餐、中餐和泰餐的流行，欧洲和美洲人开始大规模和大范围食用辣椒。2001年，当时的英国外交大臣罗宾·库克就把用鸡肉、奶油、番茄酱、辣椒酱和其他香料混炒的咖喱鸡肉称为“英国的发明”和“英国的国菜”。在美国，自20世纪90年代以来，随着墨西哥菜的流行，辣椒酱的使用量已经超过了番茄酱，显示出人们对辣椒的偏爱。在离开美洲500多年后，辣椒来到了最早出发的地方，堪称一次回家的旅行。

辣椒的中国旅行记

“酸甜苦辣咸”是中国人对于味觉的基本描述。那么，什么是辣呢？东汉《通俗文》解释说：“辛甚曰辣。”也就是说，“很辛就是辣”。那么，“辛”又是什么呢？《说文解字》说：“味辛，辛痛即涕出。”指出“辛”是一种味道，强烈的“辛”味能让人眼泪鼻涕一起流。那么，什么东西能使人产生“辛”的味觉感受呢？东晋常璩在《华阳国志》中说，蜀人“尚滋味”“好辛香”。从当时蜀地物产来看，能产生“辛”味的只能是花椒、胡椒、葱、姜、蒜、茱萸这些东西。与辣椒相比，这些“辛”味系列调料相对温和，

直到明代嘉靖、万历年间辣椒传入，“辣”才开始真正在中国人的味蕾上欢腾。

辣椒的英文“chili”来自美洲古老的阿兹特克人所说的纳瓦特尔语。“chili”传到中国后，汉语中称为“番椒”“海椒”“辣椒”“辣子”“秦椒”等，显然，辣椒是借用了“椒”字，“椒”在明代之前与“辣椒”无关，指的主要是花椒。

学术界大多数观点认为，1591 年，中国历史文献中首次提到辣椒。这一年，明代著名戏曲家高濂在《遵生八笺》中记载了“番椒”，说其“丛生，白花，果俨似秃笔头，味辣色红，甚可观”。不难看出，高濂对番椒的观察颇为细致，并可能亲口品尝过；但他仍将“番椒”归于“可观”的范畴，说明其时的中国人并未开始食用辣椒。刊行于明万历四十五年（1617 年）的戏曲剧本《牡丹亭》中也出现了辣椒，作者汤显祖在这部戏曲的“冥判”部分借“末”和“净”的对话，将庭院中的花儿细数一遍，其中就有辣椒花。稍后的明天启元年（1621 年），王象晋编撰的植物栽培专著《群芳谱》刻印发行，其中“番椒”篇留下了这样的描述：“亦名秦椒，白花，子如秃笔头，色红鲜可观，味甚辣，子种。”

从文化地理的角度看，最早记录中国辣椒的几位学者有着明显的相似性，如高濂是钱塘郡（今浙江杭州）人，《遵生八笺》是他晚年隐居西湖时的著作；汤显祖是江西临川人，创作《牡丹亭》时，担任浙江遂昌知县；王象晋为山东桓台人，曾担任过浙江右布政使，有较长时间驻守杭州。更值得注意的是，在清代的地方志中，浙江地方志最早记录了辣椒。浙江、浙江人与辣椒在中国的旅行竟结下了神奇的缘分。

综合上述因素，有人认为，辣椒可能最早通过海路先传到浙江，再从浙江传到内地其他地区。从明清两代海洋政策及对外政策来看，最先接触到辣椒的可能是广州或澳门，因为这两个地方是几乎没有中断过的对外贸易口岸。辣椒之所以被浙江籍或在浙江任职的官员、学者记录，可能与当时浙江繁荣的商品经济和市民社会有关。所以说，漂洋过海来到中国的辣椒有可能从广州沿两条路线向北、向西进展：一是由广州经福建先传播到浙江，然后，顺着京杭大运河向北到达北直隶（河北、北京等地）；二是由广州向西、向北传入广西、湖南，再以湖南为中心向周边扩散，再西传至贵州、四川和云南。应该注意的是，早期传入中国的辣椒先是作为观赏植物被文人雅士阶层所关注，其规模化种植或食用要再晚一些时间。

也有观点认为，辣椒是从印度经陆路翻越喜马拉雅山进入中国的。美国著名美食专栏作家安德鲁·伦纳德于2016年4月在《边界》杂志上发表了一篇名为《为什么革命者喜欢辛辣食物——辣椒如何到达中国》的有趣文章，他在文中将四川、湖南的辣椒食用与区域人文精神联系

起来，认为辣椒是川、湘两地人反叛精神、革命气质和果敢勇猛特征的来源，所谓“天下已定蜀难定，天下已平蜀难平”的历史评述以及“辣妹子”的口号只能给予四川和湖南女孩，都与此有关。关于辣椒在中国的旅行路线，文章认为：“从时间上看，辣椒抵达印度的时间和到达中国西藏的时间都略早于到达中国东部的时间，所以，辣椒有可能经喜马拉雅山某个山谷被人带到青藏高原，或者经南印度、孟加拉国，穿越缅甸来到中国云南，然后向东部地区推进。”

大约在康熙年间，民间开始兴起食用辣椒之风。1688 年，浙江杭州人陈淏子出版了园艺著作《花镜》，其中对辣椒有这样的记述：“番椒，一名海疯藤，俗呼辣茄……秋深结子，俨如秃笔头倒垂，初绿后朱红，悬挂可观。其味最辣，人多采用，研极细，冬月以代胡椒。”这段文字详细地向我们展示了辣椒的种植和制作方法，明确指出辣椒“以代胡椒”的身份，可以理解为人们已把辣椒当作调料来使用。国人真正大规模食用辣椒可能要到清末。徐心余在他所著《蜀游闻见录》中记载：“辣椒一种，各省皆有，惟川人食椒，须择其极辣者，且每饭每菜，非椒不可。据云食椒可以成瘾，瘾之大者，可随时择椒之极辣者，空口食之。昔先君在雅安厘次，见辣椒一项，每年运入滇省者，价值近数十万，似滇人食椒之量，不弱于川人也。”

今天的中国美食早已和辣椒浑然一体，麻辣火锅风靡全国，贵州辣椒酱“老干妈”走向世界。2020 年，中国以 1960 万吨年产量居世界辣椒产量首位。享受一次辣劲十足的美食之后，我们应该向辣椒致敬，感谢它跨越山水的中国之旅，感谢它丰富了我们生活的味道。

可怖狼桃与洋柿子——番茄旅行记

番茄大概是世界上最受欢迎的果蔬之一，它对生长环境要求宽松，无论是黑土地、黄土地，还是红土地，即便是在花盆里、墙角下、过道中、屋顶上，只要有土有水，它都能开花结果。番茄通体圆润，浑身火红美艳，是古人观赏把玩的佳品；它美味营养，可与多种肉、蛋和蔬菜搭配，烹饪时，它能切片、切丝、切丁，也能爆炒、清煮或生吃；此外，它所含的抗氧化成分、维生素和矿物质有助于人们抵御各种疾病。在西方，即便未熟的绿番茄也是汉堡包和三明治的标配。在中国，物美价廉的番茄、鸡蛋组合更是家喻户晓，据说，大部分中国人学做的第一道菜就是番茄炒蛋，番茄蛋花汤更拥有“中华第一汤”的民间美誉。在西班牙东部瓦伦西亚省一个叫布尼奥尔的小镇，每年 8 月的最后一个星期三，总会上演持续一周的“番茄大战”，人们将手中的番茄捏碎后相互投掷，也将欢乐和对番茄的喜爱投向彼此。

据我国商务部统计：“番茄是全球消费最多的果蔬，2020 年的全球产量为 1.82 亿吨，全球主要的番茄生产国是中国和印度。其中中国的番茄产量是 6515 万吨。”有趣的是，与今天番茄在全球的巨大影响相比，番茄的食用历史相对短暂，它在全球的旅行之路格外漫长而艰难。700年左右，美洲的阿兹特克人改良培育了野生番茄，将其引入餐桌。16世纪，西班牙人在征服美洲后将它带回欧洲。最初，欧洲人只是欣赏番茄的美艳，却在它的美味与营养前徘徊良久。直至18世纪之后，欧洲才开始番茄的广泛商业种植和食用历史。到民国初年，中国人才逐渐有了吃番茄的口福。

跨越大西洋的番茄之旅

现代考古证据表明，野生的番茄在中国多地都有出现。如李璠先生的《中国栽培植物发展史》就记录说，川滇交界的渡口山区、广西等地都发现过野生番茄，经过山西省农业科学院采种试种和繁殖若干代后，其野生性状未改变，仍为蔓生，叶小，果小，成串结果，不具有食用价值。再如徐鹏章先生在《“西汉番茄”的发现培育和初步研究》一文中，回顾了1983年在四川成都凤凰山的汉代古墓中发掘出“番茄”种子的情况，但这些种子都不属于我们今天餐桌上的可食用番茄。

真正将野生番茄引种并培育为食物的是美洲古老的阿兹特克人。阿兹特克人为印第安人的一支，约在1.5万至1万年前，从亚洲经过冰封的白令海峡到达加拿大，再南下寻找气候较为暖和的地方定居。后来，他们在墨西哥一带开疆拓土，建立与印加、玛雅齐名的美洲第三大古文明。在农业方面，阿兹特克人的耕作方式十分原始，《玛雅、印加和阿兹特克文明》一书中认为：“阿兹特克人的耕作方法与玛雅人、印加人的相似，都为刀耕火种，他们从来没发明过犁。耕种时一个人用棍子在地上打个洞，另一个人把种子放进洞里，然后用土覆盖种子。”尽管生产方式落后，但他们培育了多种蔬果和经济作物，如“牛油果、多种豆子、南瓜、番薯和番茄等，不同的庄稼长在不同的低地中。主要的低地作物包括棉花、木瓜、橡胶、可可豆等”。

阿兹特克人不只种植番茄，他们还大量食用这种果蔬。《美洲印第安人对世界贡献的百科全书》中的“炖菜”条目记述，在阿兹特克市场上出售的炖菜由蔬菜和肉做成，其中深受当地人喜欢的一种炖菜是用辣椒、番茄、南瓜子做的。书中详细记述了一种以黄辣椒、番茄和鱼肉为主料，青蛙、蝌蚪、蝗虫和虾等为辅料的炖菜。除此之外，阿兹特克厨师用小白鱼、未熟的李子、黄辣椒和番茄熬成的炖菜也颇受欢迎。除了炖菜，阿兹特克人还创造性发明了“番茄酱”。《新墨西哥的西班牙文化和艺术》一书特别提及：16 世纪，精于农艺的阿兹特克人已经把番茄培育成多种不同的类型，处于不同生长阶段的番茄都可以进入阿兹特克人的菜谱。例如，未成熟的绿色番茄薄片就出现在许多阿兹特克人的菜肴中，而成熟的番茄和辣椒混合在一起，再配上豆类，就能做成一种酱——这也是今天沙拉酱的前身。

1521 年 8 月，在埃尔南 · 科尔特斯的指挥下，西班牙殖民者在特诺奇蒂特兰残忍杀害了 25 万阿兹特克人，曾经辉煌的阿兹特克帝国彻底灭亡。殖民者将阿兹特克帝国的黄金与财富搬运至欧洲的同时，也将番茄、辣椒等作物带回了欧洲。由于 1505 年西班牙在加利良诺战役中战胜了法国，夺取了意大利最美丽繁荣的港口那不勒斯（直到 1714 年，那不勒斯一直处于西班牙哈布斯堡王朝的统治之下），所以，当第一批从美洲劫掠回来的西班牙船队在那不勒斯港登陆时，番茄等美洲作物也首先在意大利南部地区生根发芽，意大利人成为最先见到番茄的欧洲人。

之后 200 年，随着欧洲的航海贸易和海外殖民，番茄逐渐传播到世界各地。西班牙人称这种蔬菜为“tomate”，这个名字源自阿兹特克语中的番茄名“tomatl”。番茄的意大利文是 pomodoroi，意思是“金苹果”，大概是因为引入意大利的番茄为黄色品种。来到意大利的番茄很好地适应了这里温暖的气候，并得到了意大利人的喜爱，毫无争议地成为披萨和意大利面的主要调料。

不过，番茄从登陆到在欧洲被大规模食用还是用了较长的时间。如在当时的英语国家里，因为番茄颜色美艳，人们将它作为庭院中的珍异观赏植物，较少食用；又因其极易腐烂，加之叶片和茎部具有浓烈的特殊气味，番茄在早期还被人们认为是有毒食物，

一度被称为狼桃（wolf peach）。另一种解释说，当时的欧洲富人使用的是含铅量很高的白镴餐具，高酸的食物，如番茄，会导致铅渗入食物，从而使食用者发生铅中毒甚至死亡。而穷人用木头盘子吃饭，自然没有这个问题，因此也不讨厌番茄；所以，番茄长时间在底层社会流传，没有得到美食家的注意。直到 1710 年，红色番茄才被意大利、西班牙和北非等地中海沿岸国家的人在烹饪中广泛使用。从美洲到欧洲，番茄的海上之旅大约花了三个月时间，但从美洲的餐桌到欧洲的餐桌，番茄走了整整 200 年。

自南而北、由东向西的番茄中国行迹

明朝万历年间，“中兴之臣”张居正裁决朝政，包括“一条鞭法”在内的一系列改革措施纷纷得到实施，社会经济持续发展，朝廷气象清明，对外政策也相对灵活开放，西方传教士开始陆续进入北京，著名的就有万历十年（1582 年）来华的意大利人利玛窦等。从时间上看，万历年间的意大利早已有了番茄，这些番茄的种子很可能随着意大利天主教耶稣会传教士一起漂洋过海，来到了中国。明代传教士进入中国均走海路，如利玛窦就是从澳门入境的。所以，番茄最早落脚中国的区域应当为广东、广西、福建等东南沿

意大利人利玛窦（左）

海地区，然后由南向北、由东向西继续旅行，在贵州、云南等西南地区相继扎根生长。

最新研究显示，中国关于番茄的最早记录来自贵州，由明代的郭子章完成。郭子章，江西泰和人，曾任贵州巡府十年，所著《黔草》一书收录了贵州的奇花异草。在书中，郭子章将番茄称为“六月柿”，并为之作诗一首：“累累朱实蔓阶除，烧树然云六月初。况是茸茸青草叶，郑公堪画不堪书。汉将将兵度龙堆，葡萄苜蓿一齐来。太平天子戎亭撤，番柿缘何著处栽？”诗的小序这样写道：“黔中有六月柿，茎高四五尺，一枝结五实或三四实，一树不下二三十实，火伞赪卵，未足为喻，第条似蒿、叶似艾，未若慈恩柿叶，可堪郑广文书也。传种来自西番，故又名番柿。”从内容上看，郭子章只是从性状、颜色的角度简略描述了番茄，并未提及能否食用；关于番茄从何而来，也只粗犷地将它与葡萄、苜蓿归为一类，即都是来自西方。

类似的记录还出现在生卒年代稍晚于郭子章的陕西周至人赵崡的著作之中。这位著名的金石学家、藏书家以编著八卷《石墨镌华》而名留青史，在其另一著作《植品》中，他留下了番茄在中国的早期记忆：“又有西番柿，亦万历间自西方来。蔓生高四五尺，结实宛如柿。然不堪食。其蔓与叶臭不可近。比之向日菊尤甚，今亦无种者矣。”与郭子章的“六月柿”相比，赵崡的“番柿”似乎更乏善可陈，不仅“不堪食”，而且“蔓与叶臭不可近”，也没人愿意栽种。

对于番茄在中国的旅行路线，明天启五年（1625年）的《滇志》和明末文人秦元方的《熹庙拾遗杂咏》大致勾勒出广东、广西向云南、贵州传播的路线。《滇志》“物产”篇提到“永昌府”（今云南西部中缅交界区域）有从广东传来的“六月柿”等作物：“近年兵备副使潮阳黄公文炳自粤传来，今所在有之：为海石榴、山桃兰；为玉米；为绿为金粟玉簪；为紫为秋海棠、地金莲、番葵、六月柿。”《熹庙拾遗杂咏》说得更明白：“时都下（北京）多异种草花，相传从两广药材中来，内臣遍栽于圣驾常临幸处，有蛱蝶菊、红水红、番兰、番柿。”

与在欧洲的经历相似，中国人喜欢上番茄的美味也差不多花了200年的时间。且不说明朝人对番茄好感不多，即便到了清代，人们对番茄的印象仍停留在观赏层面。乾隆年间的李百川在所著的神怪小说《绿野仙踪》第四十九回中说：“不想他是个西番柿子，中看不中吃的整货。”由此可见，番茄主要还是用来观赏的。甚至到了清末，人们仍没有广泛食用番茄，如光绪七年（1881年）的《崇明县志》就说：“番柿，非柿也，实不可食，红艳可玩。”清末藏书大家徐时栋在《烟屿楼笔记》中说：“彼人（西洋人）食之，华人但以供玩好，不之食也。”

相比大陆对番茄美味的“严防死守”，台湾人食用番茄（柑仔蜜）的时间可能要早一些。清康熙五十九年（1720年）《台湾县志》的“土产”篇记录说：“柑仔蜜：形圆如弹。初生色绿，熟则红，蜜糖以充茶品。”大概到了民国年间，我国一些大城市里的人才开始食用番茄，如老舍先生在1935年写的《西红柿》一文中说：“西红柿转运是在近些年，‘番茄’居然上了菜单，由英法大菜馆而渐渐侵入中国饭铺，连山东馆子也要报一报‘番茄虾银（仁）儿’。文化的侵略哟，门牙也挡不住呀！”

重回美洲的“尴尬”之旅

从番茄种植的全球地理分布来看，北美的番茄种植面积虽然算不上最大；但是美国的番茄单位产量连续多年雄踞全球第一，达到惊人的9.03千克每平方米。番茄原产地墨西哥更是出产高品质番茄，锡那罗亚州每年都向美国出口大量的番茄。有趣的是，当代美洲的番茄并非当年阿兹特克人所培育的，而是再次从欧洲引种回来的番茄。300多年后，当番茄再次回归故里时，北美大地已经不"认识"它了，并且还引发了一场影响至今的"番茄是蔬菜还是水果"的大争论，这场争论最终因美国最高法院的裁决而平息。

从定义上看，水果是开花植物成熟子房可食用的部分，含有较高的水分和糖分，通常生吃；蔬菜一般是植物的根茎叶部分，所含水分和糖分偏低，烹炒为主。美国《韦氏词典》则认为，水果属于植物的种子，是为传播种子而存在，蔬菜则属于植物的整体或部分。按照这个定义，番茄无疑是水果，但问题是番茄的甜度不如一般意义上的水果，并且主要用于烹饪，更多担任蔬菜的角色。如老舍先生就认为番茄是"四不像"："拿它当果子看待，它甜不如果，脆不如瓜；拿它当菜吃，煮熟之后屁味没有，稀松一堆，没点'嚼头'；它最宜生吃，可是那股味儿，不果不瓜不菜，亦可以休矣！"

1887年，水果商尼克斯家族成员正式向美国纽约地方法院起诉纽约港的税务官爱德华·赫登。原告认为，爱德华一方对他们进口自西印度的番茄征收关税，涉嫌违法，因为美国政府1833年的关税法"只对进口蔬菜征税，对水果免税"。原告律师依据当时通用词典和百科全书中对"土豆""萝卜""防风草""花椰菜""卷心菜""胡萝卜"和"豆子"的定义，例证番茄是水果，要求退还自己因进口番茄而被征收的关税。被告律师则在法庭上引用了《韦氏词典》中"豌豆""茄子""黄瓜""南瓜"和"胡椒"的定义作为证据，认为番茄明显属于蔬菜。双方你来我往，官司一打就是六年，最后还惊动了美国最高法院。

1893年，美国最高法院做出最终裁决：番茄是蔬菜而不是水果。1833年的关税法对番茄征税不违法，尼克斯家族败诉。法院的意见如下：

从植物学上讲，番茄是藤类作物的果实，就像黄瓜、南瓜、豆子和豌豆一样；而且，在人们的通用语言中，无论是对食品的销售者，还是对消费者来说，番茄都是花园里种植和厨房里烹制的蔬菜，就像土豆、胡萝卜、芜菁、甜菜、花椰菜、卷心菜、芹菜和生菜一样，它们通常出现在晚餐的汤中或汤后。在正式或非正式晚餐中，番茄都是作为主菜的一部分的食物，而不是像一般水果一样，作为甜点出现。

尽管美国最高法院做出了“番茄是蔬菜而不是水果”的裁决，人们对番茄属性的讨论仍在继续。对于番茄而言，300 多年的欧洲客居生活之后，变大变美的自己、摆脱“狼桃”阴影的自己再次回到故乡时，却引发了如此规模的“身份定位”问题，不能不说是一次“尴尬”之旅。

从源起两河到流行中国

——洋葱旅行记

作为世界上最古老的蔬菜之一，洋葱起源于5000多年前的中亚两河流域。在不具备冷藏的条件下，只要保持干燥通风，汁多鲜美的洋葱就能存放一个月之久。洋葱价格低廉，吃法多样，生吃口感脆辣，腌制爽脆可口，和肉类混合爆炒还能去除肉腥并增加一些甜味，洋葱圈的形状很适合油炸和做汤。更神奇的是，洋葱富含的汁液可以有效抑制链球菌、葡萄球菌以及斑疹伤寒和痢疾等病原体，内服外用都能消除和减缓人们的特定病痛。

当人们将洋葱切成薄片时，洋葱所含有的蒜氨酸酶与细胞质中所含的丙烯基半胱氨酸次磺酸在空气中发生反应并产生丙烯基次磺酸，丙烯基次磺酸的不稳定性又使其迅速分解为催泪的硫代丙基氧化物，这种挥发性催泪因子与眼睛中的水发生反应形成稀硫酸溶液，造成辣眼睛的感受。由于洋葱内核无籽，腐烂后难以留下印痕，所以长久以来植物学家和历史学家都无法准确确定其初次种植的时间和地点。好在一些古老的壁画、泥板书和书籍中记录了不同地区洋葱的生长情况，为我们揭开了辣眼睛的洋葱旅行之路。

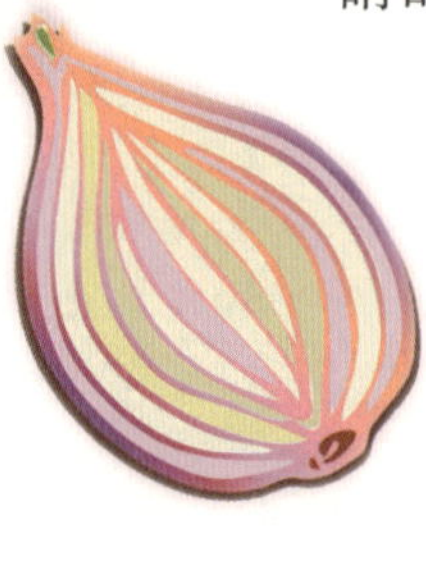

金字塔深处的洋葱魅影

最早对洋葱进行文字记录的是美索不达米亚的苏美尔人。20世纪初，考古学家

在两河流域发掘出了大量刻有楔形文字的泥板书。这些文字中就有公元前 2400 年苏美尔人关于洋葱种植的影像："神牛正耕耘着国王的洋葱田，国王的洋葱和黄瓜长在众神最好的土地上。"在这里，"众神最好的土地"指的是苏美尔人祭祀的圣殿。要知道，当时只有洋葱能种在圣殿的周围。

在两河流域得到培育和种植之后，洋葱向西旅行来到了古埃及。印度库玛恩大学历史系博士迈达在《洋葱的起源和历史》一文中说："在植物界中，洋葱创造了古埃及艺术中的最高出镜率。"他进一步指出："古埃及人依照洋葱切开后的爱心形状建造了金字塔，除此之外，在大量的古埃及壁画、雕刻和古文本中，洋葱都频繁出现，并且显示出与其他蔬果不同的地位。比如，在法老的珍宝中，所有的蔬菜水果都是用普通的金属制成，而洋葱是用黄金制作的。"

古埃及的节日也凸显着洋葱的特殊地位，从古埃及第三王朝后期延续至今的"闻风节"就仍保留着吃洋葱的习俗。此外，在古埃及还有一个专门的"嚼洋葱节"——巴斯特节（Bastet 即古埃及神话中的猫神）。对于古埃及人来说，节日和农作物的收获时间关系密切。在温热的地中海气候条件下，古埃及的洋葱要到冬至前后才成熟。由于担心蛇会在洋葱附近冬眠，所以，古埃及人用猫神的名字来给洋葱收获的节日命名，以保护自己钟爱的洋葱。

古埃及人钟情于洋葱，是因为洋葱是修筑金字塔的劳工们的食物，有了洋葱的营养补给，成千上万的劳工才能有力气建造那些雄伟的神庙。古希腊历史学家希罗多德就曾经记述，洋葱在古埃及曾被当作货币，用于支付建造金字塔的奴隶们的报酬。犹太人的经典文献《希伯来圣经》中也记述，逃出埃及的犹太人在荒漠中面对食物匮乏的难题，抱怨未能在逃离前多带些洋葱。

洋葱在古埃及具有超越世俗的神性意义。古埃及人崇拜圆形及球形物体，如他们崇拜太阳神，也将推滚粪球的屎壳郎敬称为圣甲虫。洋葱球形的鳞茎圆润饱满，又呈现同心多层的内部结构，这对于古埃及人而言，无疑是生命永恒和无尽的象征。因此，在古埃及神庙和金字塔等处的壁画中，庆祝性的盛宴与供奉神灵的祭物中都有洋葱的身影。在大型祭祀现场，祭司会手持洋葱，祭坛之上也会安放一捆洋葱。

除了在“此岸”享用洋葱，渴望往生的古埃及人也毫不犹豫地将洋葱带向了彼岸世界。洋葱具有的防腐和除臭特性，让它在丧葬方面（尤其是法老的葬礼上）大显身手。在制作木乃伊时，人们用洋葱汁浸泡缠绕尸体的绷带，腌制的洋葱则被放置在木乃伊的骨盆、胸部、耳朵等部位，开花的洋葱一般放在木乃伊脚底和腿上。最喜欢洋葱的人非拉美西斯四世莫属，这位法老将两颗洋葱安放在自己的眼窝里，似乎是要将辣眼睛的传统带到来世。在伦敦的大英博物馆，拉美西斯四世的雕像双手各持一个圆球，那圆球看上去就像倒放的洋葱。

一些埃及学者认为，如此着迷洋葱，是因为洋葱强烈的味道和辣眼睛的感官刺激，让人们认定它就是将死者带往来世道路上的神秘气味，而洋葱具有的抑菌功能也让它担负着阴间行进时随身药品的角色。公元前1700年至公元前1600年的《艾德温·史密斯纸草文稿》（人类第一部关于创伤的外科医学著作，

由莎草纸写成），就以记录了丰富的洋葱信息而闻名，这些信息包括用洋葱测试女性生育力和妊娠的方法、治疗 10 种疾病的处方以及唤醒洋葱里的神秘力量来保护家人的咒语等。随着古埃及文明与古希腊文明的交流，受到法老们重视和喜爱的洋葱也继续向西旅行，来到了西方文明的发祥地——希腊克里特岛。

纵横欧美竞技（战）场的洋葱

旅行到希腊的洋葱，首先被关注的是它的药用价值。被西方人尊为"医学之父"的著名医师希波克拉底在他的《论风、水和地方》一书中专门提到希腊人食用多种洋葱，并强调了洋葱的利尿功能。随后，出生于公元 20 年的另一位希腊药学家狄奥斯科里迪斯也在他的著作《药理》一书中，记述了洋葱在治疗肺炎和外伤感染方面的良好效果。

有了医生的研究和推荐，希腊人毫不犹豫地将洋葱的食用和使用推向极致，生吃、水煮、榨汁等，物尽其用。作为现代奥林匹克运动的发源地，古希腊人热爱运动。为了能在竞技场上取得骄人成绩，运动员们在赛前都要食用大量的洋葱，并将洋葱汁涂抹在身体上以增加身体的反应力。运动员们如此使用洋葱，可以想见，古希腊竞技场上空一定弥漫着浓浓的洋葱味道，现场的观众想必也要辣着眼睛看完比赛。

罗马征服希腊后，洋葱又成为罗马人的主食。古罗马博物学家老普林尼在他的《博物志》中记述，洋葱药用功能强大，可以治愈多种疮疥，还能改善视力，对于牙痛和痢疾也有明显效果。罗马人还继承了希腊运动员对洋葱的使用方式，斗兽场内的角斗士们会先用洋葱汁涂抹全身，或用洋葱按摩全身后，再走进竞技场。据说，这样可以增强面对对手或敌人的力量和勇气。当然，用洋葱辣到对手眼睛可能才是实际要产生的效果。阿里斯托芬于公元前5世纪创作的戏剧《骑士》中，就有战士在战斗前用洋葱和大蒜塞满自己衣兜的描述。

考古学家在庞贝古城的一家妓院中发现一个装满洋葱的木筐遗骸，很显然，当时的庞贝人认为洋葱有助于提升人的“肉欲”。通过多年的发掘，人们逐渐在维苏威火山熔岩下厘清了庞贝的城市肌理，在复杂的城市街巷里，一个精细的洋葱生产、加工、销售网络出现在人们面前。对洋葱情有独钟的罗马军团在横扫欧洲大陆时，也将洋葱四散传播。欧洲一家研究罗马军事史的专业机构宣称，他们正通过洋葱在欧洲传播的时间和历史来追踪罗马帝国的发展。从意大利到西班牙，从巴尔干半岛到英国，无论走到哪里，罗马军团都要消耗洋葱，也推广种植洋葱。

罗马帝国沦陷后，欧洲进入了黑暗的中世纪。当时，人们的主要蔬菜是白菜和洋葱。在此期间，洋葱也被大量用作药物。随着大航海时代的到来和全球新贸易路线的开拓，洋葱被带到了世界的各个角落。时至今日，每年9月2日的俄罗斯伊凡诺沃地区，每年10月第二个周末的德国魏玛和每年11月第四个星期一的瑞士首都伯尔尼，都要举行传统的洋葱节。在一年一度的节日里，人们将洋葱编成辫子戴在头上，烹制以洋葱为主的美食，分享彼此与洋葱的故事。

1620年11月，随着载有第一批清教徒的五月花号轮船抵达北美洲，洋葱也跨过大西洋，被播撒在美洲的土地上。踏上美洲土地的清教徒们发现，这片土地上原来就有野生的洋葱，印第安人将其视作主食或烹饪辅料。不过，改良版的洋葱很快在北美洲生根发芽，成为美洲美食的重要组成部分。

2014年12月，美国《国家地理》杂志刊登了一篇名为《治疗枪伤的洋葱》的有趣文章。在美国南北战争中，洋葱通常用于治疗士兵们的枪伤。北方将领格兰特将军（后来成为美国第18任总统）在开战前特意向华盛顿总部发去电报：“没有洋葱，我是不会让军队前进半步的。”于是，国防部火速给他们运来了三大车洋葱。

文章就此评论说，洋葱和大蒜一样，都是温和的抗生素，洋葱的抗菌效果虽不及大蒜，但有总比没有好。

时至今日，洋葱不仅丰富了人们的餐桌，也丰富了人们的表达。在英语中，“了解你的洋葱”（Knowing your onion）意指对自己即将从事的事情要全面深入了解；“洋葱田里孤独的小牵牛花”（A lonely little petunia in an onion patch）则用来形容那些茫茫大众中的特立独行者。美国著名诗人、传记作家卡尔·桑德堡曾说：“生活就像洋葱，一层一层地剥开时，总会有你流泪的时候。”英国作家罗伯特则把洋葱比作“蔬菜中的红玫瑰”，认为“没有洋葱，烹调艺术将黯然失色；如果洋葱在厨房里消失，人们的饮食也会了无生趣”。在俄罗斯，人们不仅在饮食上离不开洋葱，而且将自己的房子修成洋葱的模样。最著名的当数莫斯科红场上的圣瓦西里大教堂，九个“洋葱头”样式的屋顶色彩缤纷，宛如洋葱糖果悬挂在天空。

缓慢的洋葱中国旅行

自两河流域向东旅行，洋葱来到了印度并生根发芽，成为印度人最为重要的食材。在炎热的南亚次大陆，人们用洋葱、咖喱烹制食物，刺激食欲。2019 年 11 月 4 日，西班牙知名的《国家报》刊登了一篇题为《印度洋葱危机影响半个世界》的文章，文章称灾害天气等原因造成的印度洋葱大面积减产，正严重影响印度、巴基斯坦、尼泊尔、孟加拉国甚至东南亚民众的日常生活，人们纷纷抱怨洋葱价格飞涨，让大家“三月不知洋葱味”。

成书于 1 世纪的古印度医学著作《遮罗迦本集》，就赞扬洋葱为各种药物之首，对心脏病、关节炎和消化系统疾病都有疗效。尽管如此，古代印度却出现过大量排斥洋葱的现象。因为洋葱具有强烈的气味和刺激作用，婆罗门教、印度教、佛教和耆那教等都将它视为禁物。

关于洋葱何时旅行到中国，很多人想当然地认为是汉代，因为张骞出使西域带回了很多西方的蔬果。不过，历史学家经过考证认为，洋葱应该没有在张骞回到长安的大包袱里面。虽然中国是许多葱属植物的故乡，但洋葱的确不是中国原产，而是沿丝绸之路传到中原的。美国历史学家劳费尔在《中国伊朗编》中专门有一章谈论“胡葱和洋葱”，他认为：“有一种叫作胡葱或胡蒜（胡国或伊朗的蒜），从它的名字就可以看出中国人是把它当作从外国来的植物。用滥了的老传说认为它也是张骞传播到中国的，这传说的起源较晚，初次见于伪作品《博物志》，其后见于 8 世纪中叶的《唐韵字典》。”

排除了在汉代传入中国的可能，又有一种说法认为，洋葱是唐代初年自波斯传入中原的。647 年，唐太宗要求他的属国进贡精挑细选的蔬菜，帝国西部的属国服从皇帝的命令收集来许多在中国未曾出现过的蔬菜。《唐会要》中记载了一种叫“浑提葱”的蔬菜：“浑提葱其状如葱而白，辛嗅药，其状如兰凌冬而青。收干作末，味如桂椒，其根能愈气疾。”遗憾的是，《唐会要》中并未画出“浑提葱”的模样，也未就关键的“兰凌冬”做出描述，所以，人们无法判别“浑提葱”是否就是今天的“洋葱”。

劳费尔倾向认为，“胡葱”可能更接近洋葱。他说：“还有一种从西方来的洋葱，最早见于孙思邈著的《千金方》，当时被称为‘胡葱’，因为这种植物的根和胡蒜的根很像。”这种葱的根与蒜的根很像，无疑非常符合洋葱的特点。查阅中国古代文献，我们可以知道，胡葱始见于宋代的《开宝本草》，元代出版的《饮膳正要》里称其为“回回葱”。这并不意味着它是回族人移植来的，这只是人们喜欢改变故名的一个例子，因为在元代，用变名是很风行的。

尽管胡葱旅行到中国的历史不算太晚，但关于中国人大规模食用它的记载鲜见于历史。直到清代前期，中国才有了食用洋葱的记录。从吃洋葱的地点来看，一个是地处东南的广东，一个是位于西北的新疆。

成书于康熙年间的《岭南杂记》中记载：“洋葱形似独颗蒜，而无肉，剥之如葱。澳门白鬼饷客，缕切为丝，珑玱满盘，味极甘辛。余携归二颗种之，发生如常葱，至冬而萎。”从中不难看出，这是葡萄牙人在澳门引种的洋葱。成书于乾隆年间的《新疆回部志》则清楚地记录了洋葱在中国西北地区的食用情况：“丕牙斯（洋葱），叶如韭，根如蒜而不分瓣，大茎寸许，而味在葱、蒜之间，有红皮、白皮二种，回人最嗜之。”即便今天，新疆人仍将洋葱称作“丕牙斯”，这可能是胡葱在新疆延续种植的证据。

康乾盛世时期，中国人口剧增，洋葱也得到大规模推广，得以旅行到中国全境，让越来越多的人喜欢它。清末文人许珂在《清稗类钞》中对洋葱进行了全面的记述：“洋葱，一名玉葱，为多年生草，置于畦，茎高一二尺，地下之鳞茎扁圆。叶中空，似葱而甚细。秋日叶间出花轴，顶开多数白色小花，杂以珠芽。其鳞茎供食。”

今天，洋葱成为继番茄、土豆之后的世界第三大果蔬。《全球果蔬网》的数据显示，2020 年，全球洋葱产量高达 1045.5 万吨，其中，中国、印度、美国是世界三大洋葱生产国和出口国。

西王母蟠桃与美国桃花节

——桃子旅行记

如果穿越时空来到先秦时期的长安、洛阳或临淄，吃货们可能会失望了，因为那时中原地区的畜牧业并不发达，肉类只能在年终或重大祭祀时才能吃到。蔬菜的种类也偏少，土豆、辣椒、菠菜、胡萝卜、茄子、南瓜还没有被引入，就连我们现在最常见的西瓜、香蕉、菠萝、草莓等水果也都没有。在那些为数不多且能大饱口福的水果中，桃子大概是最美味的一种了。

无论是作为时令水果，还是观赏花卉，桃长期以来都为中国人所喜爱和歌咏。《礼记》将桃奉为“五果”之一。清代文人李渔在《闲情偶寄》中直言：“草木之花，矢口即称桃李，是桃李二物，领袖群芳者也。”生活中，中国人用“投桃报李”来表达相互之间的尊重，用“面若桃花”来形容女子的美丽，用“桃园结义”来代指异姓兄弟的情谊，用“桃花源”来描述理想的乌托邦，用“蟠桃”比喻长生之果，用“桃木”作辟邪之物……据统计，仅《全唐诗》中与“桃”相关的诗就达1300多首，位于柳、竹、松、荷之后，列第五位，足见诗人们对它的喜爱。

早在丝绸之路兴起之前，中国人就留下了吃桃子的记录。如《韩非子》中记载过鲁哀公赐孔子桃，《周礼》中也说进献给周王的水果竹器笾中就有桃子。最迟在2世纪前后，桃子就已沿河西走廊，经新疆进入印度，后又传播到波斯、罗马和希腊；15 世纪，又由欧洲殖民者传播到美洲大陆。所以，至今，印度北方语系中仍将桃子称为“至那果”（意为“中国果”）。而在英语、法语、葡萄牙语中，桃子对应的单词都为“peach”及其变形。从词源上看，桃子（peach）与波斯（Persia）密切相关，其原意就是“波斯果”。不同语言对桃子的不同称谓，清晰流露出桃子旅行的古老信息。

桃子的中国旅行

西方农艺学家比较一致的观点认为，桃树栽种培育的起源地在中国。进化论的提出者达尔文在《物种起源》中指出，由于“桃”没有地道的梵文和希伯来名字，因此不可能原产于亚洲西部，而只能来自中国。通过对中国水蜜桃、重瓣花桃、蟠桃等生育特性的研究，以及与英国、法国桃树特性的比较，达尔文认定，欧洲的“桃”都延续着中国桃的血缘。《农艺植物考源》一书中明确指出：“桃树之原产系在中国而非西亚也……中国通西域之路开辟极早，则以桃核越山渡岭而传入喀什米尔、不花剌，及波斯诸国自属可能之事。”

那么，在地大物博的中国，桃树最先是从哪里开始栽培的呢？从文献的角度看，西周初年的《诗经》中已经有了桃子的身影。如《诗经·魏风》中有人工栽培桃树的描述，《诗经·周南》中歌颂了桃花的美艳。其中，“魏风”指的是黄河以北及山西广大区域；“周南”则为洛阳以南，直到江汉一带，包括了今河南西南部及湖北西北部等地。也就是说，3000 多年前，桃树已经在长江以北的广大区域被广泛栽种。1972 年，在河北藁城台西村的商代遗址中，就发现了距今 3000 年的人工栽培桃核，这也证实了《诗经》所言不虚。

距今 260 万年的昆明桃核化石

那么，是否意味着桃子是从北方旅行到全国的呢？恐怕还不能，因为近年来的中国植物考古发现又提供了不同的“桃源”视角。如2014年，浙江省文物考古研究所的工作人员在杭州萧山区湘湖村的跨湖桥新石器时代遗址中发现了7500年前的桃核。2015年7月，中国科学院西双版纳热带植物园古生态研究组的科学家周浙昆、苏涛等人经鉴定研究，确定在昆明发现的桃核化石距今已有260万年，这一发现将桃子的历史向前推进了一大步！凡此种种，似乎说明中国的南方才是桃树的最早栽培地区。

有趣的是，古人关于桃子起源还有着东、西两个方向的描述和推测。《汉武帝内传》中有这样一则关于桃子的故事：“七月七日，西王母降，命侍女索桃果。须臾，以玉盘盛仙桃七颗。大如鹅卵，形圆青色，以呈王母。母以四颗与帝，三颗自食。桃味甘美，口有盈味。帝食辄收其核，王母问帝，帝曰：‘欲种之。’母曰：‘此桃三千年一生实，中夏地薄，种之不生。’”在故事中，西王母赠送仙桃给汉武帝品尝，这些桃子个大味美，但无法在中原栽种，只能产自西王母修行居住的地方。那么，西王母住在哪里呢？《山海经》说：“西有王母之山，壑山，海山。”从大致位置来看，西王母应该居住在古代长安以西的遥远地区。

由于“桃”“道”谐音，随着道教的兴起，桃被赋予了不少神秘功能，如辟邪、长生等。桃树的栽培地也被附会到了海岛之上。当然，相比于西部，我国东部自然环境更加优越，更适合桃子的生长。明代王象晋在《群芳谱》中就收录了数十种桃子，其中大部分来自东部地区。

总而言之，在外来果蔬大规模地进入中国之前，桃子就已经旅行到全国多个地区，可谓“桃满天下”，堪称早期中国的“国宝级”水果。

西行路上的中国桃子

对罗马人而言，桃子来自东方的波斯，所以，他们把桃子称为

“波斯果”。古罗马老普林尼在《博物志》中就描述了几种生长在罗马的桃子。他还认为，和苹果、梨一样，桃子是和凯撒的军团一起穿越欧洲的。

对于波斯地区产桃，中国史书上也有记载：“至十一年，其国（康居国）献黄桃，大如鹅卵，其色如金，亦呼为金桃，诏令植于苑囿。”这则记录来自《唐会要》，说的是唐贞观十一年（637年），中亚的康居国为了表示向唐帝国臣服，特意向唐太宗献上当地的特产——“金桃”。作为唐代经营西域的重要证据，这则记录一直受到人们的重视，稍后的《太平寰宇记》《册府元龟》等都原文转录了它。美国学者薛爱华甚至以此为题，写下了著名的中西交流史专著《撒马尔罕的金桃》（最初中译版译名为《唐代的外来文明》）。

中亚古国康居，又称“悉万今”，或翻译为“撒马尔罕”，位于今天的乌兹别克斯坦。从时间上看，唐初的撒马尔罕正处于波斯萨珊王朝的势力范围之内。那么，撒马尔罕的金桃是当地人培育的，还是从外部传播而来的？历史资料显示，金桃有可能是从印度北部的旁遮普传播过去的，因为早在贵霜王朝的第三代国王迦腻色迦王时期，桃子就已经从中国来到了印度北部，从而为桃子的继续西传奠定了基础。

记录桃子西游记的，正是玄奘法师。他在《大唐西域记》中说，在迦腻色迦王统治时期，声望震慑邻国，来自今中国新疆地区的某个国家，畏其声威而送去本国王子当人质。迦腻色迦王对于远道而来的人质相当礼遇，让他居住在至那仆底（意为“中国领地”，位于今印度旁遮普邦的费罗兹普尔）。那里原来没有梨、桃等水果，正是这位人质王子从中国带来梨树、桃树并栽种于此，才使此地有了梨和桃子。

关于这位“质子”，有学者认为他很可能是东汉时西域疏勒国国王的舅舅臣磐。因为《后汉书》中明确记载：“安帝元初中，疏勒王安国以舅臣磐有罪，徙于月氏。月氏王亲爱之。”关于月氏与贵霜的关系，历史学家徐文明认为：“中亚史上，月氏始灭大夏，后又为先据大夏的贵霜所灭，然后又由小月氏取代贵霜王朝，复兴月氏王统，期间曲折复杂，难以悉知。”从地理位置上看，疏勒位于今新疆喀什，扼守中亚与中原交通要道，具有重要的战略位置。西汉时中央王朝就在那里设立西域都护府，从东汉永平十六年（公元 73 年）到永元十二年（公元 100 年），定远侯班超一直驻守在那里；所以，疏勒国质子自称“汉王子”是极有可能的。2020 年 7 月 30 日出版的《中国科学院大学学报》发表了关于新疆桃树考古的最新成果，文章称：“考古发掘显示，新疆的（库尔勒）营盘墓地、（和田）山普拉墓地均出土过桃核遗存，其年代最早可以追溯至汉代。”无疑，历史记录和考古发掘都证实了玄奘的记录，即桃子在汉代经中国新疆南疆地区先传播到印度北部，然后由印度北部旅行到波斯。

美国历史学家劳费尔在《中国伊朗编》中认为：“玄奘在 630 年记述的 500 年前发生的故事，虽是他在印度无意听说的口头传说，但是他这人是确实可靠，已久经考验……我之所以接受玄奘的记载，有着两个原因：从植物学观点来看，桃树不是印度土生的，在印度只有栽培的桃树，而且生长得不茂盛，果实质量不高，而且味酸。这树也没有古梵语的名字，它在印度民间传说里也不像中国那么重要。”

桃子由东向西旅行，而没有自北而南，可能与气候环境关系密切。明代多次追随郑和下西洋的马欢在《瀛涯胜览》中记录说，中国向南的区域基本上没有看到桃树或桃子，而在丝绸之路沿线的不

中国最早记载桃树品种的古籍是公元前 10 世纪的《尔雅》：“旄，冬桃；榹，山桃。”《西京杂记》记载，公元前 1 世纪，汉武帝在京城修建“上林苑”，群臣百官贡献的异果中就有秦桃、榹桃、缃核桃、金城桃、绮蒂桃、柴文桃、霜桃等桃树品种。至 3 世纪，郭义恭所著的《广志》中又增加了“冬桃、秋桃、襄桃、赤桃”。随着嫁接和栽培技术的不断提高，桃树品种变异百出，琳琅满目。6 世纪，贾思勰的《齐民要术》中记载的桃树品种有近 20 个；宋代周师厚的《洛阳花木记》中记载仅洛阳一地就有 30 多个桃树品种；明代王象晋所著的《群芳谱》中，桃树品种有 40 多个。

少国家却有桃子的身影。

桃子的美国之旅

桃子旅行到美国的时间相对较晚。16 世纪上半叶，欧洲殖民者踏上了美洲大陆，桃子也从欧洲来到北美洲。人们比较一致的观点认为，1539 年，桃子来到今美国的佛罗里达州。

1539 年，西班牙征服者埃尔南多·德·索托率领 600 人在今天的佛罗里达坦帕湾附近登陆。登陆之后，他们用了三年时间在许多原属印第安部落的领土上探险，并不时突袭当地土著人。为了能占有整个北美东部的广阔土地，西班牙人引入疾病，使成千上万的美洲原住民丧生。除此之外，埃尔南多·德·索托还引入了两个物种——猪和桃树来改变美国东南部荒野的景观。由于没有天敌，这两者迅速繁衍，深远地改变了美国东南部的大地景观。

也有一些历史学家认为，桃子是在 1562 年和法国探险家一起来到北美洲的。这些法国人在今天亚拉巴马州的莫比尔地区建立了定居点。总体来看，桃子首先出现在美国的东海岸。新大陆似乎是桃子生长的天堂，那里的气候、水源和生态条件都适合桃子生长。于是，这种新的水果及其种子沿着由南向北的贸易路线传播。

从地图上看，美国的佛罗里达州、佐治亚州、卡罗莱纳州等地是桃子最先旅行到达的地区。北美作家托马斯·阿什曾记录说："在 1682 年的卡罗莱纳州，在野外生长的桃树数量很是惊人。"同年，托马斯·鲁德亚德也记录了在今新泽西州森林里生长的大量野生桃树。1683 年，北美殖民地时期著名政治家和社会活动家威廉·佩恩观察到在今天费城的伦纳佩斯周围也有桃子："这里的桃子既解渴也解馋，一点儿也不逊色于英格兰的桃子。它们不仅味道鲜美，而且数量很大。一眼望去，每一个印第安种植园都种桃子……人们只要花很少的钱就能吃到它们。"

随着种植面积的增加，桃树作为一种入侵植物的特征开始显现。1709 年，英国探险家约翰·劳森写道："人们不得不非常小心地把桃树拔除，否则它们会使我们的土地变成一片桃树的荒野。”到1787年，植物学家路易吉·卡斯蒂格利奥尼指出：“弗吉尼亚州的桃树生长得太快太多了，以至于砍倒一棵松树……桃树立刻会长满整个地区。”从生态学的角度看，17—18世纪，美国东南部的桃树已经成为一种成功的入侵物种。和其他一些入侵物种（如葛根、野蔷薇等）一样，桃树对人类的有用性促成了它的快速传播。

古罗马赫库兰尼姆遗址壁画上的桃子

砍伐桃树的除了种植园主，还有士兵。1779年夏天，美国独立战争的统帅乔治·华盛顿派遣一支军队对塞内卡、卡尤加等地的印第安部落进行了惩罚性的袭击。当士兵到达纽约州西北的手指湖区时，他们惊讶地看到这里有成千上万株桃树。为了惩罚这些部落，大量桃树被士兵砍倒或焚烧。

到了19世纪，美国人才开始重视桃子，不仅因为桃子美味，更因为桃子可以制作白兰地，桃花也成为吸引游客的重要资源。1907年，盛产桃子的佐治亚州瓦利堡小城培育出了北美最著名的埃尔伯塔桃。1889—1924年，瓦利堡的桃树种植面积增加了5倍。从1922年开始，瓦利堡每年都举办桃花节。节日期间，不仅有花车游行和州长（或国会议员）的演讲，还有异常热闹的桃文化盛会。随着桃花节影响力的扩大，瓦利堡也成为全美著名的“桃源胜地”。

从花开伊朗到育种荷兰——胡萝卜旅行记

作为“世界十大健康蔬菜”之一的胡萝卜备受人们青睐，是餐桌上的“常客”。无论是土耳其烧烤、法国大餐、日本料理，还是中国“八大菜系”、美式快餐、俄式罗宋汤，都少不了它的身影。与其他蔬菜相比，胡萝卜外形流畅圆润，通身橙红，晶莹剔透；除了颜值高，胡萝卜的味道也不错，生吃爽口，煮熟绵甜，煎炒烹炸各有风味。1901 年，时任美国总统的西奥多·罗斯福宣扬“胡萝卜与大棒政策”，让胡萝卜名扬全世界。第二次世界大战期间，为了鼓励人们多吃胡萝卜，增强夜视能力，英国人推出“胡萝卜博士”的漫画形象，美国迪斯尼也随即创造出喜欢胡萝卜的兔八哥形象。自此，胡萝卜走出厨房，迈入了通俗文化的行列。

从名字上看，汉语称其为“胡”萝卜，暗示了这种蔬菜的西方基因，也包含了它沿丝绸之路旅行到中国的古老信息。在西文中，胡萝卜的全称为“Daucus Carota”，直译为“伊朗的胡萝卜”（Daucus 来自波斯语 گزر）。从生物特征上看，胡萝卜喜温耐寒，适宜在土层较厚的砂质土中生长，伊朗高原具备这样的气候和土壤条件。从旅行时间来看，大约在 12 世纪前后，改良后的胡萝卜伴随着穆斯林商队的驼铃向西旅行到欧洲；在 16 世纪的大航海时代，胡萝卜与欧洲殖民者一同登陆美洲；大约在宋元时期，胡萝卜向东旅行来到中国，并进一

步东传到朝鲜半岛和日本。

亚洲、欧洲、美洲的世界旅行

近些年的植物考古发现告诉人们，最早的野生胡萝卜在亚欧大陆多处均有分布，其颜色要么是白色，要么是浅黄色。大约5000多年前，生活在伊朗高原的人们率先引种野生胡萝卜取得成功，并培育出紫色和黄色的人工胡萝卜。这些胡萝卜在向世界旅行的过程中形成了两大类：生长在中东和土耳其的西洋系胡萝卜和生长在喜马拉雅山脉的东洋系胡萝卜。

根据荷兰瓦赫宁根蔬菜育种研究中心班戈博士的研究，尽管胡萝卜在今天风靡全世界，但人类食用胡萝卜的历史可能并不久远。虽然有研究者宣称从维吉尔的诗歌《Moretum》和老普林尼的《自然史》中找到了“胡萝卜”，但班戈博士认为，这一时期的欧洲人并没有食用野生胡萝卜；维吉尔和老普林尼所说的“胡萝卜”其实是“skirret”（泽芹）。对大量文献进行梳理后，班戈博士认为，从小亚细亚到古埃及，从古希腊到古代中国，3—5世纪的世界园艺学和植物学书写中，人们并未将胡萝卜摆上餐桌，而是将它作为草药或者芳香剂来使用。胡萝卜之所以没有成为当时人们的蔬菜，首先是因为它的品种未被改良，口味涩且有青蒿味；其次，胡萝卜在护眼、通便以及增强免疫力方面确有功效。古代中国人将胡萝卜当作药材使用，《本草纲目》中就说，胡萝卜“根气味甘、辛，微温，无毒，主治下气补中，利胸膈肠胃，安五脏，令人健食，有益无损”。

1305年，意大利植物学家皮埃尔·德·克雷森齐率先在他的《农业专著》中提及胡萝卜：“胡萝卜是红色的根茎蔬菜，可以生吃。”随后不久，紫色、红色的胡萝卜也出现在荷兰的文献中。班戈博士说：“在14世纪的阿姆斯特丹菜市场总能买到大捧的红色胡萝卜，当然每捧中总有一两根是白色的。”优越的气候和土壤条件，加上荷兰人对胡萝卜的偏爱，让荷兰成为中世纪胡萝卜在欧洲旅行的始发站。如在德语中，萝卜被叫作“Holländische carotte”，意思就是荷兰胡萝卜。这也表明了德国胡萝卜的荷兰基因。

由于英吉利海峡的阻隔，直到16世纪以后，英国本土才出现用于烹饪的胡萝卜。1597年，英国园艺家约翰·杰拉德撰文说："根茎长且粗、呈淡黄色的胡萝卜，吃起来口感更好，味道也很甜。"关于英国胡萝卜的来源，英国植物学家塞缪尔·哈布里特在《农牧业的遗产》一书中写道："卷心菜、花椰菜、蔓菁、胡萝卜、欧洲防风草、油菜和豌豆在英国很少见或没有，它们都来自荷兰的佛兰德省。"

各种颜色的胡萝卜

17世纪初，欧洲殖民者将胡萝卜引入了北美地区（今美国弗吉尼亚州）。一开始，胡萝卜多被当作牛和马的饲料。到了18世纪，随着橙色胡萝卜逐渐流行，胡萝卜在美国的种植面积才不断扩大。1806年，美国园艺师伯纳德·麦克马洪记录说："在费城，人们的田园里有好几种胡萝卜，不同品种的胡萝卜的颜色不同，有橙色、白色、黄色和深红色等。此外，胡萝卜的根茎形状也不同，有细长的圆锥形、羊角形和粗短的圆柱形等；最受人们喜欢的是橙色胡萝卜，它非常美味。"到了1865年，虽然并不被所有人喜欢，但胡萝卜已经广泛出现在美国人的厨房中了。

橙色革命与油画主角

在欧洲，长久以来都流传着橙色胡萝卜与荷兰皇室的故事。16世纪初，"低地之国"荷兰成为西班牙哈布斯堡王朝的殖民地。1568年，一位名叫威廉·奥兰治（William，Prince of Orange）的亲王率领荷兰人民反抗西班牙人的统治，掀起了一场轰轰烈烈的民族独立革命。直到 1648 年，荷兰人才最终取得胜利。尽管威廉·奥兰治亲王很早就遇刺身亡，并没有亲眼看到荷兰的独立，但他的后代和追随者还是将奥兰治亲王奉为荷兰王国的领袖。据说，为了向奥兰治亲王表达敬意，荷兰的农夫们特意培育出一种橙色（orange）的胡萝卜来怀念他。当然，这种改良后的橙色胡萝卜更大、更美、更可口，也因此受到了世界各地人们的欢迎。

随着这个故事的传播，“橙色”和“橙色胡萝卜”一度成为荷兰的代名词，不少人都对橙色胡萝卜与王室的故事深信不疑。对此，阿姆斯特丹世界胡萝卜博物馆馆长约翰·斯托拉兹伊克认为：“没有任何证据显示荷兰人培育橙色胡萝卜与王室有关系。”为了正本清源，美国植物历史学家本杰明·普拉吉特在《胡萝卜的橙色是因为荷兰革命吗》一文中，凭借大量事实说明：“尽管橙色胡萝卜成功育种时间与荷兰实现独立革命时间大致相同，但它与纪念和尊重奥兰治亲王不可能有关系。”

从时间上看，14 世纪时，穆斯林世界与基督教世界相对和平。北非的奥斯曼帝国与利比亚半岛之间、阿拉伯半岛与威尼斯之间的商贸都颇为繁忙，橙色胡萝卜的种子正是在这个时候由穆斯林商人带到欧洲大陆的，这个时间要比 1648 年的荷兰革命早 200 年。正如上文所述，虽然橙色胡萝卜与威廉·奥兰治亲王没有关系，但 16 世纪的荷兰的确是胡萝卜新品种（包括橙色胡萝卜）的欧洲培育中心。

在欧洲，首次记录胡萝卜的植物学家是德国人莱昂哈特·福克斯，他长期研究植物史。1543 年，在荷兰语版的《新植物志》中，福克斯记录了两种胡萝卜，一种是褐红色，一种是黄色，它们的根须庞杂，有点儿像何首乌。稍后，比利时药物学家兰贝尔·多顿斯也在 1554 年出版的《草药志》中将胡萝卜列为新的蔬菜。从外形上看，当时的胡萝卜主根纤细，根须繁杂，与我们现在常见的胡萝卜有较大差异。

除了文字记录，胡萝卜还广泛出现在16世纪荷兰画家的油画作品中，为我们追溯欧洲胡萝卜的旅行史提供了生动的彩色资料。如文艺复兴时期的著名画家拉斐尔就曾在法尔内西纳别墅的丘比特与普赛克大厅中的壁画里画过橙色和紫色的胡萝卜。经过200年的栽种实践和育种，胡萝卜已经变得圆润和好看起来。

来自阿姆斯特丹的大画家彼得·阿尔岑是最早描摹胡萝卜的艺术家之一。在这位画家笔下，我们能看到大量的水果、蔬菜、家禽、鱼、肉类、奶酪和面包等食物。有趣的是，在他的多幅画作中都出现了胡萝卜的身影，这些胡萝卜的颜色有橙色、紫色和黄色，形状有的圆润，有的细长，为我们了解胡萝卜提供了一个绝佳视角。在《丰盛的厨房》《菜摊市场妇女》《基督在玛莎和玛丽的家里》等油画作品中，彼得·阿尔岑总是不吝油墨地刻画浅黄色或紫色的细长胡萝卜，并让这种可爱的蔬菜占据画面的中心位置。

除了彼得·阿尔岑，荷兰画家加布里埃尔·梅苏也加入了描绘胡萝卜的行列。在他的名作《阿姆斯特丹的菜市场》中，高大树荫下的菜市场人头攒动，画面最突出位置是一个卖卷心菜和胡萝卜的摊点，那里就摆放着大捧的胡萝卜，并且胡萝卜的颜色为深紫色和浅黄色。

姗姗来迟的东土旅行

一般而言，中国的蔬菜瓜果之中若名字带“胡”字，大都是唐代之前沿丝绸之路旅行到中原的，如胡桃、胡瓜、胡椒、胡豆等；名字带“番”字的，多为宋明时期沿海路从西方来到中国，如番茄、番薯、番石榴、番荔枝等；名字带“洋”字的，则可能是清代漂洋过海来到中国的，如洋葱、洋姜、洋白菜、洋葫芦等。所以，一提到胡萝卜，不少人难免先入为主地认为，它是由张骞从西域带回的蔬菜，在中国至少有2000年的历史，一些反映两汉三国故事的影视作品中就错误地出现了胡萝卜的身影。

事实上，胡萝卜旅行到中国的历史要晚至13世纪，相比香菜、菠菜、葡萄等果蔬，胡萝卜可谓姗姗来迟。中国人有规模地食用胡萝卜可能要到明代中期以后，而今天我们熟悉的橙色圆锥形胡萝卜可能要到清代中后期才出现。从区域上看，胡萝卜旅行至中国的最早区域为新疆、甘肃、河南、山东、山西等北方地区，然后，逐渐旅行至淮河和长江以南的两湖地区。美国历史学家劳费尔在《中国伊朗编》中专门讨论过胡萝卜的来历。他认为，胡萝卜的原产地在伊朗某地，然后从伊朗移植到中国和印度。其证据是中国明代文献和古印度的语言，在印度语和梵语中，“胡萝卜”这个词与古波斯语是一致的。

在古代中国，胡萝卜最早写作“胡萝葡”，较早记录胡萝卜的人是明代朱橚（明太祖朱元璋第五子，明代著名药学家）。他所著的《救荒本草》中提到了与胡萝卜相似的野胡萝卜：“野胡萝葡，生荒野中，苗叶似家胡萝葡，但细小，叶间攛生茎义，梢头开小白花，众花攒开如伞，蓋状比蛇床子。花头又大，结子比蛇床子亦大。其根比家胡萝葡尤细小，味甘。”朱橚出生在江苏南京，但长期生活在河南开封，他的描述说明，当时开封一带已经有了人工栽种并食用的胡萝卜。可惜的是，朱橚没有直接写出当时胡萝卜的颜色。不过，在《救荒本草》中，朱橚为我们留下了野胡萝卜的黑白画像。从画上看，除了根茎稍细外，野胡萝卜与今天的胡萝卜几乎一样。

与朱橚同年代的金幼孜也留下了和胡萝卜相关的文字记载。在两次跟随明成祖朱棣北征蒙古途中，金幼孜曾到达今新疆和蒙古高原一带。在他所著的《北征录》中记录了在大西北看到的胡萝卜：“交河北有沙萝葡，根长二尺许，大者径寸，下支生小者如筋。其色黄白，气味辛而微苦，亦似萝葡气，此皆胡萝葡之类也。”

最完整记录胡萝卜的是明代医药学家李时珍，他在《本草纲目》中专设“胡萝葡”篇，不仅解释了胡萝卜名字的由来，即“（胡萝卜）元时自胡地来，气味微似萝葡，故名”；而且详细描述了当时种植胡萝卜的区域和胡萝卜的外形：“胡萝葡，今北土山东多莳之，淮、楚亦有种者。八月下种，生苗如邪蒿……冬月掘根，生熟皆可啖，兼果蔬之用。根有黄、赤二种，微带蒿气，长五六寸，三四月，茎高二三尺。开碎白花，攒簇如伞状，似蛇床花。子亦如蛇床子，稍长而有毛，褐色，又如莳萝子，亦可调和食料。”

当然，《本草纲目》主要是从药性的角度看胡萝卜，李时珍并不关注它的口味或者食用价值。随后，王象晋在《群芳谱》中也指出，胡萝卜是从塞外传到中原的。他还留下山东一带种植胡萝卜的信息，如“种植秋赤豆，秋莱豆，豇豆，萝卜，胡萝卜”。

到了清朝前中期，我国境内除了有黄色、白色胡萝卜之外，还开始有了“赤”色胡萝卜，如康熙年间的《平阳府志》记载：“胡萝卜，有黄、赤二种。”在1897年光绪版《善化县志》中，胡萝卜被写作“伏萝卜”。劳费尔认为，“伏”是指“三伏”，即“七月中旬到八月中旬这三十天，一伏播撒胡萝卜种子，二伏胡萝卜为淡红色，到了三伏就变成了黄色”。

清朝前期，胡萝卜从中国出发，向东旅行到了日本。根据日本农学家宫崎安贞和贝原乐轩于1671年出版的《农业全书》记载，当时日本栽种胡萝卜的地区集中在南部。刚旅居到日本的胡萝卜有黄、白两色，白胡萝卜的口味不好。1712年，大阪医生寺岛良安出版汉语版《倭汉三才图会》，书中引用了《本草纲目》中对胡萝卜的介绍，并记录了日本胡萝卜有了红色和黄色两种。

近30年来，中国的胡萝卜年产量都占全世界的30%以上。中国海关数据显示，2019年，我国胡萝卜和萝卜的出口量为78万吨，出口到欧美等80多个国家和地区，成为当前胡萝卜旅行的新起点。

从石蜜到沙糖——蔗糖旅行记

地理区位的不同，饮食结构的差异，使不同地方的人们在口味上千差万别。换言之，人们对于什么是“好吃”有着完全不同的认知，正所谓“一个人的美食，是另一个人的毒药”。不过，新近的社会学统计数据显示，几乎所有地区的人都对“甜”或“糖”表现出特别的偏爱甚至依赖。在日常表达中，人们乐于借用“甜”或“糖（蜜）”来形容人生的重要伴侣和时刻，如“甜心”“蜜月”等。在西方，无论是茶、咖啡、可乐，还是其他种类的饮料，几乎都离不开糖；在东方菜肴中，与糖相关的菜品种类和数量也在不断增长之中。糖在人们的生活中占据着十分重要的地位。

追溯糖的历史，我们发现，来自东南亚和印度的“石蜜（甘蔗类糖）”是最早旅行到中国和欧洲的固体糖。随着现代基因科技的发展，越来越多的学者倾向认为，甘蔗起源于新几内亚。在这个热带岛屿上，一种被称为“大茎野生种”的原始甘蔗经过长期的自然选择和人类驯化，逐渐演变为今日的甘蔗。之后，随着世界人口的迁移以及商贸、文化的交流，甘蔗传入印度，并以印度为中心逐渐旅行到世界各地。

随着地理大发现的完成，始于15世纪的非洲黑奴贸易加速了甘蔗和蔗糖在全球的旅行步伐。蔗糖的经济影响和产业价值一度重构

了当时的世界格局。如李春辉先生就在《拉丁美洲史稿》一书中指出：“蔗糖在18世纪经济中所占的地位，就如钢铁在19世纪、石油在20世纪所占据的地位一样。”

石蜜西来，蔗糖的亚洲旅行

季羡林先生在《糖史》中指出，几乎所有的人（包括一些动物）都喜欢吃甜东西。美国研究婴儿的学者也认为，人类对甜味有一种内在的喜好。这种喜好出现在“人类发育的初期，而且相对地独立于外在经验”，之所以对甜味有特别的喜好，与母亲乳汁的甜味有关（人乳的含糖量约为6%～8%）。上古时期，人们获取甜味的来源除了浆果、水果外，“蜂蜜大概是人类食用的自然糖中最甜的、最普通的一种，世界上各民族几乎都有吃蜜的习惯”。根据季羡林先生对梵文、古希腊文、斯拉夫语、立陶宛语、日耳曼语、英语和汉语的对比研究，“蜜”在这些语言的发音中都与“Mi”相关，显示出早期人类对蜂蜜、对甜味的认知高度一致。

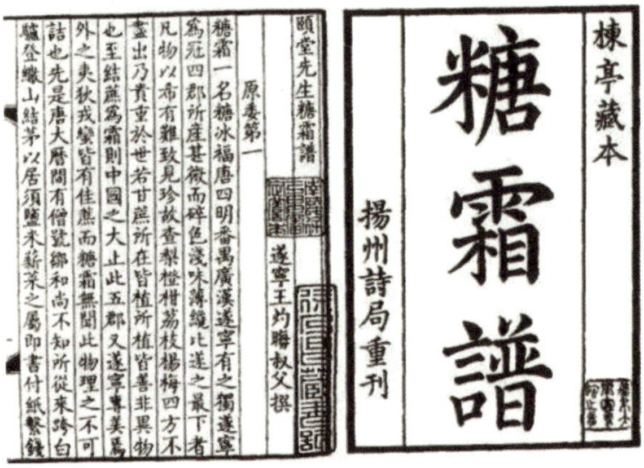
楝亭藏本
糖霜譜
揚州詩局重刊

頤堂先生糖霜譜
遂寧王灼晦叔父撰
原委第一
糖霜一名糖冰福唐四明番禺廣漢遂寧有之獨遂寧為冠四郡所產甚微而碎色淺味薄纔比遂之最下者凡物以希有難致見珍故查梨橙柑荔枝楊梅四方不盡出乃貴重於世若甘蔗所在皆植所植皆善非異物也至結蔗為霜則中國之大止此五郡又遂寧專美焉外之夷狄戎蠻皆有佳蔗而糖霜無聞此物理之不可詰也先是唐大曆間有僧號鄒和尚不知所從來跨白驢登繖山結茅以居須鹽米薪菜之屬即書付紙繫錢

与液态的蜂蜜不同，固体的蔗糖不仅更容易携带，而且保质期也更长，自然是更理想的甜味来源。两汉之际，蔗糖自西方和南方分两路而来，成为丰富中国人味蕾的新甜品。魏晋时期，专门记录云南、四川西南、贵州西部和交州（今越南）物

柳州工业博物馆中还原的牛拉石齿轮榨甘蔗制糖场景

产的《南中八郡志》中记载："甘蔗围数寸，长丈余，颇似竹。断而食之甚甘。榨取汁，曝数时成饧，入口消失。彼人谓之石蜜。"对于为什么称为"石蜜"，同时期主要记录甘肃河西走廊地区物产的《凉州异物志》解释说："石蜜非石类，假石之名也。实乃甘蔗煎而曝之，则凝如石而体甚轻，故谓之石蜜也。"由此不难看出，中国最早接触和品尝蔗糖的很可能是生活在西北或西南边陲地区的人们。

中国引种甘蔗的历史颇为久远。季羡林先生的研究显示，从先秦一直到六朝的中国历史典籍中，"甘蔗"的字样已经较为频繁出现了。根据史料分析，这一时期甘蔗的产地基本都在我国南方，如安徽亳州、四川成都、浙江温州等地。季羡林先生认为，六朝以前中国人对于甘蔗"不是生吃，就是饮甘蔗浆，没有讲到用甘蔗制糖"。

孟加拉的甘蔗丰收季

印度街头售卖的甘蔗水

流传于中国的早期佛经提及了印度的蔗糖。如由南朝宋高僧竺道生翻译的《五分律》中就记载了印度的蔗糖："彼守僧药比丘，应以新器盛呵梨勒阿摩勒……苷蔗、糖、石蜜。"此外，西游印度的玄奘法师也在其《大唐西域记》中记载了印度地区的蔗糖情况："至于乳酪、膏酥、沙糖、石蜜、芥子油、诸饼麸，常所膳也。"

虽然目前尚不清楚蔗糖自印度经西域来到中原是否与佛教东传有关，但是蔗糖以及熬制蔗糖的技术从印度而来是毋庸置疑的。据史料记载，唐初，中国人不仅食用来自印度的蔗糖，也尝试自己熬制，只是自制的蔗糖质量不高。为此，唐太宗李世民还特意派遣专人学习制糖技术。对此，季羡林先生认为："中国蔗糖的制造始于三国魏晋南北朝到唐代之间的某一个时代，至少在后魏以前。"

关于印度蔗糖旅行到中国的这段历史，南宋陆游在《老学庵笔记》中也进行了记述："沙糖，中国本无之，唐太宗时外国贡至，问其使人'此何物'，云'以甘蔗汁煎'。用其法煎成，与外国者等。自此中国方有沙糖。唐以前书传，凡言及糖者皆糟耳，如糖蟹、糖薑皆是。"总之，从唐代开始，蔗糖才在中国有规模地流行起来。唐代孟诜在《食疗本草》中说，当时国内蔗糖已经在东部的江浙一带出现："石蜜自蜀中、波斯来者良。东吴亦有，不及两处者。皆煎蔗汁、牛乳，则易细白耳。"

唐代，中日关系友好，唐朝的蔗糖还漂洋过海，旅行到了日本，进一步延伸了蔗糖在亚洲的旅行轨迹。日本僧人真人元开在《唐大和上东征传》一书中记述，天宝二年（743年），高僧鉴真尝试首次东渡时，其所携带的给日本的货物中就有蔗糖和甘蔗："毕钵、呵梨勒、胡椒、阿魏、石蜜、蔗糖等五百余斤，蜂蜜十斛，甘蔗八十束。"

蔗糖西去，穿越中东的甜蜜之旅

越来越多的西方研究表明，蔗糖旅行的起点是太平洋岛国新几内亚。如英国生物学家阿茨瓦格和布朗德斯就指出："相信甘蔗从新几内亚曾有三次向外传播的过程，其中一次发生在公元前8000年；又过了2000年，它传入了菲律宾和印度，很可能还包括印度尼西亚。"尽管蔗糖来源于甘蔗，但蔗糖熬制提纯技术直到1世纪前后才由印度人突破和掌握。对此，美国人类学家西敏司在《甜与权力——糖在近代历史上的地位》中指出："关于制糖的文献记载直到公元后才第一次出现，在印度文献中有一些早期的记录，例如在帕坦伽利的《大讲章》中，有一段对《波尼尼经》这本有史以来第一部成文语法书（公元前400年左右）的评论，其中反复提及糖与一些特定食物的混合。”

蔗糖和熬制蔗糖的技术在印度发展成熟后，伴随着商贸、宗教和文化交流的脚步向西旅行，先是来到中东和地中海地区。早期的伊斯兰文学和著作中都有蔗糖的身影，如著名的阿拉伯民间故事集《一千零一夜》中就有不少篇章写到了甘蔗。在故事《一碗甘蔗汁》中，作者借用智者之口这样描述甘蔗：“甘蔗就好似无头之矛，人人喜爱。斋月期间，我们在日落之后就开始咀嚼甘蔗。”蔗糖的到来，极大丰富了中亚及阿拉伯半岛地区人们的口味和饮食结构。成书于8—9世纪的《巴格达食谱》所刊载的大量波斯-伊斯兰菜肴中，约有三分之一的菜肴和饮料是加糖的，如油炸圈、甜甜圈、薄煎饼等。

对于这一时期中东地区的蔗糖情况，中国文献中也有记载。如《宋史》中就有大食蔗糖经由“朝贡”方式旅行到中原的记录：“雍熙元年（984年），（大食）国人花茶来献花锦……白沙糖、蔷薇水、珊瑚树”“至道元年（995年）……来献白龙脑一百两……白沙糖三琉璃甕”。值得注意的是，大食国进贡的蔗糖是“白沙糖”，

在甘蔗地里的骆驼

意味着当时大食可能掌握了更先进的制糖工艺，因为当时中国自己制作的蔗糖为褐红色。

由于史料相对清晰完备，英国历史学家詹姆斯·沃尔韦恩认为，蔗糖向西传播的“路径更为世人熟知，它穿过伊朗和伊拉克，到达约旦河谷、地中海沿岸的叙利亚和埃及，然后再到地中海地区的其他地区。早在 8 世纪中期，埃及已经在种植甘蔗了”。从大的历史背景来看，甘蔗和蔗糖西行与伊斯兰教兴起、扩张和十字军东征等关系密切。从 7 世纪中期到 13 世纪中期，阿拉伯人南征北战，创建了东至帕米尔高原、西至伊比利亚半岛的大帝国。在帝国扩张和伊斯兰教传播的过程中，阿拉伯人食糖、嗜糖的习俗也传播到了遥远的西方。

对于欧洲蔗糖的中东来源，当代法国著名儿童漫画家克里斯提昂在《不一样的卡梅拉》一书中，特意安排一头名为“巴拉迪”的骆驼把蔗糖带给了漫画的主角小鸡们。“巴拉迪”实际就是伊拉克首都“巴格达”的谐音，画家也正是用这样的方式致敬欧洲蔗糖源自阿拉伯世界的这段历史。

除了向西，蔗糖也在阿拉伯帝国的扩张中逐渐向南旅行。成书于 9 世纪中叶的《中国印度见闻录》中记载，印度洋南部的朗迦婆鲁斯岛也有了蔗糖：“越过海尔肯德海，便到达了名叫朗迦婆鲁斯岛（今印度东南靠近尼科巴群岛）的地方，那里的居民……划着由一段木材挖空而成的独木舟，满载着椰子、甘蔗、香蕉和椰子酒。”

走向世界，蔗糖的全球化旅行

在今天的西方餐饮界，无论是美式快餐，还是法国大餐，甜食和甜点都是其中的重要组成部分。对于依赖高糖的西方人而言，如果将糖从他们的生活中抽离，将是一件非常可怕的事情。尽管印度产的蔗糖和熬制蔗糖的技术已经在 1 世纪时开始向四周传播，如于两汉时期向东旅行到了中国，但欧洲人品尝到蔗糖的时间要晚至 10 世纪以后。如詹姆斯·沃尔韦恩在《糖的故事》一书中记述，

1096—1099 年，第一次十字军东征期间，英国人才首次在巴勒斯坦遇到了蔗糖："糖拯救十字军于饥荒之中，幸存者将糖及其他外国物品带回欧洲，并培养欧洲人对此类食物的喜爱。"

但欧洲人认识和了解甘蔗的时间比较久远。根据西敏司的研究，"公元前 327 年，亚历山大一名叫尼奥修斯的将军从印度河河口行船至幼发拉底河口宣称：'一种来自印度的芦苇不需要蜜蜂就能直接带来蜂蜜，尽管它不产果实，但它可以制作出令人陶醉的饮料'"。到 8 世纪时，阿拉伯人在已经征服的西西里、塞浦路斯、马耳他和西班牙本土（尤其是南部海岸）等地引进了甘蔗以及甘蔗种植技术；但由于气候原因，甘蔗在欧洲种植面积有限，蔗糖的产量也很低。10 世纪时，蔗糖仍是欧洲的稀罕之物，只限供给社会精英阶层人士享用。詹姆斯 · 沃尔韦恩指出，到了 16 世纪晚期，当"糖从地中海地区（主要通过威尼斯）传播到欧洲大陆时，制作精致糖塑雕像的时尚也逐渐在欧洲大陆蔚然成风。欧洲的大小厨师和面包师接受了阿拉伯社会的食材和饮食习惯"。

随着新大陆的发现，哥伦布于 1493 年将甘蔗从西班牙的加那利群岛带到美洲的圣多明各，蔗糖开启了征服世界的新篇章。1503 年，中美洲的海地建成了世界上第一座甘蔗糖厂。我们知道，甘蔗的生长周期可以超过 12 个月，其间需要有规律的灌溉和大量田间劳作，属于典型的劳动密集型产业，需要大量人力。美国学者威廉 · 伯恩斯坦在《贸易大历史：黑奴买卖与要命的"蔗糖人口学"》一文中说，最初到英属加勒比甘蔗种植园工作的白人几乎三分之一都是犯人，布里斯托和利物浦都有大量年轻人在街头被绑架后送到巴巴多斯的甘蔗田里工作。由于白人劳工脾气乖戾，不愿合作，最初的新大陆蔗糖产业并不景气。

在巨大的利润面前，欧洲殖民者掀开了人类历史上最黑暗的一页——贩卖黑奴。400 年间，1000 多万非洲人被残忍贩卖。到了 1640 年，数百万非洲黑奴被贩卖到中、南美洲种植园从事甘蔗种植和蔗糖生产工作。由于劳动力价格低廉，新大陆甘蔗种植园生产的蔗糖获得了更大的竞争优势和利润空间，墨西哥、

巴拉圭、巴西以及南美太平洋沿岸国家的经济皆因为蔗糖获得长足发展。于是美洲产的蔗糖反向旅行欧洲的时代到来了，此前一直作为奢侈品的蔗糖逐渐“飞”入欧洲寻常百姓家。

关于蔗糖在欧洲与美洲之间的这段旅行史，英国人比尔·劳斯在《改变历史进程的50种植物》中写道：“大西洋上，英国港口、西非的奴隶港口以及西印度群岛的蔗糖港口之间形成了一条三角的航线。该航线诞生于17世纪，并一直沿用到19世纪中期奴隶制被废除时……在这个三角贸易的第三个阶段，这些可怜的（黑奴）幸存者被送上岸，卖给甘蔗种植园园主。然后，船只进行最后一次装货，在货舱当中装满朗姆酒和白糖，运回英国……蔗糖是当时英国最重要并且利润也最高的进口商品了。”毫无疑问，蔗糖是串联编织黑奴贸易、世界产业经济发展以及西方帝国殖民历史这件宏大织

体的经纬线。

为了降低对甘蔗的依赖，虽然人们早已开始从甜菜等果蔬中提纯糖，但直到今天，全世界糖产量最高的仍是南美洲蔗糖基地——巴西。随着咖啡、茶和巧克力风靡全球，蔗糖的消费有增无减。为了迎合人们的口味，世界各地的餐饮菜品开发者都千方百计地在“甜”上做文章。甘蔗在制糖过程中产生的副产品和废料也得到应用，被制作成糖浆、朗姆酒、药物和香水等备受人们欢迎的产品。过去的几个世纪里，在全球食品市场，糖的产量呈现最为显著的上升曲线，并且一直在稳定上升。

在1000多年的旅行过程中，蔗糖由块状逐渐变为颗粒状，由褐红色变为纯白色，由奢侈品变为日用品，由增甜提味的调味品变为改变世界经济、政治格局的重要商品。由此来看，蔗糖的旅行真的不简单。

第三编

日用品之歌

在我们的日常生活中，离不开牙刷、剃须刀、扇子、打火机、香皂和筷子这些日用品。这些日用品是什么时间、通过什么方式来到我们身边的？要回答这些问题，就不得不来一次日用品的旅行追溯。

在中国人的生活中，不少日用品的到来与佛教的西来相关。东汉之后，佛教在中国生根发芽，天竺与西域高僧络绎不绝地来到中原地区，他们不仅带来了佛经，也将西方流传的日用品带到了中国，这些日用品给中国人的生活带来极大的便利。

与牙刷、香皂和剃须刀等西来相对应，筷子、扇子等中国人发明的小物件沿陆上丝绸之路或海上丝绸之路传播到欧美地区和朝鲜半岛、日本及东南亚各地。其中，筷子更是作为中国文化的代表远行世界，不仅征服了朝鲜半岛、日本和越南等地，还成为全球餐馆中可以媲美刀叉的唯一餐具。

从印度嚼杨枝到中国猪鬃刷——牙刷旅行记

在现代社会，越来越多的人使用或将要使用牙刷。这种小刷子模样的日用品几乎与我们天天见面。2003 年 3 月，在美国麻省理工学院发起的一项调查中，牙刷击败了汽车、个人电脑、手机和微波炉，成为“当代人们最不能离开的五项重要发明”的第一名。从历史发展来看，印度人通过“嚼杨枝”的方式促发了早期牙刷的出现，这种发明经由佛教东传来到中国，进而传到朝鲜半岛和日本；两宋之际，中国出现了改良版的鬃毛牙刷；这种牙刷于明代经海上丝绸之路传到西方，最终对现代牙刷的发明产生了影响。

早期中国的牙齿护理方案

牙刷的出现与牙齿的护理关系密切。在人体各器官中，牙齿的地位重要而特殊，它不仅帮助人类咀嚼食物，危急时还要担当武器。据统计，除去睡觉，人类用于饮食的时间占到生命总长的 13%，这也从侧面反映了牙齿的工作时长和强度。因为频繁反复地咀嚼，食物嵌进牙缝，残渣依附牙龈的情况就不可避免。和眼里揉进了沙子一样，牙齿里嵌入了东西也相当恼人，所以，对牙齿及时护理的需求就自然产生了。从一开始，牙齿护理就有三种基本方式：

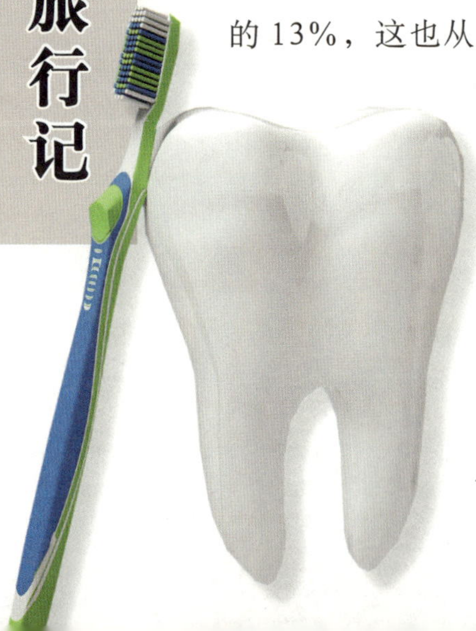

一是漱，用水等液体冲刷口腔，延续到今天就产生了专业的漱口水；二是剔，用尖或细的工具将残存在牙缝的东西清理出来，这种方式后来演化出牙签、牙线等工具；三是刷，用软毛刷洗，即我们今天普遍使用的牙刷。

中国人自古重视牙齿，并将拥有一口好牙视为健康长寿的标志。从造字的角度看，“龄”就与“齿”有关。此外，中国古人还赋予牙和齿不同的含义，牙为槽牙，齿为门牙，所以，“伶牙俐齿”“咬牙切齿”等词语中的“牙”和“齿”两字不能调换，“唇亡齿寒”“唇齿相依”“不足挂齿”中的“齿”字也不能换成“牙”字。《诗经》中形容女子牙好看说“齿如瓠犀”，是说她的门牙好看，如同葫芦籽一样整齐洁白。

因为重视，牙齿长得不好看也会被人嫌弃，甚至衍生出对品行等的偏见。比如“龌龊”，其本意是牙齿排列得很紧密。牙齿太紧，容易嵌塞食物，久而久之，导致牙齿不适或口臭，后来竟成为品行低劣、行为猥琐的代名词。又如“龃龉”，本指上下牙齿不齐，后来有了意见不和、不顺达等含义。

重视牙齿，自然重视口腔护理。从方式上看，中国人早期倾向“漱”和“剔”的方式，《礼记》提倡的生活方式就是“鸡初鸣，咸盥漱”，即清早起床后用盐水漱口。《金丹全书》则建议人们睡前漱口，“晨漱不如夜漱，此善于养齿者”，还说“饮食之毒，积于牙缝，于当日夜晚洗刷，则垢污尽去，齿自不坏”。因为没有牙刷，这里的洗刷主要是用漱口水冲刷。

当然，漱口无法冲刷掉所有口腔残渣，中国古人也剔牙，剔牙的专有名词为“揩齿”。古代文献中还专门记载了揩齿的方法：“猪牙皂角及生姜，西国升麻蜀地黄。木律旱莲槐角子，细辛荷叶要相当。青盐等分同烧煅，研细将来使更良。揩齿牢牙髭鬓黑，谁知世上有仙方。”唐代孙思邈《备急千金要方》在口腔保健篇中也说：“每旦以一捻盐内入口中，以温水含，揩齿及叩齿百遍，为之不绝，不过五日，口齿即牢密。”“揩”为提手旁，说明用手指揩齿是中国人早期的刷牙方法。

伴着佛法西来的印度牙刷

盐水漱口，辅以手指“揩”和“叩”是早期口腔护理的中国方案。但用手指入口总有不卫生的嫌疑，尤其是有他人在场，这种动作也不大雅观。随着佛教的东传和僧侣商旅频繁来往于中印之间，一种叫“杨枝”的“牙刷”开始旅行至中国，成为人们护理口腔的神器。

“嚼杨枝”是印度人进行口腔护理的主要方法。成书于 9 世纪中叶到 10 世纪初的《中国印度见闻录》，是阿拉伯地区关于中国的最早著作之一。这本书的作者不详，其文辞朴实无华，内容翔实，被认为是曾旅居在中国和印度的阿拉伯商人依据亲身见闻记录而成。书中有大量关于中国人和印度人生活习惯的描写，在牙齿保健方面，书中记载：“印度人使用牙枝，他们如不用牙枝刷牙和不洗脸，是不吃饭的。中国人没有这一习惯。”在这位阿拉伯人的眼中，中国人是不刷牙的，尤其是不用牙枝刷牙。那么牙枝是什么呢？

牙枝即杨枝，南北朝时，鸠摩罗什翻译的《大庄严

论经》中说："我昔曾闻，有一比丘诣檀越家，时彼檀越既嚼杨枝以用漱口。"漱口不用水，而是用杨枝？当然不是，而是通过嚼一种叫"杨枝"的树枝，直至其一端出现一定量的枝须，然后用须来刷牙。在嚼的过程中，也用杨枝的气味来改善口气。

最初，嚼杨枝可能并非人们自愿，而是佛陀对修行者、布道者的一种戒律要求。想想也对，远古之时，没有扩音器，佛陀讲经说法、众弟子辩法求真、信众听法悟道都需要彼此靠近，如果有人有口臭，传法过程必定令他人不快。对于高僧而言，只有先保持口气清新，才能口吐莲花、妙语连珠。不过，魏晋南北朝时期，人们只是在鸠摩罗什和竺道生等人的佛经译本中读到嚼杨枝，而此杨枝是否就是杨树之枝，人们还不得而知；况且，在同时期高僧法显的《佛国记》中，就没有嚼杨枝的相关记录。

唐初，高僧玄奘西游天竺，大概也是出于对佛教清规的遵从，他在所著的《大唐西域记》中至少三次提及嚼杨枝。他在概述印度风俗时说："夫其洁清自守，非矫其志。凡有馔食，必先盥洗……馔食既讫，嚼杨枝而为净。澡漱未终，无相执触。"作为佛陀亲口嘱咐过的戒律，玄奘当然不会马虎，他还专程考察过杨枝，并在"那烂陀僧伽蓝"篇中说："次东南垣内五十余步，有奇树，高八九尺，其干两披。在昔如来嚼杨枝弃地，因植根柢，岁月虽久，初无增减。"应当注意的是，在玄奘的笔下，这棵可以嚼的树并不是杨树，而是奇树，至于奇树是什么植物，玄奘没有说明。

在玄奘西游之后，僧人义净经海路前往印度，他在《南海寄归内法传》中对嚼杨枝进行了细致描述，不仅记录了印度高僧们"每日旦朝，须嚼齿木，揩齿刮舌，务令如法"的口腔护理习惯，还详细描绘了杨枝的长短、形状及使用方法：杨枝一般"长十二指，短不减八指，大如小指，一头缓须熟嚼，良久净刷牙关"。更难能可贵的是，义净可能通过试用和使用，分辨出此杨枝不是汉地的杨树枝的事实。

由于时间久远，加上历代佛经翻译名称的不同，印度杨枝到底是什么一直未有定论。直到 1990 年金克木在《读书》杂志上发表专题文章，才揭示了古老牙刷的真实身份。作为梵学大家，金克木曾于 1941—1946 年在印度生活过。他说："我在印度时不但亲见（杨木），而且亲自尝试过，通常用一种叫作尼姆（Neem）的树（楝树之类），摘其嫩枝，去掉叶子，将一头放在口中嚼软后，用以刷牙。味道很苦，据说可以消毒。树叶不大，夹在书中可以防蛀虫，这是印度人的习惯，不仅是和尚净口诵经用。自从牙刷、牙粉、牙膏盛行，此俗渐失，我当时在印度乡间见到出家人及乡下人还保留此习惯，距今已经近五十年了。"

中国境内楝树较少，中国僧人们灵活应对，用柳枝等代替杨枝，并将这种"牙刷"推广开来。鉴于大唐的国际影响力，杨枝、柳枝等生态环保且自带牙膏的牙刷漂洋过海，开始向新的地方旅行，不久就在朝鲜半岛和日本出现。关于这一点，王庆在《嚼杨枝：历史上的洁齿习俗》中指出："在现代韩国语中，牙刷为'齒刷'，从词源上看正是汉语'齿刷'一词的借用；而高丽语'养支'语音近似的'养齒'却为动词'刷牙'的意思。"并且，"在日语中，有'楊枝'一词，意为'牙签''牙刷'……日语中的'楊枝'也是借自汉语中的'杨枝'"。

时光上溯至唐宋之际，清早或傍晚，寺庙里的僧人、朝堂上的官员都先找柳树等折枝，然后围坐在一起嚼着刷牙。这场景现在看起来颇有些喜感。

明代皇室的世界贡献

说起来可能很多人都不相信，美国牙科医学会、美国牙科博物馆、英国罗宾逊出版社等西方专业机构都把牙刷的发明归功于中国人，归功于中国的明孝宗朱祐樘。不少美国主流媒体也撰文予以肯定。2003 年 1 月，一篇名为《牙刷击败汽车成为最重要的发明》的文章中说："牙刷的发明历经了漫长的历史时间，第一次登上历史舞台是 1498 年，由中国的明孝宗朱祐樘发明，他将猪的鬃毛嵌

猪鬃毛牙刷

在一支骨制手把上，这种猪鬃牙刷后来传到欧洲，受到了人们的欢迎，但是由于造价高昂，贫穷人家只能共用同一把牙刷，或者用碎布揉刷牙齿。”2013 年 3 月，一篇名为《谁发明了牙刷，是中国人吗》的文章中说：“牙刷的故事始于中世纪的中国，当时人们开始用动物的鬃毛擦亮牙齿。”

明孝宗朱祐樘是明朝的第九位皇帝。他在位期间，为人宽厚仁慈，躬行节俭，勤于政事，广开言路，驱逐奸佞，开辟明代“弘治中兴”的大气象；但不论是《明史》，还是《明孝宗实录》等重要史籍中，都没有关于他发明牙刷的记录。西方人之所以将牙刷的发明权给予明孝宗，除了明孝宗人品俱佳之外，极有可能是因为中国改良版牙刷在明孝宗弘治年间旅行到了欧洲的缘故。

我们知道，唐代时，佛教在中国达到极盛，中国僧人模仿印度僧人的修持方式也成为常态，嚼杨枝或刷牙也就在中原地区流行开来，表现之一是出现了大量与刷牙相关的壁画。据王惠民《敦煌壁画刷牙图考论》一文的统计，敦煌壁画中与刷牙有关的壁画至少有 14 幅，最早的刷牙图见

敦煌壁画中有不少与刷牙有关的内容

于中唐时期第154、159、186、196、361窟的《弥勒经变》。其中，第186窟刷牙图最接近今天我们的刷牙方式。在这幅壁画中，“刷牙者上身全裸，蹲在地上，左手握净瓶，右手横于嘴上，似用手指揩齿”。

随着时间的推移，中国牙刷也不断改进，先用手指，再用柳枝，到宋代出现用马尾做的牙刷。这种牙刷以骨、角、竹、木等材料为骨架和刷柄，在头部钻出两行小孔，上嵌马尾。现在北京故宫博物院就保存有这样两把宋辽时期的牙刷，从大小来看，牙刷刷柄长约20厘米，植毛部的长度约3厘米，植毛部有8个植毛孔，分两排，每排4个孔，孔部上下相通，均与现代牙刷非常相似。

不过，这种马尾牙刷的普及程度可能不高。大概是马尾还是偏硬，刷牙的体验并不是很好，所以有“极有所损”的评价。不过，作为嚼杨枝的升级版，马尾牙刷还是延续了下来。元代忽思慧在《饮膳正要》中就说：“清旦用盐刷牙，无齿疾。”宋红先生也在《中国人试用牙刷考》一文中评论说：“‘牙刷子’的出现必定与中国僧人效仿印度僧人的修持方法有关，是牙刷自印度旅行至中原的见证。”

从漱口揩齿到嚼杨枝，再到牙刷子，我们发现，人们一直在牙刷头的材料上下功夫。毛太软，刷起来如隔靴搔痒；毛太硬，会刺破牙龈，刷出一嘴血。明孝宗选用猪鬃，可能也是材料上的一大进步。但将猪鬃或马尾毛塞进嘴里鼓捣，想起来总让人有些心理障碍。这大概是这把皇室牙刷没有在中国大行其道的原因。

从专利的角度看，英国人威廉姆·阿迪斯是牙刷的发明人。1780 年，这位因煽动骚乱罪被捕的年轻人在伦敦纽盖特监狱服刑期间，突发奇想地截短了一块骨头，在上面贴满鬃毛当作牙刷，并在出狱后申请了专利。无论是形态还是制作方法，威廉姆·阿迪斯的这把牙刷都是对宋明中国鬃毛牙刷的简单复制。此外，由于鬃毛过硬，他的牙刷销量也不理想。事实上，20 世纪 20 年代，很多西方人还是不愿意用牙刷刷牙，因为坚硬的鬃毛总是会损伤牙龈。20 世纪 40 年代，美国杜邦公司推出了合成纤维（尼龙），才有了现在我们所使用的、柔软有效的牙刷。

从浮石到戒刀——剃须刀旅行记

与头发的生长速度相比，成年男性的胡子的生长速度要快得多，一旦两三天不处理，便会胡子拉碴，形象不佳，所以剃须刀成为每一位成年男性的日常所需。受区域文化、宗教戒律以及特定习俗的影响，不同历史阶段、不同地方的人们对于胡子的态度迥然不同，这就使剃须刀的旅行变得扑朔迷离，难以追踪。

如古犹太人可能就不剃胡须，因为他们认为“剃除左右二处太阳穴边之毛发和胡须，或是在皮肤上割划图案，这些都是异教徒服丧期间的礼仪，像这样的行为是被禁止的”。古埃及人和古罗马人则乐意剃掉胡须，前者是因为所在地区气候炎热，后者则是将光光的下巴作为男性成年的标志。

浮石与贝壳，早期西方的剃须刀

早期历史人群的剃须可能简单而粗暴，最初的胡须处理方式是用手逐一拔除。近些年来的考

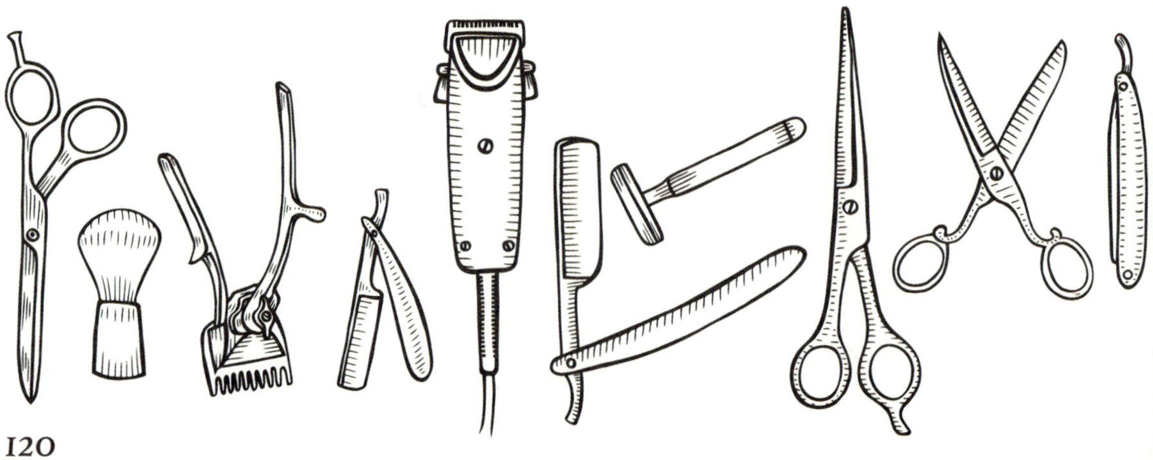

古发掘证实，大概在10万年前的石器时代，人们发现可以用蛤蜊壳来割（刮）胡子。随后，黑曜石、浮石都被用于刮胡子。在古埃及的壁画中，人们找到了最早的剃须刀，其材质大都是浮石。浮石是一种多孔的淡色火山碎屑物，因为气孔间只有极薄的玻璃质相连、可以浮在水面上而得名。浮石经打磨后相对锋利，可满足男性剃须的需要。

图坦卡蒙黄金面具

从留存下来的古埃及画像和雕塑来看，不管社会地位高低，大多数男性都没有留胡须和头发，如著名的拉美西斯二世和法老图坦卡蒙等。研究者认为这种面部清洁的强烈印记与古埃及的气候关系密切，埃及的夏天炎热而漫长，留着较长毛发长时间在高温环境下生活肯定是不舒服的。古希腊历史学家希罗多德在《历史》中就记述：“所有埃及人，无论男人还是女人，无论社会底层人士还是社会上层的贵族，他们都会从头到脚剃除自己身上的毛发。”对于为什么在古埃及的艺术作品中看不到完全秃顶的人物画像，希罗多德的解释是“完全光头在古埃及被认为是一种社交失礼”。

拉美西斯二世雕像

当然，我们也可以设想一下光头在沙漠的强烈日光下行走的滋味。所以，那时候的古埃及人，尤其是赶时髦的人会制造假发甚至假胡子，用于出席某些重要的场合。

至于如何让剃须或除毛效果更好，古埃及人的方法是先用脱毛膏来清洁皮肤，然后用贝壳或浮石反复摩擦脸部、头部、手臂和腿部等部位，直至剃除所有毛发为止。除了浮石刀片之外，考古学家还在古埃及墓穴中发现了金和铜制的剃须刀，其外形与镰刀类似，由此也可以看出，古埃及人对剃须是多么用心。

经过古埃及人革新的剃须刀，很可能是在古埃及与古罗马的商贸活动或战争中传播到古罗马的。从时间上看，古罗马人刮胡子的习俗要比古埃及人稍晚一些。随着剃须的流行，理发店一度成为古罗马最热闹的地方。在那里，技艺娴熟的理发师先用按摩油和香水软化人们的皮肤，再用浮石片刮掉胡茬。由于定期前往理发店处理胡须的人很多，人们可以一边刮胡子，一边分享当地的新闻和八卦，因此，理发店成为人们聚会和信息集散的地方。当然，社会精英和上层人士会拥有专用的家庭理发师，用来自古埃及的金和铜制的剃须刀剃须。在哈德良皇帝继任之前，古罗马人甚至认为，下巴越干净，家庭越富有，而且，男孩的成人礼就是去刮胡子。

亚历山大大帝石雕头像

在早期罗马作家的笔下，来自北方的日耳曼野蛮人总是不修边幅，满脸都是胡子。两军作战时，冲杀过来的野蛮人头发胡须齐飞，眉毛胡子一把抓，看上去着实生猛野蛮。有历史学家指出，古罗马人勤于刮胡子的原因，就是他们有意将自己与野蛮人区别开来。

由此来看，剃须刀的旅行与战争关

系密切。我们不妨看看4000年前古希腊的半身像，你会发现，那时留胡子的人比比皆是。据说，当时古希腊人对自己的胡须不仅很在意，而且非常重视。他们只在丧礼哀悼期才去剪胡子，羞辱一个人最直接的方法就是当众剪掉他的胡子。不过，随着亚历山大大帝时代的到来，一切都变了。这位征战四方的统帅命令士兵们刮掉胡子。他认为，没有胡子，肉搏战中就不会被敌人拽住下巴，无形之中增加了生存的概率。受亚历山大大帝“剃须令”的影响，剃须很快变得时尚起来。人们对剃须刀的需求量大增，客观上也促进了剃须刀在西方世界的旅行。考古出土文物显示，古希腊剃须刀有的是由浮石制成，有的则由铜或铁制成，看起来更接近我们今天所见到的直杆剃须刀。

僧侣戒刀，伴随佛法东行的剃须刀

与剃须刀在西方的旅行相比，它的东方之旅从时间上看似乎要晚一些，这可能与中国人对于发须的态度有关。传说由孔子所作，实际上成书于秦汉之际的《孝经》中说：“身体发肤，受之父母，不敢毁伤，孝之始也。”不过，随着佛教的东传，一种被称为“戒刀”的剃须刀被包裹在行李中，与东行的天竺高僧一并旅行到了中原大地。

戒刀，是古代僧侣随身携带的十八件物品之一，属于僧人们的私人物品。因为是佛教戒律所要求的，所以称为戒刀。作为一种影响深远的宗教，佛教在向外传播之前就已经制定完备而详细的僧侣戒律，这些戒律复杂而严苛。关于僧侣的个人形象，佛教经文中做出了相当细致的要求：不能留长胡子，不能留四角胡，不能留络腮胡等。从流传的早期中国高僧画像来看，不少人留有较长的胡子，但头发是被剃掉的，这可能与中国人对胡须的宽容有关。

不过，翻看汉地的佛教戒律经文，我们发现，要求僧侣们剃掉胡须的内容不少。简言之，作为僧人，就是要剃须、剃发，还应该随身携带戒刀，时刻保持自己鲜明清洁的形象。

戒刀

事实上，佛教戒律经文不仅要求僧人剃须，还留下了佛陀与弟子们关于剃须、剪指甲和剪鼻毛与否的正面对话，为我们展现了早期佛教僧团生活的场景，也为我们追溯剃须刀的旅行提供了可能。

早期佛教戒律有一个逐渐完善的过程，最早跟随佛陀修行的僧人可能不修边幅，有的留着长发和胡须，有的留着长指甲，还有的鼻毛过长也不去修剪。这些影响僧人仪容的因素逐渐被关注，随后被要求进行统一清理和清除，并列入佛家经典作为戒律流传下来。在鸠摩罗什翻译的重要经典《梵网经卢舍那佛说菩萨心地戒品第十》中，戒刀的地位得到提升，成为僧人们随身携带的十八件物品之一。

除了早期佛经中的详细规定，汉地史书也对僧侣的形象进行了记录，明确指出他们必须剃掉头发和胡子。对于剃须刀，后来的佛经还不忘再做颇为详细的说明。在唐代僧人道宣翻译的经书中，戒刀除了用来剃发、剃须之外，还有另外六种用途，一刀多用，堪称现代版“瑞士军刀”。

须髯为美，缓慢的剃须刀中国旅行

从东汉永平十年（公元67年）迦叶摩腾和竺法兰来到洛阳开始，一代又一代天竺高僧千里迢迢来到中原腹地，他们包袱里那把小小的戒刀也跨越千山万水，跨越不同文明的边界旅行到中国，成为中国人用来剃须的选项之一。

不过，早期中国男性是否接受用剃须刀剃掉胡须呢？这还有待考证。因为除了《孝经》对胡须十分重视以外，古代男子以长须为美的记载在历史文献和出土文物中屡见不鲜。如秦始皇兵马俑中大部分人俑都留有胡子。此外，汉乐府《陌上桑》中的“行者见罗敷，下担捋髭须”，《南史》中的“君须髯如戟，何无丈夫意”，都说明当时的男子是留着胡须的。此外，从《汉书》中说刘邦“高祖为人，隆准而龙颜，美须髯”，《汉书》中对霍光“白皙，疏眉目，美须髯”的描述，到《红楼梦》“我堂堂须眉，诚不若彼裙衩”中用“须眉”来代表男性，都说明男性以胡须为美。

胡须在中国古代有不少别名，也显示出人们对于胡须的偏爱。在古汉语中，长在不同地方的胡须，名称也不一样，所谓“口上曰髭，口下曰须，在颐曰胡，在颊曰髯”。鲁迅先生在《说胡须》中就写道：“假如翻一翻《康熙字典》，上唇的，下唇的，颊旁的，下巴上的各种胡须，大约都有特别的名号谥法的罢，然而我没有这样闲情别致。总之是这胡子又长起来了，我又要照例的剪短他，先免得沾汤带水。”

以胡须为美，同样也意味着需要修整胡须。修整工具除了剃须刀，可以是剪刀（剪），可以是手（拔），也可以是火（燎）。17 世纪时，英国著名的海盗威廉 · 丹彼尔记录过中国人用手拔胡须以保持自己的形象：“中国人一般个子高但不魁梧……他们的嘴巴不大、嘴唇很薄。他们皮肤呈灰色，头发黑色。胡须稀而长，

秦始皇兵马俑中大部分人俑都留有胡子

▎《清明上河图》中就有为人修面剃须的场景

因为他们把毛发连根拔掉，只让几根零落的胡须从脸颊长出，但他们却引以为荣，常常梳理，有时还打个结，而且他们的上唇的两边还有两缕类似的毛发往下长。”

单从字源看，与剃须刀相关的两个动词“剃”和“刮”在中文中很早就出现了，如“剃”在《说文解字》中给出的解释是“尽及身毛曰剃”。关于“刮”，《说文解字》中解释说：“掊杷也，杷，收麦器，凡掊地如杷麦然。”收割麦子时，镰刀最好要贴地收割，这样后续的耕作才更轻松，所以“刮”后来就引申出“用刀子等紧贴物体表面移动，消去物体表面上的东西”的含义，如“刮骨疗毒”；后也引申出“擦拭”的意思，如“刮目相看”等。

对于中国古人是否要完全刮掉胡须，沈从文先生在《从文物来谈谈古人的胡子问题》一文中指出：关于古人的胡子问题，一、古代男子并不一定需要留胡子；二、胡子在某一历史时期，由于社会风气或美学观影响，的确逐渐被重视起来；三、美须髯在某些时候和英武有关，是可以肯定的，可并不一定算美男子，在较长时期且恰恰相反，某些人胡子多，身份地位反而比较低下；四、晋唐以来，胡子样式有了新的变化，不过中年人或老年人，即或是名臣大官，也不一定留它，这风气一直延续到晚清。换言之，刮与不刮胡子，其实在古代中国并不那么绝对，随着时间的推移，男性还是更倾向于刮胡须的。

有趣的是，北宋张择端的《清明上河图》中就有为人修面剃须的场景：河边凉棚下，两名男子相依而坐，剃面师一手拿着剃刀，一手轻扶着顾客的下巴，正在剃须。那剃刀颜色较暗，大概有拇指长短，应该是金属所制。这可能意味着，那时的人们或许已经常常使用剃须刀来净面，毕竟满脸胡子不卫生。

出于多种原因，鲜有明代及以前的剃须刀出土，博物馆中的剃须刀大多出自清代至民国之间，如杭州刀剪剑博物馆、北京美妆博物馆收藏的剃须刀就是这个时间段的，其中有从美国、德国、日本等国进口的铁制手把剃须刀，也有国产木把剃须刀。

从时间上看，世界上第一款现代剃须刀诞生于美国。1902 年，金 · 坎普 · 吉列批量生产了自己研制的新型剃须刀，这种剃须刀使用简便，价格低廉，还不容易刮伤皮肤，因此很受人们欢迎。伴随着美国的崛起，这款吉列剃须刀在短时间内便风靡全世界。

从东方扇子到世界风潮——扇子旅行记

扇子是生活中颇受人们喜爱的小物件，它可圆可方，可以满身羽毛，也可以绢纸一张；可繁复精美，也可简约至上。炎炎夏日，人们摇扇纳凉；秋冬时节，人们展扇把玩。戏文里，大家闺秀以扇掩面，窃窃私语，传递多少爱语呢喃；文人墨客轻摇纸扇，指点江山，勃发多少激扬文字。展开历史的画卷：羽扇纶巾的诸葛亮指挥若定，火烧赤壁定鼎三国；风流倜傥的唐伯虎轻摇纸扇，下笔间竹松梅兰跃然纸上；走进文学的世界，《西游记》里孙悟空三借芭蕉扇才过了火焰山，《红楼梦》中晴雯撕扇作千金一笑成就经典……扇子是日常生活中的小物件，又似乎不止于小物件。

煽风点火、扇风取凉都是人们下意识的动作，树叶、纸片甚至手掌等都具有扇子的功能；但的确是中国人最早发明了团扇、羽扇，改良了来自日本的折扇，并借用方寸大小的扇面开创出一个全新的艺术空间，从而赋予扇子以文化的意义和价值。14 世纪，东方扇子旅行至欧洲，风靡欧陆宫廷与市井阶层，成为一股强大的世界风潮，英语“fans”（粉丝）一词即来源于扇子。今天，电扇和空调大行其道，解暑纳凉不再完全依赖扇子；但这一精巧的小发明呈现出更强大的生命力，无论在东方古国的旧市小巷，还是欧美国家的摩登大街，扇子博物馆、扇子主题

餐厅、扇子文化沙龙等有增无减，掀起一股新的风潮。

手持羽扇的诸葛亮塑像

早期扇子的中国旅行

从字形上看，“扇”字最早指用细竹、芦苇编织的门帘，而不指代手中摇曳的扇风器具。我们都知道门帘的特点是不以户枢开阖，而是挂而可掀扬。《礼记》中说：“（仲春之月）更者少舍，乃修阖扇。”汉代郑玄注曰：“用木曰阖，用竹苇曰扇。”这里的“扇”即指门帘。《吕氏春秋》中讲述了这样一则故事：春秋时期的齐桓公未听管仲忠言，任用易牙等奸臣，最后落得老迈无助、羞愧而死，死后，尸体上仅仅盖了门帘。

由于古时门外大都有“扇”，所以，“扇”慢慢衍生出“门扇”的意思。唐代诗人李白在《梦游天姥吟留别》中说：“洞天石扇，訇然中开。”其中“石扇”指的就是像门扇一样的石头。北宋司马光主编的《资治通鉴》中记录：“贼又以长柯斧斫东掖门，门将开，羊侃凿扇为孔，以槊刺杀二人，斫者乃退。”宋元之际的史学家胡三省注曰：“扇，门扇也。”在这场惊心动魄的近战中，敌我隔一门对峙，羊侃在门扇上凿出一孔，用长槊刺杀对方才得以险胜。这里的“扇”也指门扇。

古人将纳凉的扇子称作“箑”（shà），《说文解字》中说：“箑，箑莆，瑞草也，尧时生于庖厨，扇暑而凉。”意思是说，尧用箑莆的大叶子扇风纳凉。关于箑莆的形状，汉代班固在《白虎通》中说：“其叶大于门扇，不摇自扇。”《宋书》则说其“状如蓬，大枝叶小，根根如丝，转而成风”……总之，“萐”是一种较大的树叶。既然是树叶，就有叶柄，人们手拿叶柄摇曳就能生风取凉，可能正是出于对这种自然树叶的仿生，人们发明了扇子。

在不断的改良中，人们用竹子或木棍做骨架，以竹篾编织成叶子边沿的形状，再辅以绢帛或羽毛，人造的扇子——“翣”（shà）就这样出现了。《礼记》中提到“周之璧翣”，东汉郑玄注释说：“周又画缯为翣，戴以璧，垂五采（彩）羽于其下。”“璧翣”就是有璧饰的扇子。这是说周朝的璧翣，扇面是用绢帛制成的，扇面上绘有图案，扇柄上还挂着玉璧或垂着五彩羽毛以示美观。正是因为有了扇面作画和辅以扇坠，翣才摆脱了树叶的自然属性，多了人文的含义。

有一种观点认为，早于翣出现的可能是一种专作天子或贵族仪仗之用的障扇。障扇的柄较长，一般有两米左右，天子或贵族行车时被安放于车的两侧，步行时则由专人举着以遮蔽风尘。传说，舜帝就曾特意制作一个名曰“五明扇”的障扇，五代马缟在《中华古今注》中记录：“五明扇，舜所作也。既受尧禅，广开视听，求贤人以自辅，故作五明扇焉。秦汉公卿大夫皆得用之。魏晋非乘舆不得用之也。”从“公卿大夫”和“乘舆”等字眼来看，这种扇子显然不是手摇纳凉所用。

从早期文献记录和考古出土文物来看，障扇有相对严格的制作规格和使用的等级要求，不为寻常百姓所有，如顾恺之的《洛神赋图》、阎立本的《步辇图》等画作中出现的障扇即如是。还有一种障扇叫“雉尾扇”，文献记载：“雉尾扇，起于殷世。高宗有雊雉之祥，服章多用翟羽。周制以为王后、夫人之车服。辇车有翣，即缉雉羽为扇翣，以障翳风尘也。汉朝乘舆服之，后以赐梁孝王。魏晋已来，以为常，准诸王皆得用之。”

周代实行分封制，秦汉推行郡县制，无论哪一种国家管理形态，都主张中央权威高于地方，都强调“礼乐征伐自天子（皇帝）出”，《周礼》中就有关于障扇使用的严格规定。不难想象，障扇的早期旅行正是搭着国家政治管理的顺风车，从都城走向地方，从中央

唐阎立本所绘《步辇图》中唐太宗左右侍者撑雉尾扇

走向边疆，从黄河流域四散而去，走向中华文明覆盖的每个角落。关于这一点，沈从文先生在《扇子史话》一文中也有描述。

拿在手中的扇子不需要两米长的扇柄，秦汉以后，翣进一步简化，人称团扇。团扇多为方形或椭圆形，轻巧玲珑，易于携带，又没有森严的等级使用要求，所以，它的旅行要比障扇快得多。汉乐府《相和歌辞 · 楚调曲》有一首《团扇诗》，相传为汉成帝早年宠幸的班婕妤所作。诗云：“新裂齐纨素，鲜洁如霜雪。裁为合欢扇，团团似明月。”汉代以后，团扇进一步普及，浙江德清人沈约说：“青青林中竹，可作白团扇。”洛阳人刘禹锡《相和歌辞 · 团扇郎》

缂丝牡丹团扇，扇面呈花瓣形

中说：“团扇复团扇，奉君清暑殿。秋风入庭树，从此不相见。”江西吉安人刘辰翁也有“秋阴团扇如人老，渐近中秋好”的词句……这些都是团扇旅行至各地的例证。

汴京城里的日本风

折扇，顾名思义，就是可展开又可折叠收纳的扇子。从制作工艺来看，先将数根扇骨固定于一点，再于骨上敷贴扇面（以纸面为主），通常由左至右摊开，收纳后则反向束起。因其展合时形似蝙蝠展翅，所以最早有“蝙蝠扇”之名，后也称“聚头扇”“撒扇”等。折扇的原产地不是中国，而是日本。《宋史》记载，日本僧人喜因于端拱元年（988 年）来到汴京，带来的贡品中就有折扇：“又别启，贡佛经，纳青木函……又金银莳绘扇筥一合，纳桧扇二十枚、蝙蝠扇二枚。”这两枚蝙蝠扇是否在汴梁城中被使用过，我们不得而知，但这种新奇的设计还是引起了人们的关注，因为自此开始，中国文献里与“倭扇”“折扇”有关的记录多了起来。

折扇来到中国之前，很有可能先旅行到朝鲜半岛。北宋宣和五年（1123 年）二月，高丽国睿宗王俣去世，国信使提辖官徐兢等前往吊唁。次年六月，回国后的徐兢完成了《宣和奉使高丽图经》一书，记载了他出访高丽时的所见所闻。书中记载：“（高丽国）画折扇，金银涂饰，复绘其国山林、人马、女子之形，高丽人不能之，云是日本所作。观其所馈衣物，信然。”依照徐兢的观察和描述，虽然当时朝鲜半岛已经有了在折扇上作画的工艺，但这种工艺为临摹，原版来自日本。

清代高浮雕檀香骨贴象牙彩绘人物折扇

宋代著名的画史评论家郭若虚在其《图画见闻志》中有过类似的记录：“彼（高丽国）使人

每至中国，或用摺叠扇为私觌物，其扇用鸦青纸为之，上画本国豪贵，杂以妇人、鞍马，或临水，为金砂滩，暨莲荷、花木、水禽之类，点缀精巧。又以银泥为云气、月色之状，极可爱，谓之倭扇，本出于倭国也。近岁尤秘惜，典客者盖稀得之。”几乎是在同一时期，著名文学家苏辙写过一首名为《杨主簿日本扇》的小诗，诗曰：“扇从日本来，风非日本风。风非扇中出，问风本何从。风亦不自知，当复问太空。空若是风穴，既自与物同。同物岂空性，是物非风宗。但执日本扇，风来自无穷。”诗文虽未言及“折扇”，却反复提及日本，说明这一贡品的确引发了当时文人们的关注。

当然，也有人认为，折扇源于南北朝时期的中国，是从中国传播到日本的；不过，此类观点缺乏历史文献和考古文物的支持。沈从文先生在《扇子史话》中考证说，扇面有画的传世实物折扇，两宋总计不到十件，元代更少，其原因可能是折扇“只充当执事仆从手中物，还不曾为文人雅士所赏玩，因而尚未成为书画家染翰挥毫的对象”。事实上，折扇的制作反映着收纳和隐藏的思维，这与古代日本人居家空间偏小、生活用品需折叠以节省空间的习惯也有关系。另据我国台湾学者谢休容的研究：“在日文中，汉字‘扇子’（せんす）或‘扇’（おうき）指的都是折扇，不同于中文‘扇’原指的团扇，足见两国扇史的差异。”

实际上，折扇到明代才完全旅行至中国的大江南北，在这之前，折扇可能只在汴梁等地掀起过一个很小的风潮。明代浙江德清文人陈霆在《两山墨谈》中说：“宋元以前，中国未有折扇之制。元初，东南夷使者持聚头扇，当时讥笑之。我朝永乐初始有持者，然特仆隶下人用，以便事人焉耳。至倭国以充贡，朝廷以遍赐群臣，内府又仿其制以供赐予，于是天下遂遍用，而古团扇则惟江南之妇人犹有其制，今持者亦鲜矣。”

折扇虽自日本旅行而来，却在中国得到更全面的发展。中国人将倭扇原有的 8 根或 12 根扇骨改良为 16 根扇骨，确保扇面展开可以达到 180 度。更大的扇面也更适合中国书法和绘画艺术的全面展示和绽放。

远行欧洲的中国扇

英国女王伊丽莎白一世持羽毛扇的画像

从纬度上看，欧洲相对中国更靠北，一年中炎热的时光并不长久，扇子的需求自然也不及中国高。自14世纪开始，随着海上丝绸之路的发展，精美的中国扇子开始登陆欧洲，成为王公贵族和文人雅士手中的珍奇之物。在16世纪的欧洲宫廷绘画作品中，中国扇子的身影越来越多。如法国国王亨利二世的王后凯瑟琳·德·美第奇、英国女王伊丽莎白一世和英格兰国王詹姆斯一世的王后安妮等，都有手持中国羽毛团扇的画像存世。

1644年，明亡清兴，但自明代中期以来就流行的折扇文化得到保留和延续。整个清代，折扇得到极大发展，它不仅是一种生风取凉的工具，更成为一种艺术品，一种身份、地位和品位的象征。这一时期，从文人书画扇的主流中还分化出黑纸扇、香木扇等多种工艺扇。尽管明清均实行闭关锁国的政策，但折扇还是通过广州、澳门等口岸流传到欧洲。

从时间上看，欧洲扇子文化的全面兴盛要到17世纪。那时，葡萄牙、西班牙和荷兰的商人借助在亚洲建立的殖民地和商业网点，源源不断地从中国进口扇子到欧洲。有了16世纪贵族女性们的引领，扇子得以在欧洲长久风行。这种充满神秘东方韵味的“海外稀奇之物”，在很长时间内都是时尚和身份的象征。除了大量进口，中国扇子的到来也刺激了欧洲制扇手工业的发展。欧洲人通过自己的手工技术，力图制作出具有中式风貌的扇子。1673年，法国率先建立起专业的制扇行业协会，80年后的1753年，该协会的作坊数量从60家增加到了150家。鉴于制扇业的丰厚利润，英国也不甘落后，1709 年，英国政府在安妮女王的特许下，也于伦敦创立制扇名家协会，以提高制扇工艺和保护国内的制扇产业。

不过，即便欧洲已经有了自己的制扇产业，他们也从未中断过从中国（后来也包括日本、朝鲜）进口扇子。根据英国学者卡尔·克罗斯曼在《中国贸易中的装饰艺术品》一书中的介绍，18 世纪末期，欧洲客户偏向素淡典雅的品位，那些来自中国的以雕刻繁复细致著称的象牙与雕漆扇子特别受欢迎。一时间，来自欧洲的扇子订单源源不绝，数以万计的中国扇子躺在华美的包装之中，骄傲自豪地乘着大船漂洋过海去欧洲旅行。富有的欧洲家族更向中国订制带有家族徽章的扇子，以满足他们的个性化需求。直到 19 世纪初，折扇仍然是中国主要外销的手工艺品。

有趣的是，在中国，大多数男性使用折扇；但跨越大洋来到欧洲之后，折扇大都成为女性的专属用品。近些年来，再现欧洲中世纪宫廷景象的电视剧越来越多，《白公主》《凯瑟琳大帝》等都是其中的佼佼者，在这些剧集中，无论其情节如何跌宕、剧中人的服装如何繁复华美、发式如何惊奇夸张，女主手中总离不开那个华丽配饰——折扇。对于欧洲宫廷女性来说，华美的扇子不仅解决了社交场合两手空空引发的尴尬，而且能在恰当的时间遮挡自己的表情，确保自己更加含蓄和优雅。据说，在 19 世纪的巴黎，最受推崇的制扇匠比尔·迪韦勒鲁瓦还根据上流社会社交场合的规则，整理创制出一本名为《扇语》的小册子。册子图文并茂，内容是教女士如何利用折扇表达自己的心声。

时至今日，欧美国家已拥有独树一帜的制扇工艺，制扇产业更是方兴未艾。如成立于 1827 年的巴黎扇子制造企业迪韦勒鲁瓦公司，至今仍坚持纯手工制扇，近 200 年来，公司所产扇子一直是欧美时尚界和奢侈品界追逐的热点。有趣的是，尽管西方世界早已从模仿中国、仿造东方扇子的阶段中挣脱，但在欧美文化界，不管哪里生产的扇子，人们都将其归为东方的艺术。一把东方扇子的旅行，就这样改变了世界的风潮。

从商纣『象箸』到谢尔顿『筷子』——筷子旅行记

《生活大爆炸》剧照

七位主角围坐在一起用筷子吃饭，是热播美剧《生活大爆炸》中最常见的场景。荧屏中，无论是在中式餐馆就餐，还是在家里吃中餐外卖，谢尔顿和朋友们都能熟练地使用筷子，场面自然和谐，仿佛筷子一直以来就是他们的餐具。近20年来，无论是在好莱坞的爆米花电影里，还是在欧洲历史剧情片里，筷子都不时现身，成为最鲜明的东方文化元素符号。从人口统计学的角度来看，全世界有超过15亿人每天使用筷子，差不多每四个地球人中就有一个人用筷子吃饭，如此庞大的数字和如此高的使用频次，都在告诉我们筷子的重要性。

3000多年前，筷子诞生于中国。汉代时向东传入朝鲜半岛，隋代时传入日本，唐代前后风靡越南以及东南亚地区。17世纪早中期，筷子现身于欧洲来华传教士的游记和信札之中，或许是因为猎奇，或许是因为方便，筷子被塞进他们的行囊，开始零星地登陆欧洲，并被摆上了欧洲王室和贵族的餐桌。20世纪初，随着中餐、日餐等东方饮食在世界各地的流行，

尤其是外卖以及一次性筷子的出现，筷子在全世界的旅行明显加速，逐步成为欧美普通人都熟悉的东方餐具。

古人的“筷”意生活

如果从餐具使用的角度来划分，人类的取食方式大致可以分为手食、筷子和刀叉三类。其中，手食是人类最早且延续至今的用餐形态，这种方式简单直接，无需学习即可掌握。时至今日，中东和南亚等地区仍保留着手食的传统。对于中国人而言，筷子不仅是日常使用的餐具，而且浸透着中国人的宇宙观和处世哲学：标准的中国筷子长七寸六，象征着人间烟火，象征着人的七情六欲；筷子上方下圆，与中国古人天圆地方、外圆内方的价值观相吻合；用筷子时需要拇指、食指和中指相互配合，这又是“天地人”和谐统一的具体体现……与刀叉相比，筷子要简约得多，一只手一双筷子即可完成夹、拽、撕、叉、断、绞等动作，比起左叉右刀的繁复使用，可谓简单又高效。

《宴饮图》，1987 年出土于陕西省西安市南里王村韦氏家族墓，图中可清楚地看到筷子和曲柄勺

东汉宴饮画像砖，案上置杯、碗、双箸

在汉语中，筷子最早被称为“箸”。《史记》中有“纣为象箸，而箕子唏”的记载，说的是商代最后一个王——商纣王生活奢靡，使用象牙做的筷子，这件事让重臣箕子感到

长沙马王堆汉墓出土的漆案、漆盘、耳杯、漆卮及竹箸

忧心和不安。从字形上看，“箸”为竹字头，说明其材质为竹。中国竹子资源丰富，筷子取材于竹，成本自然低廉，容易普及到民间。从字意上看，“箸”在《说文解字》中给出的解释是“箸，饭攲也”。对于“攲”，清代段玉裁注疏说箸是人们吃饭时用来夹菜的用具，因为夹菜时，筷子侧着才方便使用，所以用了“攲”字来说明。

虽然中国是筷子的故乡，但中国人普遍使用筷子的历史并没有人们想象得那么久远。且不说传说中的“三皇五帝”没有使用过筷子，就算到了春秋时期，周游列国的孔子及弟子们还是以手就食，没有用上筷子。成书于西汉早期的《礼记》中说：“共食不饱，共饭不泽手。”意思是说，大家一起吃饭时，不能只顾自己吃饱；用手吃饭时注意手上不能有汗，以保持手部的清洁卫生。事实上，中国人至今都称第二个手指为“食指”，其实就蕴含着过往人们手食的信息。

尽管如此，中国人使用筷子的历史要远远早于西方人使用刀叉的历史。美国历史学家雷伊·坦纳希尔在《历史上的食物》一书中说，10世纪以后，刀叉才作为餐具进入拜占庭帝国的厨房。在此之前，刀叉都大而长，是游牧民族狩猎的器械。到了14世纪，作为餐具的刀叉才逐步出现在欧洲人的厨房之中；但那时，人们还是倾向手食，如法国国王路易十四、英国女王伊丽莎白一世等都留有以手抓饭的历史画面。直到17世纪晚期，标准化生产的刀叉才被摆上普通人的餐桌。

中国人之所以用箸，与早期中国人的食物结构密切相关。作为农业国家，中国人的蔬菜摄入量要远远高于肉类，因此，不太需要切割功能强大的刀叉。另外，儒家思想中的诸多表述，也提醒人们少食肉，多食菜。如《孟子》中记载："君子之于禽兽也，见其生，不忍见其死；闻其声，不忍食其肉，是以君子远庖厨也。"此外，中国人习惯吃热食、熟食，热的食物当然不方便直接手食，客观上也需要筷子这样的媒介。

"箸"什么时候被叫作"筷子"？这大概是明代中后期以后的事情了。明代陆容博学多识，曾任南京主事，所著《菽园杂记》中不仅对明代早期的朝野故事进行了详细描述，而且对家乡太仓、吴中等地的民俗多有着墨，其中就有关于筷子名称由来的记述："民间俗讳，各处有之，而吴中为甚。如舟行讳'住'，讳'翻'，以'箸'为'快儿'……今士大夫亦有犯俗称'快儿'者。"

事实上，"箸"作为筷子的雅称一直保留到民国时期。小说《红楼梦》中多有对吃饭场景的描述，其中箸和筷子都是交替出现。单从发音看，"箸"为闭口音，低沉有力；"筷子"则为开口音，响亮轻盈。一个日常使用的器物，还是用开口音更便捷一些。

筷子东游记

筷子东传的第一站为朝鲜半岛，因为在中国古代文献中，朝鲜半岛一直以来都是中华文化的延伸地。传说商纣王的叔叔箕子逃亡于此并建立国家，汉代中央王朝还在此设立玄菟郡进行直接管辖。无论是逃亡立国，还是设立郡县，必定会有一定数量的汉地官员前来；从词汇上看，筷子在朝鲜语中的发音与中文的"箸"也相当接近，说明中原的筷子有可能是在汉代以后传入此地的。

另据王晴佳教授的研究，中国人最早使用的不是筷子，而是"匙"，即勺子；而且在相当漫长的时间里，中国人都是箸、匙共用，匙的地位也曾一度高于筷子。大约从明代开始，筷子才不断凸显其重要性，逐步取代匙，成为餐桌上的绝对主角。这种餐具演变的习俗也直接影响了朝鲜半岛，如晚明时期，朝鲜驻大明使臣尹国馨在《甲辰漫录》中记录："饮食用匙箸，见于传记者，历历可指。而我国之俗亦然。自乱后中原大小将官征东士卒，前后出来者不知几千万。而凡于饮食，不拣干湿，皆用箸，而匙则绝不用焉。未知自何时而然也，或云大明高皇帝遗训，未平陈友谅，饮食不敢用匙。示其必取之意，因以成俗，未知然否。”

筷子传入日本的时间要晚于它们出现在朝鲜半岛的时间。自东汉初首次遣使，在其后的三国及南北朝时期，日本均向中国进贡称臣。晋代陈寿在《三国志》中记载：“倭地温暖，冬夏食生菜……食饮用笾豆，手食。”“手食”也就说明，日本至少在中国两晋时期仍没有使用筷子。

由于地理上接近，在多次进贡之后，日本终于迎来了中国使节的回访，时间是在隋代。4 世纪中叶，日本大和朝廷基本完成了对日本列岛的统一。为了学习隋朝的典章制度和文化艺术，600 年，统治日本的圣德太子向中国派遣了第一支遣隋使团。虽然不满于倭王国书的措辞，隋炀帝还是保持了大国君主的风范与气度，于第二年委派裴世清等 13 人回访日本。裴世清又称裴清，出身于关中世族，当时担任朝廷文林郎，掌管撰录文书等工作。由于《隋书》等史籍中均没有关于他的传记，人们对他的信息了解不多。但从《太

《美人图》中美人持筷

平寰宇记》中的相关记载来看，裴世清出访日本时受到了高规格的接待，而且接待方式都尽力比照隋朝的标准。据日本学者一色八郎的研究，为了更好地接待大隋使者，圣德太子听从遣隋使的建议，放弃手食，在宴会上摆上了隋朝的筷子以款待中国使团。也就是从这个时候开始，筷子成为了日本人的餐具之一。

隋朝二世而亡，随之而来的是更加强盛的唐王朝。唐代，日本先后19次派出遣唐使，频繁的中日文化交流也让更多的筷子东渡日本，成为日本人口中的“唐箸”。从时间上看，日本社会整体性使用筷子可能要到9世纪之后，因为根据《太平寰宇记》中的记述，日本仍是“饮食以手，而用笾豆，俗皆徒跣，以蹲踞为恭敬”。从筷子的形态上看，日本的筷子比中国的短，下端也更尖，这可能与日本人的分餐习惯和食物中多蔬菜和鱼类密切相关。

筷子西游记

相比于筷子在东方传播的平淡无奇，筷子的西游颇具传奇色彩。提及西方人对筷子的记录和描述，人们大都会寄希望于大名鼎鼎的意大利旅行家马可·波罗；但《马可·波罗游记》全书中丝毫不见筷子的影踪。这个关键因素的缺失，让不少人怀疑马可·波罗是否真的到过中国。事实上，被马可·波罗遗漏的不只是筷子，就连中国人饮茶的习俗和中国人最在意的黄河、泰山、长城等文化符号也被系统性忽略了。在这位意大利人眼中，元大都的恢弘、江南行在（杭州）的富庶和中国人的宗教与信仰才是需要记录的。

好在200多年后，同是意大利传教士的利玛窦接棒马可·波罗经海路来到中国，很细致地向西方人介绍了中国的筷子。作为明代最著名的西方传教士，利玛窦于1582年抵达澳门，开始他在中国长达28年的传教生活。利玛窦潜心学习汉语和中国文化，与中国知识分子徐光启等人交往甚密。28年中，他的足迹从澳门到肇庆、韶州，再到南昌和南京，又从南京到了北京，在介绍西方先进自然科学成果的同时，他也写下了大量关于中国的著述。如在

利玛窦画像

《利玛窦中国札记》中，他写道："他们（中国人）吃东西不用刀、叉或匙，而是用很光滑的筷子，大约长一个半手掌，他们用它很容易把任何种类的食物放入口内，而不必借助于手指。食物在送到桌上时已经切成小块，除非是很软的东西，例如煮鸡蛋或鱼等，那些是用筷子很容易夹开的。"

在利玛窦之后，记录了筷子的还有传教士彼得·芒笛。17世纪中叶，当这位英国旅行者从印度进入中国南方时，他第一眼就被中国人的用餐方式深深吸引。在他厚厚的东方游记里，有大量对中国人熟练使用筷子的描述："他（一个大运河上的船工）用手指夹着两支小木棍（大约一英尺那么长），先夹起肉来吃，然后夹了鱼和蔬菜。除了菜，他还用它吃米饭（那是他们的主食）。我是说，他先夹起一块肉，把盛有软烂米饭的小瓷碗端到嘴边，然后风卷残云般就吃完了碗中的食物。中国的上层人士也以同样的方式进食，只是和我们一样坐在桌子旁边吃。"尽管被中国人的筷子所吸引，当时的彼得·芒笛并不愿意马上去模仿使用筷子，他觉得这样吃饭不够优雅；但当他发现中国上层人士也使用筷子时，态度发生了转变，开始学习使用筷子，并购买一些筷子带回了欧洲。

随着对筷子介绍的增多，筷子作为专有名词进入欧洲人词典的时间也到来了。1699年，chopstick这个单词第一次出现在英国航海家威廉·丹彼尔的《新环球航行》中。他写道："这种餐具在亚洲地区非常常见，英国的海员们称它为chopstick。"为什么筷子被称作chopstick，威廉·丹彼尔解释说，chop是粤语"快"的谐音，stick则是筷子的实际形态。英语的这种构词法迅速影响了德语、法语、俄语、西班牙语等语言，并形成了类似的对应词汇。为此，在美国《韦氏词典》和英国《朗文词典》中，chopstick一词的词

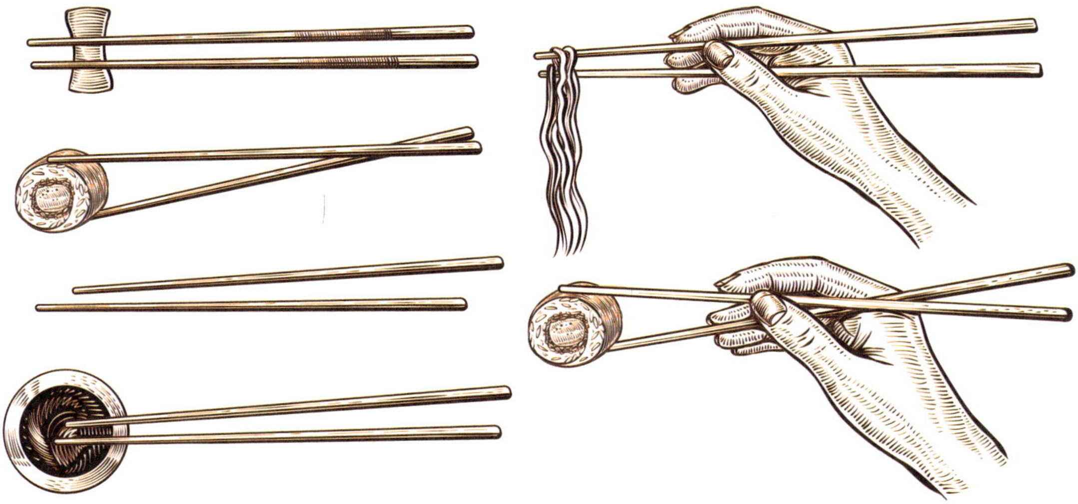

源都追溯为 1699 年。

清代初年，随着西方外交使者、传教士、商人自欧洲经海路来到中国，一批视野开阔的中国人也携带筷子走出国门，前往欧洲进行文化和商务交流。其中，以康熙年间的南京人沈福宗为代表。根据美国历史学家史景迁的研究，这位被西方学界称为“好奇的中国人”的沈福宗勤奋好学，精通拉丁文。康熙二十年（1681年），他受比利时传教士柏应理的邀请出访欧洲，得到法国国王路易十四、英国国王詹姆斯二世等欧洲王室和天主教高层的热情接见。在法国宫廷中，沈福宗先拿出一双中国的象牙筷子，当场展示了筷子的使用方法，并介绍了中国的餐桌礼仪，之后，向法国国王详细讲解了中国的文字和文化，最后，还将一批筷子赠送给国王。一双小小的筷子成为沈福宗打开欧洲文化大门的钥匙。有了沈福宗的介绍和法国国王路易十四的垂范，筷子迅速在欧洲上层社会掀起一股风潮，这也加快了筷子在全世界旅行的步伐。

在众多中国筷子的旅行记里，有一双筷子的故事颇为特殊，因为它是被偷到美国的。2012 年 2 月 21 日，美国《纽约时报》发表了题为《40 年后，回忆尼克松访华》的署名文章，作者是当时加拿大《环球邮报》驻北京记者约翰 · 伯恩斯。文章中，约翰 · 伯恩斯以亲历者的身份回忆了 40 年前尼克松访华的诸多细节，其中之一就是他如何将尼克松总统在中国国宴上用过的筷子偷走。

1972年2月，美国总统尼克松正式访问中国，周恩来总理在人民大会堂举办国宴款待这位贵宾。宴会结束后，约翰·伯恩斯冲过乱糟糟的人群，来到了宴会主桌。“在那儿，我仔细观察了金色压花菜单卡和同样镀金的座位卡，以及两位主要人物座位处的象牙筷子，我很想把它们藏在口袋里，作为无可比拟的纪念品都拿走。”约翰·伯恩斯如此写道。之后，他趁着工作人员不注意，迅速带着“罪恶的”战利品离开了。随后，一名美国古董商向约翰·伯恩斯报价2.5万美元求购这双筷子，被他拒绝了。后来，他将这双筷子捐给了位于美国洛杉矶橙县的尼克松总统博物馆。

人人需要吃饭，吃饭就需要餐具。从手食到筷子、刀叉，人类的餐具总体沿着文明、卫生的方向发展。从古到今，从东到西，一双筷子的旅行总能引发吃饭之外的文化联想，因为无论是商纣王的“象箸”还是谢尔顿的“筷子”，都让我们感受到文化传承与交融的悸动。

从『圣火』到『火柴』——取火器旅行记

尽管彼此相距遥远、沟通有限，但关于世界构成的基本要素，古代不同地区的人们有着大致相同的认知。如古希腊人认为世界由“水、气、火、土”四大元素构成，古印度人认为世界是由“地、风、水、火”构成，古代中国人则认为是“金、木、水、火、土”构建了整个世界。在这些基本元素中，“火”无疑最为特殊，它并不是自然长久地、持续地存在，它需要人们的呵护，需要人们掌握一定技巧才能获得。

有意识地使用火，是人类进化过程中最重要的创新，也是人类走向文明的关键标志。有了火的温暖，人们得以熬过寒冷的岁月，迈向更广阔的天地；有了火的照明，人们得以避开猛兽袭扰，夜以继日地劳作；有了火的炙烤，人们得以食用熟食增强体质；有了火的高温，人们得以制陶冶炼，加速文明前进的步伐。

对于今天的人们而言，点火可能只需要按动按钮、旋转开关，或者手指间的一个开合动作就能实现；但对于古人来说，要拥有简单、轻盈、

安全的取火器并不容易。为了便捷地生火，人们先是千方百计保存自然界的火种，而后进行了阳燧、木燧、火镰、火柴、打火机等的一系列创新和努力。夜行和饮食对火的依赖，使各类取火器成为早期人类迁徙和旅行的必需品。这种迁徙和旅行也加速了地区间文明的交流，让全世界出现了越来越多的烟火之地。

火从何处来

在希腊神话中，火源自太阳，原本由众神之王——宙斯所掌控。在宙斯眼中，大地上的人类狡黠而卑贱，不配拥有创造美好生活的元素，尤其是火。天神普罗米修斯却对人类充满了同情，他多次来到人间，教人们耕种、造屋，也把文字、医药和占卜术传授给他们，使人们拥有了知识。最后，为了将火带给人类，普罗米修斯特意折取“奥林匹亚”圣山上的茴香神树树枝，设法避开宙斯的监控，当太阳车从天上驶过时，他偷偷地将树枝伸到车的火焰处点燃，然后把火种带到了人间。

希腊神话中，普罗米修斯盗取圣火并将圣火传给人类

与希腊神话相似，中东地区诞生的拜火教也认为“火自天降”。公元前6—前5世纪，波斯古国的圣贤琐罗亚斯德（也译为查斯图斯特拉）创立该教。在拜火教教义中，火为创世神阿胡拉·马兹达创造。其教徒以火为圣物，对火进行膜拜，更带着火旅行。从时间上看，拜火教是基督教诞生之前整个中亚最为重要的古代宗教。关于这一宗教的火崇拜，古波斯历史学家菲尔多西在《列王纪选》中写道：“王子足之所至宣讲教义，全是遵照马兹达的神谕，他的信仰终被各国知道，大家争相把拜火教信奉，燃起烈火，不再把偶像看重。”

将火视为圣物，必然会衍生出便捷的生火工具或方法。历史上，拜火教一路东传，跨越茫茫雪山和无际瀚海来到印度和中国。历史学家岑仲勉在《春秋战国时期关西的拜火教》中认为，拜火教可能早在春秋战国之前就已经从中亚传入我国，并在汉、唐长安留下了鲜明的宗教印记。在《史记》中有“禁不得祠，明星出西方”的记载，“不得祠”就是拜火教的宗教场所。

根据《佛教哲学大辞典》记述，拜火教中的善恶二元论和末世论等世界观对佛教影响深远，甚至“阿胡拉·马兹达于后世的印度，却摇

拜火教神庙

阿胡拉·马兹达像

身一变，成了（佛教）恶神阿修罗”。毫无疑问，伴随拜火教传入印度的极可能还有先进、便捷的取火工具及方法。在早期佛经的重要经典著作中，取火的“火燧”成为僧人们随身携带的十八件物品之一。

与西方国家不同，中国古人认为火并非从天而降的礼物，而是人们对木与木的摩擦观察和实践的结果。如《韩非子》中说：“有圣人作，钻燧取火，以化腥臊，而民悦之，使王天下，号之曰‘燧人氏’。”这种钻木取火的工具被称为“木燧”，虽然略显烦琐，但取材方便，所以直至20世纪初，中国仍有不少偏僻地区采用这种生火方式。

不过，古化石记录显示，地球上最古老的火的确是从天而降。2012年，考古学家从距今约4.2亿年前志留纪晚期的木炭化石中鉴定出了地球上最早的烧炭痕迹。因为在志留纪晚期，植物已经在陆地上蔓延滋生，人们据此推测，当时极有可能是闪电击中了大气中富含的氧气导致了这次大规模的野火，第一次为地球送来了“天火”。

“火寸”的中国旅行

虽然没有“火自天降”的神话和传说，但中国人有着从太阳取火的思考和一系列创举。早在西周之前，中国先民就发现了凹面聚光生热的现象，并制作出一种叫“阳燧”的取火器。编写于西汉时期的《淮南子》一书中记载：“阳燧见日，则燃而为火。”对于阳燧的具体样貌和使用方法，唐代《艺文类聚》中说得很具体：“阳燧，金也。日高三四丈，持以向日，燥艾承之寸余，有顷，焦吹之则得火。”唐代之后，北宋沈括也在《梦溪笔谈》中进一步描述阳燧说：“阳燧面洼，向日照之，皆聚向内，离镜一二寸，光聚为一点，大如麻菽，着物即火发，此则腰鼓最细处也。”

因为阳燧表面光滑，实质上也可以用作镜子，所以也被称为“鉴燧”。五代时期马缟的《中华古今注》中就说：“燧铜镜，以铜为之，形如镜，照物则影倒，向日则火生，与艾承之，则火出矣。”关于阳燧的制作方法，《周礼》中记载：“金锡半，谓之鉴燧之齐。”意思是说，用铜、锡各半铸成的凹面镜，能在太阳光下形成焦点以取火。上述文献一方面说明古代中国使用阳燧取火的普遍性，另一方面也说明阳燧制作在古代中国有着相对完整的标准和方法。

藏式火镰

火镰

不过，无论是木燧还是阳燧，都会受阴雨天和潮湿环境的影响。为此，中国古人发明了更为简便的火镰。火镰是一种一直使用到清代晚期的中式“取火器”，一般由火刀、火石和火绒三部分组成。从外形上看，火镰是一块与人手掌长短相当的光滑铁条，因为铁条略带弧度、形似镰刀而得名。与火镰撞击摩擦的是火石，火石是一种含磷、硅成分的坚硬小石块，这种小石块可以是黑曜石、燧石、石英岩等，当火石与火镰撞击时，就会迸发火星，这时，再用燃点很低的火绒引火，就可以生火了。火绒是一种易燃的野生草本植物，人们将其采摘晾干、揉捻，再涂上芒硝或硫磺，以便引火。

为了更好地引火，南北朝时期，中国古人还改进了材料，这种材料在古代文献中被称作“法烛”或“发烛”。有观点认为，正是马可·波罗等西方旅行家将发烛带回欧洲，并间接促成了火柴的发明。关于发烛，成书于北宋时期的《事物纪原》中记载：“汉淮南王招致方术之士，延八公等撰《鸿宝万毕术》，法烛是其一也，余非民所急，故不行于世，然则法烛之起，自刘安始也。”换句话说，西汉时，中国已经有了发烛。

发烛是什么呢？据《资治通鉴》记载，陈宣帝太建九年（577年）十月，“齐后、妃贫苦，至以卖烛为业”。烛的繁体字是“燭”，《说文解字》解释为“庭燎，火燭也。从火蜀聲”。如果说烛是庭中照明的火把，那么发烛就是经过改良的引火材料。对于这种材料的制作方法，元末学者陶宗仪曾做过系统的研究和梳理。原来，这种类似今天火柴棍的“发烛”首先出现在浙江杭州，然后逐渐旅行到了全国各地。

陶宗仪在《南村辍耕录》中记载：“杭人削松木为小片，其薄如纸，镕硫黄涂木片顶分许，名曰发烛，又曰焠儿。盖以发火及代灯烛用也。史载周建德六年，齐后、妃贫者，以发烛为业。岂即杭人之所制与？宋翰林学士陶穀《清异录》云‘夜有急，苦于作灯之缓。有知者，批杉条，染硫黄，置之待用。一与火遇，得燄穗然，既神之，呼引光奴，今遂有货者，易名火寸’。按此则焠寸声相近，字之讹也。然‘引光奴’之名为新。”

用木棍摩擦生火

松木条本身燃点就低，如果再浸染硫磺，与火一接触，肯定会迅速燃烧起来。由于当时人们把这种发烛制作得精细小巧，使其引出来的火焰如同谷穗大小，所以，人们将这种发烛也称作“引光奴”或“火寸”。从尺度看，火寸的长短应该与近代火柴相差不大，这样的事实也自然引发不少人关于“中国是否就是近代火柴的故乡”的猜测。金良年先生在《也谈“火柴”与“汗衫”》的文章中认为，中国的发烛与火柴差别很大，两者并不是一回事。他说：“火寸与今天的火柴不完全一样，它不能自行发火，仅便于引火。”

火柴的世界旅行

1846 年，丹麦作家安徒生发表了著名童话——《卖火柴的小女孩》，卖火柴的小女孩很快成为世界文学史上的经典形象。从取火器发展的角度看，这则童话故事中深深隐含着火柴旅行的信息。

我们知道，19 世纪初，欧洲开始出现类似于今天的火柴。经过不断的技术革新，到了 1830 年，法国人沙利埃用白磷制作出手指长短的小火柴。到了 1833 年，瑞典的卑尔加城出现世界上第一家火柴厂，专门生产涂有硫磺、白磷、树胶和二氧化锰等混合易燃涂料的火柴。由于技术原因，当时的火柴不需要专门摩擦的硝皮，在墙壁或坚硬的物体上乃至衣服上都可以擦着，所以，没有专门的火柴盒。最初，火柴的成本比较高，所以，当时人们都是按“根”买卖火柴。火柴诞生之后，很快就从瑞典、法国等地旅行到欧洲各国，如俄国文学家契诃夫就曾在 1885 年以《瑞典火柴》为题，创作了一篇著名的讽刺侦探小说。除了旅行欧洲，火柴也登上远航的轮船来到了东方的中国。

“道光间，英夷所贡杂物……中有自来火者，长仅盈寸，一端五色洋药，擦之而火爆发。士大夫见之莫不惊奇，以为鬼物。今各大商埠均有市者……非豪商显宦无力求之耳。”这段文字出自清同治年间上海人孙玉璋的《异闻琐录》，这也是欧洲火柴旅行到中国的最早记录。从记述内容来看，对这种跨海而来的西洋“自来火”，中国人

丹凤火柴

既感到震撼惊奇，又乐意花高价购买，还给它起了一个非常简单的名字——“洋火”。

稍晚之后，广东澄海人李勋也在《说抶》一书中记录了漂洋过海旅行到中国的洋火：“洋人削木如烛骨大，长寸许，擣硝磺为末涂其上，磨之爆然作响，而火自发，名自来火（先是磨之墙上、衣上俱能发火；近恐有火，仅以所装匣上磨之而已）。”显然，李勋的介绍比孙玉璋更详细，对火柴的发展历程也较为熟悉。

从时间上看，早在1855年，瑞典人J.E.伦德斯特伦就已经制造出盒装火柴。这种火柴的盒子两侧涂有赤磷药料，使用时只要将火柴头在磷层上轻轻擦划就能生火。1865年的天津海关报告显示，当年就已有瑞典火柴经天津海关进入京畿重地，这批进口火柴很可能是我们今天很熟悉的盒装火柴。天津文史专家张显明先生研究认为，中国火柴工业在19世纪后期发展迅速。光绪十二年（1886年），担任北洋通商大臣和直隶总督的李鸿章发现，当时中国从日本进口的火柴已经压倒性超过了瑞典，一年进口火柴就耗费1000万两白银。为了兴办民族工业，李鸿章委托当时的淮军钱粮所总办吴调卿积极筹备组建“天津自来火局”。

至20世纪初，上海、广州、重庆等城市都涌现出制造火柴的民族企业。从1905年丹凤火柴公司的广告来看，当时民族火柴企业生产的火柴已经完全具有了竞争力。

时至今日，诸多取火器已经退出了人们的生活；然而，千百年来，正是生火、取火工具的出现和旅行，才确保了人类文明的健康发展和延续。面对逝去的岁月，不妨让我们对这些小小的器物致以深深的敬意，感谢它们带给我们的温暖和光亮。

伴水而生，贴地而行——香皂旅行记

香皂是人们生活中最常见的日用品，在汉语中，“皂”与木相关，指可以清洗衣物的果实“皂荚”，因为成熟的皂荚为黑色，所以“皂”也含黑色之意，如俗语“不分青红皂白”。在英语中，单词soap既表示香皂，也表示肥皂，因为这两者本质相同，都是碱性去污产品。香皂看起来光洁，摸上去顺滑，样子普普通通，也简简单单；但实际上，香皂是一项神奇的发明，因为它既要亲水，又要亲油，才能具备清洁去污的能力。这种伴水而生的奇妙小物件，最早主要依靠陆路旅行。它不仅帮助我们清洁身体和衣物，成为人们最为亲密的朋友；更推动了世界不同文明之间的交流，留下了许多有趣的故事。

中式沐浴

古代中国人洗澡多用澡豆

冲洗身体首先源自于动物本能，如大象用鼻子向同伴喷水，驴马在沙土里打滚等；但只有人类将沐浴演化为一种日常行为，并为洗澡费尽心思。为了更好地洗浴，人们还发明了“皂”作为洗浴的辅助用品。纵观人类早期历史，大凡创造非凡成就、留下不朽遗产的民族都表现出对沐浴的无限痴迷，如古罗马修建了宏伟的公共澡堂，古埃及留下最早的香液沐浴的记录，中国文化原典《周礼》《礼记》等更是对沐浴做出了明确而复杂的规定。

对于洗澡，中国古人可谓异常重视。不同于今天“洗澡”一词的宽泛涵义，对古人而言，身体不同部位的清洗对应不同的字，用以凸显洗浴的礼仪意义。东汉学者王充在《论衡》中说：“且沐者，去首垢也。洗，去足垢；盥，去手垢；浴，去身垢。皆去一形之垢，其实等也。”生活年代稍晚于王充的许慎在《说文解字》中也说：“沐，濯发也；浴，洒身也；洗，洒足也；澡，洒手也。”在制度上，汉朝政府甚至规定专门假期用于官员洗澡，确保官员在体面芬芳中上朝议事，如《汉官仪》中就有“五日一假洗沐，亦曰休沐”的规定。

如果因不愿洗澡或疏于洗澡而引发个人卫生问题，则会被人们编成笑话长久流传。《晋书》中记载：“恒温入关，猛被褐而诣之，一面谈当世之事，扪虱而言，旁若无人。”想想看，因为长期不洗澡而体生虱子本身就已经很尴尬了，谁想王猛还能一边从衣领中捕捉虱子，一边与人交谈，这画面真是有碍观瞻。北宋文豪苏洵在《辨奸论》中就讽刺王安石“面垢不洗，衣垢不浣”是为“奸”。明代江盈科在《雪涛小说》中以“谐史”之名，详细还原了这段故事：“一日，侍神宗殿上，有一虱周旋其（王安石）须，神宗顾视数四，同列亦皆见。比退，公问同列曰：‘今者，上数顾不佞，何也？’同列告之故，公亟捕虱得之。同列曰：‘幸勿杀，宜有敕语奖之。’荆公问：‘敕语应作何词？’一学士曰：‘此虱屡游相须，曾经圣览，论其遭遇之奇，何可杀也，求其处置之法，或曰放焉。’荆公大笑。”当朝宰相在与皇帝对坐时，在胡须间竟有虱子穿梭，真是辣人眼睛。

对现代人而言，洗澡离不开香皂、洗发水、沐浴露等日化产品，古人也是一样。作为文明的产物，衣服向来被视为人的第二皮肤。因此，洗衣也可以被视为沐浴的延伸。事实上，无论是沐浴还是洗衣，人们都离不开“皂”。没有“皂”，中国人如何洗漱呢？清代曹廷栋有一部关于老年人养生的著作《老老恒言》，其卷一“盥洗”篇中记载：“面垢，燂潘请靧……燂，温也；潘，淅米汁也。即俗所谓米泔水。”原来，淘米水是中国人最早的香皂。

追溯“皂”的旅行，我们发现，在空间上，“皂”的早期雏形可能出现在公元前2000年的古巴比伦。它们向东沿陆路旅行，影响了古埃及、古印度的洗浴文明。随着佛教的东传，一种名曰“澡豆”的“皂”流入中原大地，为中国人所接受和改良。唐五代时，“澡豆”继续东传，来到了朝鲜半岛和日本，助力东方世界的沐浴、洗衣上千年。它们向西旅行，到了罗马、希腊，为古代西方史留下一段香艳的泡泡记忆。5世纪前后，盛产橄榄油的叙利亚出现了块状的“橄榄皂”。11世纪，伴随第一次十字军东征，叙利亚橄榄皂旅行至欧洲，催生了著名的“马赛皂”。18世纪，得益于西方化学工业的发展，现代化的“香皂”出现，并流行全世界。

“澡豆”东行

两晋时期，一种叫“澡豆”的小东西进入中国人的浴室，首先成为豪门大族的洗浴神器。《世说新语》中记载了一则“王敦入厕”的故事，故事说的是晋武帝的女婿王敦第一次入皇宫，上厕所时误将塞鼻避臭的干枣和洗澡用的“澡豆”吃掉所闹的笑话。不难看出，与淘米水“潘”相比，“澡豆”要高档很多，以至于连出身贵族的王敦都不认识。

那么，“澡豆”是用什么做的？它真的是用来洗澡的吗？它又是从哪里旅行到中原的呢？据辛宝先生在《澡豆趣话》一文中所说，“澡豆”最早应出于佛家，“据佛经上记载澡豆为比丘随身十八物之一，又称豆屑”。也就是说，“澡豆”是僧侣用来洗涤身体或衣服上的污秽所用之豆粉。佛经中对“澡豆”的大量描述，表明它来自佛教诞生的古印度，并随着佛教东传来到中原。南朝宋佛陀什、竺道生翻译的《五分律》中记载，为了洗干净身体，有僧人居然“以背揩壁树木”，借用树皮的粗粝来摩擦掉身上的污垢，结果当然容易受伤，所以，佛陀建议他们使用“澡豆”洗澡。

佛陀传法时期，尚无扩音器可远播声音，也无互联网远程授课，只能近距离开坛讲法。在这种情形下，使用“澡豆”沐浴不仅能清洁自己的身体，也能在传法时散发出清新的体味，让传法、讲法在轻松愉悦中完成，所以佛教极为重视洗浴。

《五分律》中还记载了“澡豆”的构成：“大豆、小豆、摩沙豆、豌豆、迦提婆罗草、梨频陀子等磨粉而成。”对于“澡豆”的存放位置，《五分律》中也有记载：“佛在舍卫国，有人施比丘尼僧木桶。

澡豆粉

诸比丘尼不受，不知何所用，是事白佛。佛言：应取用盛澡豆。”除此之外，其他佛教文献中还记载了“澡豆”可以用于洗头护发，有浣洗油污衣服的功效。

佛法西来，“澡豆”东行。传入中原的“澡豆”很快被中国人破解了成分构成，不久，更高效的中国“澡豆”出现了，那就是在印式配方中加入皂荚。据说这种“澡（皂）豆”至迟在宋代就已经相当成熟。南宋周密在《武林旧事》中记载，都城临安就有专门经营“肥皂团”的生意人。这种“肥皂团”就是将天然皂荚捣碎细研，加上原有的香料等，制成橘子大小的球状物，专供洗面浴身之用，可谓进阶版“澡豆”。到了明代，“肥皂团”的制作更加规范，李时珍在《本草纲目》中记载：“肥皂荚生高山中，其树高大……结荚三四寸……实之荚而肥厚多肉，内有黑子数颗，大如指头……种之，十月采荚，煮熟捣烂，和白面及诸香作丸，澡身、面，去垢而腻润，胜于皂荚也。”

有趣的是，“澡豆”在中华大地流行之后，继续东传，来到了日本。《延喜式》是一部日本平安时代的法律实施细则，是日本遣唐使学习唐朝先进制度和文化的集成。在书中，来自大唐的“澡豆”多次现身。从“澡豆”使用范围来看，多为皇宫的高级洗浴用品，也有僧侣遇法会时使用。总体来说，“澡豆”制作工艺相对复杂，价格不菲，所以，旅行东方的“澡豆”在相当漫长的时间里都没有在广大劳动人民中间普及。

萨波山与马赛皂

在西方，关于香皂的起源有多种说法。根据古罗马的传说，香皂（soap）一词与萨波山（Mount Sapo）关系密切。萨波山是古罗马人为天神进行动物献祭的地方，长期的献祭造成大量的动物血液、脂肪以及灰烬不断堆积，每逢大雨，这些东西便被雨水冲到台伯河畔。来河畔洗衣服的妇女们很快发现，每次大雨过后衣服都洗得特别干净。后来，人们据此发明了香皂。谁也没有想到，香皂竟然是天神献祭的副产品。这一意外收获很快被博物学家老普林尼所关注，于是，公元1世纪时，在其著名的《自然史》一书中，就出现了“香皂，用山羊脂肪及水青风树烧成灰制成，去污力十分强，很受人们欢迎”的记录。

众所周知，古罗马人对洗澡有着极大的热忱，他们尤其迷恋去公共浴室洗澡，并崇尚“在公共浴场洗澡会得到健康女神护佑”的观念，因此，帝国也大力支持公共浴场的建设，至今在意大利罗马仍留存有200多个大大小小的古代公共浴场。历史上，罗马人曾雄踞一方，建立过跨越亚非欧的大帝国和便捷的交通体系，人称“条条大道通罗马”。所以不难想象，罗马人发明的“香皂”一定伴随着帝国军队的铁蹄旅行到了更远的地方。不过，无论是形状还是成分，罗马人发明和使用的“香皂”与我们今天使用的香皂还是有较大的差别。

今天人们使用的块状“香皂”最早出现在中东的叙利亚，史称“叙利亚橄榄皂”。事实上，考古发现告诉人们，世界上第一块“香

18世纪的肥皂制造商

马赛皂

皂”诞生于两河流域的美索不达米亚。作为全球最重要的橄榄油产地，大约从5世纪开始，叙利亚人就利用橄榄油和月桂油创制出固态的块状香皂。这种香皂没有诱人的芬芳，完全由人工切割晾干，但拥有良好的去污能力。在第一次十字军东征时，“叙利亚橄榄皂”大量旅行至欧洲，经过意大利、西班牙，到达了法国。

法国的马赛及毗邻的普罗旺斯都拥有大量的橄榄林，以盛产高品质橄榄油闻名欧洲。大约在13世纪前后，在法国工艺师的努力下，人们从盐碱地植物的灰分中成功提取到更纯的碳酸钠，这一技术让马赛逐渐成为欧洲的“香皂”生产中心。马赛所生产的“马赛皂”自此名扬世界。到1688年，“太阳王”路易十四统治时期，“马赛皂”的配方得到官方授权和保护，“马赛皂”开始大规模出口。

与法国相比，“香皂”旅行到英国的时间略晚。据艾莉森·西姆在《都铎家庭主妇》一书中说，都铎时期，富有的英国女性才开始使用香皂沐浴。这种用橄榄油制成的进口香皂多来自法国，由于价格非常昂贵，其使用一直限于上层社会。到伊丽莎白一世统治时期，英国的“香皂”消费量激增，数量超过了欧洲任何一个国家，“香皂”当之无愧地成为纳税大户。但直到1633年，英国国王查理一世才授予威斯敏斯特“香皂”制作协会14年的垄断权，开始保护本国的“香皂”生产。

1791年，法国化学家尼古拉斯·勒布朗用电解食盐的方法廉价制取火碱成功。由于碱在香皂的生产中起着关键作用，最终促使了制皂业由手工作坊式向工业化生产的转化。19世纪初，法国著名微生物学家路易斯·巴斯德宣称，如果坚持使用香皂，就能确保良好的个人卫生，从而减少疾病的传播，科学家的研究极大增加了人们对香皂的需求。同时，随着前往美洲新大陆的欧洲移民不断增多，到19世纪初，“香皂”大规模旅行至美国，并广受欢迎，制皂业随即成为美国增长最快的行业之一。

1842年，中国近代史上第一个不平等条约《南京条约》签订。也是在这一年，“香皂”由英国殖民者带到广州。现代版的香皂登陆古老的中国大地，中国人的沐浴用品也有了新的选择。由于其外形颇似蜡，又是从西番海外引入，所以，广东人称其为“番蜡”“番仔蜡”或“洋碱”。

尽管香皂早已旅行到世界各个角落，但据联合国儿童基金会的统计，截至2019年底，全球约40%的人口即30亿左右人的家中仍没有或缺少洗手用品，这些人口主要分布在非洲、南亚等经济相对落后的地区。我们衷心地希望，今天的香皂能更快速、更廉价地旅行到欠发达地区，为当地人的卫生与健康保驾护航。

从助目到时尚——眼镜旅行记

随着人们需求的多元化，眼镜家族的成员越来越庞大。仰望星空离不开望远镜，观察细微物质需借助显微镜，游泳潜水则少不了泳镜和潜水镜，视力欠佳者依赖近视眼镜助目明视，视力正常者利用眼镜遮阳防风挡沙、修饰容颜、彰显个性。在现代家庭中，眼镜成为不可或缺的小器物。眼镜结构简单，由两片小玻璃和一个镜架组成，架在鼻梁、勾着耳朵就可以使用了。

从名称上看，明代及以前的眼镜被中国人称为“叆叇”（音爱戴），这个阿拉伯语音译的名字，透露着眼镜自西而来的历史信息。明代中期，西方传教士从海路进入中国，他们以望远镜、眼镜为媒介传播教义，也促成了眼镜的东方之旅。随着西方眼镜和光学知识的到来，聪明的中国人开始在东南沿海生产眼镜。清雍正、乾隆年间，来自西方的眼镜和中国本土的水晶眼镜东行日本，不仅为当地人提供助目神器，还刺激了“浮世绘”“眼镜绘”等绘画艺术的形成。

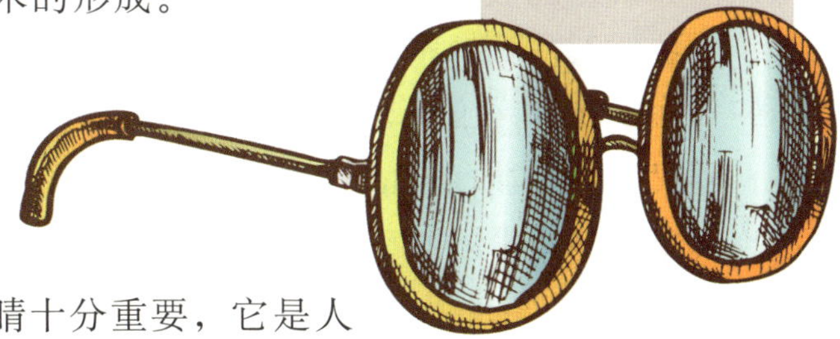

丝绸之路上的眼镜影踪

在人体的器官中，眼睛十分重要，它是人们认知世界、学习知识、探索宇宙的关键。伴随着纸张和印刷术的普及，识字、读书的人数不断增加。在古代，由于没有电气化照明设备，人们在晚上或伴月、或秉烛夜读，家贫好学者则只能

尼姆鲁德透镜

凿壁借光、囊萤映雪。用眼环境的恶劣、各类视力障碍所导致的视力下降让人饱受困扰。唐代诗人白居易就曾发出“眼暗”的无奈感慨：“早年勤倦看书苦，晚岁悲伤出泪多。眼损不知都自取，病成方悟欲如何？”无数的古代读书人都渴望能有“蔽目目转明，能察毫末妙。暗窗细读书，犹如在年少”的助目神器。

1850 年，英国考古学家奥斯丁 · 雷亚德在今伊朗境内一处距今 3300 年的人类遗址中，发掘出一枚有明显人工磨痕且具有放大镜功能的水晶石——尼姆鲁德透镜。这说明，人类很早就发现了晶体具有放大和折射的功能；然而，从磨制出有放大功能的透镜，到制作出轻巧便捷的眼镜，人类经历了 2000 多年的时间。直到 14 世纪中期，单片眼镜才出现在意大利的威尼斯或比萨。1352 年，画家托马索 · 达 · 莫代纳在意大利特雷维索市所绘的“抄写室里戴眼镜的读书人”壁画中首次出现“单片”眼镜的身影。后来，随着磨镜技术的改良和镜框的优化，眼镜开始量产，并由威尼斯人传到了日耳曼，后经北欧传播到整个欧洲。

眼镜在欧洲诞生后，很快就向东旅行到了波斯。关于眼镜在波斯的旅行，伊朗哈桑 · 萨贝里博士在《波斯的早期眼镜传播历史》一文中指出，“眼镜”这个词到 15 世纪才出现在波斯人的词典中。从记载看，诗人贾米是第一个提及眼镜的波斯人。在他的一首诗中，贾米用“外国玻璃”来指代“眼镜”。此后不久，来自威尼斯的商团向白羊王朝第九任统治者乌尊 · 哈桑赠送的礼单中也出现了眼镜。除了文字记录，这一时期的波斯绘画作品中也出现了眼镜。1565 年，在一幅由米尔 · 塞德 · 阿里完成的画作中，就有一位戴眼镜的蓝衣老者正跪在地上看一页长长的文字卷轴；另一幅出现眼镜的画作是穆恩·穆萨瓦尔在1673年绘制的，画面中有一位戴着眼镜的红衣画家正在作画。通过文献研究，哈桑·萨贝里博士认为，眼镜从欧洲传入波斯的时间是15世纪上半期。到了萨非王朝时期，眼镜和其他光学仪器在波斯的使用已经比较普遍。阿巴斯一世时，法国传教士拉斐尔·杜曼斯还给伊斯法罕城带来了有两个目镜的望远镜。

在旅行波斯的同时，眼镜继续向东，大约在16世纪初旅行至印度。在索姆纳的梵语诗歌中，印度教的婆罗门诗人维亚萨拉亚曾在74岁时戴着眼镜读书。印度历史学家库马尔·阿加瓦尔在《眼镜在印度的起源》一文中考证认为，这副眼镜是葡萄牙人带到印度的："1498年葡萄牙商人抵达印度，并于1510年在果阿建立殖民据点。这个时间前后，葡萄牙人将眼镜赠送给了当地维贾尼纳格尔帝国的统治者——国王克里希纳·德瓦·拉亚，其后不久，国王又将眼镜赐予了诗人维亚萨拉亚等人。"

关于眼镜经丝绸之路旅行至中国的时间，美国著名汉学家劳费尔撰文指出，眼镜大约是在1460年左右由西域（中亚）传入中国的。他的根据是《通雅》及《正字通》等书中记载："叆叇，

眼镜在欧洲诞生之后向东旅行到了波斯，在当时的波斯绘画作品中也出现了眼镜的身影

眼镜也。《洞天清录》载，叆叇，老人不辨细书，以此掩目则明。元人小说言，叆叇出西域。”1924 年，日本考古学家那波利贞发表文章补充指出，关于叆叇的最早记载出自明代万历十四年（1586 年）进士张一栋的《居家必备》。

“叆叇”，很可能是阿拉伯语 uwaināt（眼镜）的译音。因为，这个词在明代张宁的《方洲杂言》中作“僾逮”，在陈懋仁的《庶物异名疏》中作“叆叇”，在陈仁锡的《潜确居类书》中又作“矮纳”。从时间上看，《居家必备》所记载的“叆叇”应该是对《方洲杂言》《庶物异名疏》等书的补录和总结。这也说明，叆叇的确是从西方沿丝绸之路旅行到中国的。

海陆两路的眼镜旅行

古代中国人很早就对光学和透镜有所了解，如春秋时期墨子就研究过小孔成像，春秋时期的《淮南子》中也有“欲知远近而不能，教之以金目则射快”的记载。对此，东汉高诱注解说：“金目，深目，所以望远近射准也。”清代朱骏声在《通训》中认为：“‘金目’，今时眼镜之类。”1980 年，考古工作人员在江苏邗江东汉广陵王刘荆墓中发掘出土了一枚金圈嵌水晶放大镜。尽管已在墓中尘封 2000 多年，该放大镜仍能将物体放大 5 倍。

东汉广陵王刘荆墓出土的金圈嵌水晶放大镜

可惜的是，金目和水晶放大镜都未能转化为中国人的眼镜。到了明代，叆叇从中东、中亚沿丝绸之路传到中国，中国人才开始佩戴眼镜。到清代时，眼镜已经为大多数人所熟悉。中国古典文学四大名著之一的《红楼梦》中就曾提到眼镜，在第六十九回，为了看清楚尤二姐，“贾母又戴上眼镜，命鸳鸯琥珀‘把那孩子拉过来，我瞧瞧肉皮儿’”。关于眼镜从何而来，明清文献中有海、陆两种不同的记录。据《大明会典》记载，明初数个西方国家向大明的朝贡物品中都有眼镜。《清稗类钞》中说：“眼镜，以玻璃片或水晶为之，所以助目力者。相传出西域，明时盛行我国，亦名叆叇。”

海路也是眼镜旅行至中国的重要途径。明代田艺蘅在《留青日札》中记载：“提学副使潮阳林公有二物，如大钱形，质薄而透明，如硝子石，如琉璃色，如云母。每看文章，目力昏倦，不辨细书，以此掩目，精神不散，笔画倍明。中用绫绢联之，缚于脑后……或闻公得自南海贾胡，必是无疑矣。”这是明代文献中首次提到人们将眼镜系上绫绢绑在脑后，也是首次记录眼镜经由海路旅行至中国。明末清初的学者钱谦益还曾向人赠送老花镜，并专门为此赋诗《眼镜篇送张七异度北上公车》，他在诗中写道：“西洋眼镜规璧圆，玻璃为质象緌缘……贾胡赠比黄金千，伴我纶阁今归田。”

眼镜的海路旅行与西方大航海时代关系密切。明正德年间，葡萄牙人抵达东南沿海；嘉靖年间，西班牙人登陆广州。从那时起，许多西洋物资（包括眼镜）逐步进入中国。隆庆元年（1567 年），面对西洋商船的批量靠岸，福建巡抚涂泽民奏请朝廷在漳州府海澄县月港开海通商，并实施“船引”（关税）制度。通商之后，眼镜等西洋器物开始合法批量进入南中国。《留青日札》中提及的挂耳式眼镜戴法，应该就是由西班牙和意大利的传教士传入中国的。

从字形上看，“叆叇”两字都从“云”，意思是云层很厚、很美的意思。如《溪山春雨图》中说：“云林叆叇春日底，小桥流水行人稀。”《意林 · 晏子》中说：“星之昭昭，不如日月之叆叇。”将西方眼镜翻译为“叆叇”，除了音译的原因外，还因“叆叇乃轻云貌，如轻云之笼日月，不掩其明也”。

自明朝中叶开始，人们逐渐称“眼镜”而不是“叆叇”，这一称谓的变化与中国人对镜的理解有关。中国自古以铜为镜，所以“镜”为金字旁。铜镜可以正衣冠，但不透明，不具有放大和折射的功能。许晖林先生认为，玻璃制的镜子在明朝从西方传入中国之后，玻璃与“镜”的概念开始被连接在一起，在这样的连接之下，古人对“镜子”的想象也被赋予在玻璃之上。

中国眼镜的东瀛旅行

眼镜旅行到中国之后，很快引起人们的关注和喜爱，明代福州名士徐𤊹专作《老态》一诗说：“欲作细书凭眼镜。”清初文人李渔在小说《十二楼》“夏宜楼”篇中列举了显微镜、焚香镜、端容镜、取火镜、千里镜等西方光学镜片，还留下西方传教士教中国人制造眼镜的记录：“自明朝至今，彼国之中有出类拔萃之士，不为幅员所限，偶来设教于中土……欲广其传，常授人以（眼镜）制造之法。”

在传教士的学生中，杭州人诸昇学有所成，所制作的眼镜“与西洋上著者无异，而近视、远视诸眼镜更加，得着皆为珍宝”。到了晚年，诸昇把自己的手艺传给宜兴的吴贞毓和苏州的孙云球。孙云球聪敏好学，心灵手巧，经过融会贯通，不仅能制造各种眼镜，还著有《镜史》一书流传后世。

除了江浙地区，万历年间的广东、福建地区也有人仿制眼镜。明代张萱《疑耀》记载：“闽广之间，有制眼镜者，老人目翳，以悬目中，则毫发立覩。”明末漳州府的《海澄县志》记载的当地各色物产中，也有眼镜。清代文人赵翼在《陔余丛考》中也说：“古未有眼镜，至明始有之。此物在前明极为贵重，或颁自内府，或购自贾胡。非有力者不能得，本来自外洋，皆玻璃所制，后广东人仿其式以水晶制成。”对此，龘庐先生在 1937 年的《眼镜考》中总结说：“叆叇由东南亚传入。眼镜之名，则始见于嘉靖以后。来者既多，用者亦众，其始以玻璃为之，其后以水晶为之，闽、广产水晶之区，渐行仿造。乾隆以后，殆通行全国。”

东南沿海眼镜制造业的迅速崛起，降低了眼镜在中国的售价，让更多的人可以使用这个小器物。叶梦珠在《阅世篇》中说：“眼镜，余幼时，偶见高年者用之，亦不知其价。后闻制自西洋者最佳，每副值银四五两，以玻璃为质，象皮为干，非大力者不能致也。顺治以后价渐贱，每副值银不过五六钱。近来苏杭人多制造之，遍地贩卖，人人可得，每副值银最贵者不过七八分，甚而四五分，直有二三分一副者，皆堪明目，一般用也。”

古代眼镜（出自《苏州市景商业图册》）

眼镜业的发展也刺激了眼镜的出口贸易和向日本的旅行。清朝前期，闽南、江南的商船将眼镜输往日本。中国眼镜旅行至日本的最早记载为1644年，此后输出眼镜较多的年份为乾隆十一年（1746年）3480个，乾隆二十一年（1756年）2560个，乾隆三十三年（1768年）11699个，乾隆三十四年（1769年）3850个。据日本《唐蛮货物账》与《长崎御用留》记载，1711年从长崎入港的一对唐船中，就有眼镜300个，小型眼镜9400个。这些输往日本的眼镜，虽也有可能是荷兰转口的货物，但主体上应该是中国制造。

我们知道，在江户幕府建立后，日本于1635年实施锁国政策，严禁日本人出国，也禁止除了荷兰和中国以外的外国人进入日本，仅留长崎作为唯一的对外贸易港口，实施只进不出的单向贸易。从1684年开始，中日两国之间的贸易快速发展，当年有24艘唐船到达长崎，至1688年增加至193艘。在输往日本的商品中，除了苏州的桃花坞版画，还有用于绘画的小型眼镜绘器。

由于采用西洋铜版画技巧和阴影透视法，苏州桃花坞版画在日本引起轰动，也掀起了模仿的高潮。日本美术史专家木宫泰严在《中日文化交流史》一书中写道：“苏州版画于明代开始印制，到清初更有所发展，尤以乾隆朝达到鼎盛。苏州版画皆用小型套色制版

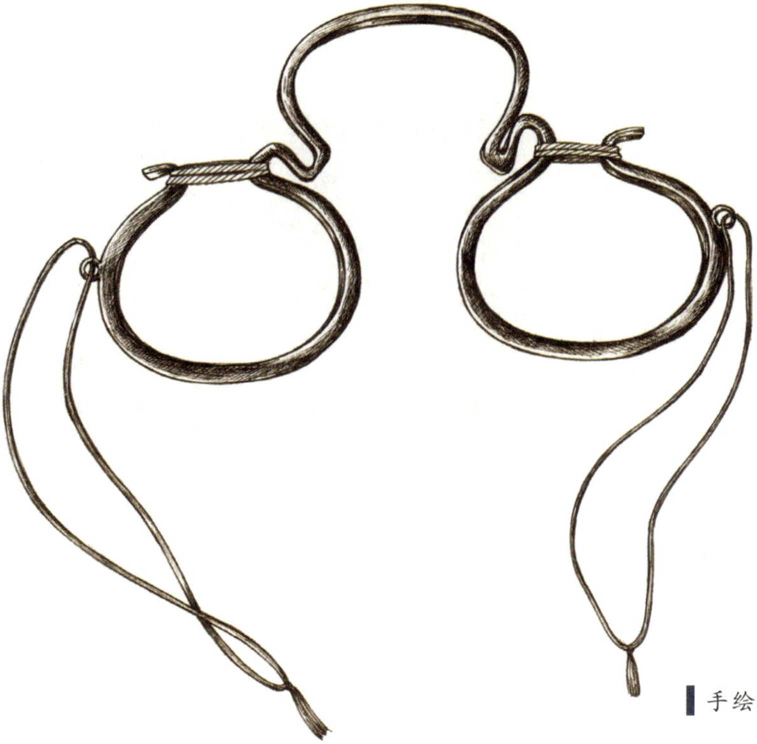

手绘复古眼镜

技术制成，具有西洋透视法则的写实主义风格，在光影、色彩和题材方面均受西方影响。”但要进行透视画法，专门的眼镜必不可少，而这种眼镜正是从中国出口日本的。日本学者岡泰正说道：“18世纪中期，小型眼镜绘器经长崎由中国输入日本。当时该种眼镜绘器是高级商品，一般人不容易取得。”在桃花坞版画的影响下，日本绘画界出现了“带有透视技法的绘画”流派，史称“浮世绘”和“眼镜绘”。

《2019全球贸易洞察》的眼镜行业出口分析报告显示，2018年，全球眼镜产品出口贸易总量为168.3亿美元，较上年增长4.4%，最大出口国为中国，出口额为44.66亿美元，占全世界总出口额的26.5%；现代眼镜的诞生地意大利紧随其后，出口额为43亿美元，占比26%。眼镜在全世界兜兜转转地旅行之后，生产和出口的基地回到了东西方的两个原点。不过，眼镜产量和出口量的增长也说明了人们视力下降，尤其是青少年视力下降的严酷事实。眼镜虽然越来越时尚，越来越有科技感，具有一定的装饰作用，但保护眼睛和视力才更重要。

从照明到浪漫——蜡烛旅行记

数千年的厮守，让人们对蜡烛产生了深厚的情感。蜡烛燃烧了自己，照亮了别人，是无私和利他精神的最好写照。汉语中，人们用“洞房花烛”“风烛残年”来形容人生的某个阶段；西方文化里，蜡烛象征着永恒之光，是基督教仪式中不可或缺的器物。虽然在电气化时代，人们已不太需要蜡烛；但当夜幕降临，随着几根蜡烛的燃起，顿时营造出浪漫舒缓的氛围。

单从照明的角度看，蜡烛是人类为了丰富夜晚生活进行有益探索的结果。现有考古发现显示，古埃及可能是人类最早使用蜡烛的地区，当时的蜡烛以动物脂肪为燃料，造型和大小与火把相似。随着古埃及与周边地区的交流，蜡烛旅行到欧洲西部的罗马、希腊等地，并在一路旅行中不断完善。与此同时，在遥远的东方，中国先民也发现了用动物脂膏和蜂蜡生火发光的秘密，并制造出中式蜡烛，进而点亮了亚洲东部的夜空。随着时代的进步和工艺技术的发展，以蜂蜡为材质的蜡烛逐渐成为理想的照明材料。这种蜡烛不但照明效果好，还能散发出天然的香味，因此成为人们照亮黑暗的首选。

某国际知名调查机构的统计数据显示，2020 年，全球蜡烛产业的总产值高达 71.5 亿美元（同年全球 LED 照明产业的总产值为 380 亿美元）。研究公司预测，2021—2028 年，蜡烛产业的年增长率

为 8.2%，也就是说，到 2028 年，全世界蜡烛产业的总产值将达到 133.8 亿美元。尽管人类社会早已进入电气化时代，但照明效果更好、更廉价的电灯并没有完全取代传统的蜡烛，世界各地尤其是经济发达地区的人们对蜡烛的需求不降反升。从蜡烛消费的区域看，欧洲是最大的蜡烛消费市场，占全球的 30%；美国和中国紧随其后，共占 40%。从照明到浪漫，蜡烛在人类社会经久不衰的旅行现象，不得不让我们对这个小小的器物刮目相看。

从庭燎到蜡烛，中国的照明方案

远古时期，人们“日出而作，日落而息”。随着生活内容的丰富和生产力水平的提高，人们对日落之后室内便捷照明的需求愈加强烈。因此，中国先民发明和设计出“庭燎”和“庭燎制度”，确保人们在黑暗中也能继续工作或娱乐。

汉语典籍中较早提到庭燎的是《诗经》和《周礼》。如《诗经》中说：“夜如何其？夜未央，庭燎之光。君子至止，鸾声将将。”这是一首叙述周宣王在位时诸侯来朝的诗歌。用现代汉语表述就是“现在夜色如何啊？夜色正浓无晨光，庭中火烛明又亮，诸侯大臣快来到，听听车铃叮叮当”。诗人巧妙的文字安排，将“夜未央”与“庭燎之光”相互对应，为我们描绘出一幅西周夜晚的政治生活画面。

敦煌莫高窟壁画中的人执炬前行

西周时期，周王室还专设“司烜氏”这一官职，专职负责庭燎的使用和管理。《周礼》中记载，司烜氏的工作是“邦之大事，共坟烛庭燎”，即在国家政治生活的重要时刻，点起庭燎，将夜间的厅堂照亮。汉代郑玄对此注释说："坟，火也，树于门外曰火烛，于门内曰庭燎，皆听以照众为明。"

那么，庭燎是什么呢？与我们今天的蜡烛之间有什么关系呢？

宋代朱熹在《诗集传》中解释说："庭燎，大烛也。诸侯将朝，则司烜以物百枚，并而束之，设于门内也。"也就是说，庭燎是夜晚用于室内照明的器物。关于庭燎的材质和样式，朱熹没有说明，单从"以物百枚，并而束之"的表述来看，庭燎应当是条状细长的样子。清末孙诒让先生在《周礼正义》中这样表述："庭燎所作，依慕容所为，以苇为中心，以布缠之，饴蜜灌之，若今之蜡烛。"由此段记述不难看出，那时的庭燎和火把更为相似。

在分析大量文献之后，浙江大学黄金贵教授也认同孙诒让先生的观点。他在《古代文化词义集类辨考》中指出："古人称'庭燎'，是置于门内庭中照明的大烛、大火炬。以布缠绕苇束，灌以饴蜜（蜂蜡）而成。"关于"庭燎制度"，他进一步指出："中古以前，君主公侯的庭燎是一项宫室照明的礼制，属于迎宾之礼。君主所设，在宫廷的端门内外，庭燎者，均是灌蜂蜡的大火炬。"

庭燎之外，先秦文献中也提到了"烛"，除了上文提到的《周礼》，《礼记》中也有"烛至起，食至起，上客起，烛不见跋"的记载。这个"烛"当然还不是蜡烛，唐代经学家孔颖达注解说："古者未有蜡烛，唯呼火炬为烛也。"既然是火炬，那么就与我们今天熟悉的蜡烛样子不同。黄金贵教授总结说："照明用具，'烛'贯穿始终。最早用火炬，上古至魏晋，'烛'为火炬统称。"

蜡烛是什么时候开始变小、变细、便于携带的呢？清末学者俞樾说："古人之烛或用麻，或用木蓼，或用胡麻，或用脂膏，并无所谓蜡烛。"真正以蜂蜡为"烛"（即我们今天熟悉的蜡烛）可能要到唐代才出现。我们能从唐诗中读到大量与蜡烛相关的诗句，如韩愈的"日暮汉宫传蜡烛"、王建的"秋夜床前蜡烛微"、李商隐的"蜡炬成灰泪始干"、朱庆馀的"洞房昨夜停红烛"等。《新唐书》中有"烛密如昼"的记载，从唐诗和文献记载中我们可以看出，蜡烛在唐代的使用已经相当频繁。

除此之外，在唐代墓室壁画中也出现了蜡烛，如英国公李震、章怀太子李贤和永泰公主李仙蕙等唐人墓葬的墓道上，都有侍女秉烛而行的壁画。在这些壁画中，蜡烛的形状长且呈圆柱形，略粗，已和现代蜡烛非常相似。纵观文献与画像可知，唐代的蜡烛已用上了灯座或烛台，其形制渐趋精致多样。宋人陶榖在《清异录》中说，同昌公主去世后，其父唐懿宗非常悲伤，为她打造了一种“仙音烛”。这种蜡烛灯具不仅造型别致，而且能发出声响，“其状如高层露台，杂宝为之，花鸟皆玲珑。台上安烛，既燃点，则玲珑者皆动，丁当清妙，烛尽绝响”，足见工艺的高超。

永泰公主李仙蕙墓道壁画

从人鱼膏到花烛夜，蜡烛的亚洲旅行

由于制作火把和蜡烛的材料很难长时间保存，加上用于盛放火把、蜡烛的支架或插座也不容易识别，所以考古发现一直都不能系统地呈现远古蜡烛的早期形态和使用范围，这也为我们追寻早期蜡烛的旅行路线增加了难度。

从字形上看，中文的“蜡烛”（烛繁体为燭）两字都与“虫”相关，表明其燃料来源为昆虫。当然，动物油脂也是较早被使用的照明材料。《史记》中记载，秦始皇的骊山陵墓“以人鱼膏为烛，度不灭者久之”。所谓人鱼，即大鲵，俗称娃娃鱼。娃娃鱼的数量一直不多，属于珍稀物种，显然，以人鱼膏为烛颇为奢侈，只能与帝王生活相关，难以出现在寻常百姓家。

秦汉时期，中国人已经熟练掌握了养蜂技术。蜜蜂养殖的主要目的是获取蜂蜜和蜂蜡。南朝宋刘义庆在《世说新语》中就记载了“竹林七贤”中阮咸的儿子阮遥集用吹火的方式给木屐上蜡以抛光亮色的故事。“吹火蜡屐”与“燃蜡取光”的技术相同，说明那时的人们已经能分离并利用蜂蜡了。

有关中国蜡烛旅行的最早记录，来自晋人葛洪的《西京杂记》。书中记载：“南越王献高帝石蜜五斛，蜜烛二百枚，白鹇黑鹇各一双，帝大悦，厚报遣其使。”但对于这则记录的真实性，学界一直存疑，因为魏晋时期，虽普遍用蜡照明，但蜡和烛尚未结合。初唐时，欧阳询等人编纂的《艺文类聚》引用晋代文人范坚的《蜡灯赋》：“列华槃，铄凝蜡，浮炷颖其始燃。”从这一描述来看，魏晋时期的灯为凝蜡，靠燃烧发出亮光，并将凝蜡铄熔为液状。显然，这种凝蜡不是细长圆柱体。

另一则蜡烛旅行记录来自唐末五代王仁裕所撰《开元天宝遗事》。该书“妖烛”篇中说：“宁王好声色，有人献烛百枚，似蜡而腻，似脂而硬，不知何物所造也。”唐代有“贡物”和“朝贡”制度，“有人献烛百枚”，说明这些蜡烛可能是外国的进贡或来自地方州县的“贡物”。

翻阅唐宋史册，未见外国进贡蜡烛的记录；但史书中有多个地区将“蜡烛”作为贡物献给朝廷的记载，如《旧唐书·地理志》说：“阶州武都郡……土贡：麝香、蜜、蜡烛、山鸡尾、羚羊角。”除了阶州，《旧唐书》中还有丹州咸宁郡（今陕西宜川）、晋州平阳郡（今山西临汾）、慈州文城郡（今河北磁县）、利州益昌郡（今四川广元）、成州同谷郡（今甘肃礼县）、夷州义泉郡（今贵州湄潭县）、汀州临汀郡（今福建长汀县）等15个地区都是蜡烛“贡物”所在地。蜡烛的产地分布显示，唐代蜡烛的产地集中在北方的黄河流域（包括甘肃、陕西、山西等地，南方地区仅有四川、贵州和福建三地）。另据《宋史》《元丰九域志》等史书，宋代向中央贡烛的地区与唐代大致相同，也以北方为主。由此不难推测，唐宋时期，中国蜡烛的旅行方向应该是自北向南、自西向东为多。

中国蜡烛东行日本，是从唐代开始的。佛教主张众生平等，禁止杀生，寺庙中不采用动物脂肪作为照明材料；所以，高品质的唐朝蜡烛伴随着佛教的东传旅行到了奈良时期的日本。日本学者认为，8世纪，日本的蜂蜜、蜂蜡多从中国进口，属于贵重药品和货物，当时三斤蜂蜜的价值相当于六张豹皮。另外，日本文献中记述，唐代高僧鉴真从中国带来的药品项目中就有“蜂蜜十斛”和数量不等的蜂蜡。直到明代中晚期，中国蜡烛一直都是中日贸易的重要货物，三田村泰助在《明帝国与倭寇》中写道：“足利义政将军列出的（明朝进口）购物清单中，北绢、唐纸、砂糖、豹皮、麝香脐、唐墨、蜡烛等物品琳琅满目。”

铜胎掐丝珐琅“海晏河清”烛台

从牛脂烛到蜂蜡烛，蜡烛的世界之旅

与中国的“人鱼膏”类似，欧洲人最早使用的是由牛、羊等动物脂肪制作的“牛脂烛”，由于牛脂烛燃烧时烟雾很大，而且味道很难闻，所以一直不是理想的照明器物。随着西方照明技术的发展，“蜡”开始出现在西方人的照明方案中。根据古罗马博物学家老普林尼在《自然史》中的说法，在1世纪，希腊人和罗马人都使用涂有蜡和沥青的亚麻线燃烧照明。这些蜡有的从杨梅、小烛叶、西班牙草（针茅）或巴西棕榈、欧里库里棕榈树上获得，有的是由鲸油、龙涎香和蜂蜡等动物的脂肪或分泌物制成。

1975年，查尔斯·辛格等人编著的《技术史》在牛津大学出版社出版（中文版2021年由中国工人出版社出版），关于蜡烛技术的发展，该书在第一卷第十章“取火、燃料和照明”中做了较为详细的说明，从中我们也可以窥见蜡烛在欧洲的旅行信息。

《技术史》一书中选用了一幅来自埃及底比斯墓葬中的壁画（公元前1300年），为我们展示了一些可能是世界上最早的蜡烛。书中介绍：“古埃及人制作的蜡烛较细，是将纤维材料缠成细长的筒形，再灌入动物脂油或蜡制定的，那时的蜡烛——或称为特殊的火把——很可能已有了烛蕊，但这一点还不太确定。”随着蜡烛和蜡烛技术的旅行，“罗马人改良了蜡烛，他们的蜡烛既有油脂的，又有蜡做的。蜡除了来自蜜蜂以外，还可能从其他昆虫和某些树上得到，在油绳外面涂上一层油脂或蜡，就成了罗马版的细蜡烛”。

“为了得到稳定的蜂蜡，罗马人还在公元前229年发动战争征服了科西嘉岛和西西里岛，两地都是蜂蜡的主要产地。”斯特凡·博格达诺夫在《蜂蜡：使用与贸易》一书中指出，“从古罗马开始一直到中世纪，蜂蜡在欧洲都是税收的重要来源，有些时候，甚至充当一般等价物与其他商品进行交换。”

以色列詹姆·维斯尼亚克教授在《蜡烛，照亮过去的一盏明灯》一文中写道：“照明工艺从一开始就伴随着人类文明。自古以来，蜡烛就被认为是远古人们最聪明的照明方式。从方式上看，人类首先学会用火，然后延展出火的不同用途。而蜡烛进化过程的开始可能被认为是人类为了自身利益而学会用火的时刻。”维斯尼亚克教授认为，蜡烛在西方的旅行与宗教尤其是基督教的传播发展密切相关。

的确，基督教诞生后，蜡烛成为教堂宗教仪式中不能缺少的器物。基督教早期教父德尔图良曾写道：“我们从未举行过一次没有蜡烛的礼仪，并且我们使用蜡烛并非仅是为了驱散

漆夜的昏暗，我们亦在白昼时分进行我们的礼仪，就是因为其（蜡烛）象征基督。”在基督教文化中，蜡烛除了照明，还象征着圣洁之光，有人甚至认为，东正教教堂顶部的“洋葱头”就是在仿照蜡烛燃烧的火焰。

有观点认为，1330 年成立于英国伦敦的 The Worshipful Company of Wax Chandlers 是中世纪欧洲蜡烛旅行的原点。这是一家至今仍在运营的古老蜡烛企业，在成立之初，该公司的学徒曾在伦敦城区挨家挨户地收集动物脂肪，制成蜡烛后又挨家挨户地销售。随着蜂蜡和蜂蜡技术应用于蜡烛制作，公司便致力于生产燃烧时没有异味且少烟的蜂蜡蜡烛。一开始，蜂蜡蜡烛在中世纪的欧洲是一种奢侈品，主要用于宫廷和宗教仪式中，因而价格高昂，销路很好。1484 年，国王理查三世还授予该公司皇家特许权，以确保他们的蜡烛产品能够在欧洲市场拥有强劲的竞争力。伴随着新大陆的发现，蜡烛与欧洲殖民者一起旅行到了美洲。

近代蜡烛工业起源于 19 世纪中期，法国化学家米歇尔·欧仁·谢弗勒尔在对动物脂肪进行分解和皂化反应的实验中，提纯出了硬脂酸、油酸等脂肪酸，为科学制造高品质蜡烛打下坚实的基础。自此，现代化蜡烛工厂在英国和法国出现，不久，我们熟悉的白色、银色细长蜡烛从欧洲旅行到全世界。

1860 年，来自英国的“洋烛”就已经出现在我国沿海地区。如 1877 年，满载洋布、洋火、洋烛等“洋货”的英国怡和洋行“康克斯特”货轮抵达温州。据吴翔等人研究，到 20 世纪初，我国洋烛进口量很大，属于典型的大宗商品。洋烛呈白色，细而长，燃烧亮度要优于当时的国产红烛，所以颇受人们欢迎。鲁迅先生还曾在短篇小说《高老夫子》中写道：“不多久，每一个桌角上都点起一枝细瘦的洋烛来。”

第四编

动植物旅行记

“山中无老虎，猴子称大王”是我们常说的一句俗语，从中我们也能体会到中国古人对动物的认知以及偏好。在交通条件相对落后的古代，异域的动物总能给人们带来无限的惊喜，《山海经》中也为我们描绘出很多奇异的动物。这种对异域风情的好奇，某种程度上推动了古代动植物的长途旅行。

在本编中，我们将要了解大象、狮子、狮子狗、马、牛、苜蓿、烟草、棉花等动植物的有趣旅行。狮子、马、苜蓿、狮子狗是自西而来，大象则是自南而来，棉花、烟草则是经海路东来中国。这些影响深远的动植物并不是我们生活中的原有之物，正是因为有了它们的旅行，我们的生活才更加精彩。以狮子为例，我们知道中国不是狮子的“原产地”，但不同表现形式的狮子出现在中国的大街小巷，深入人们的日常生活之中：恢弘的皇宫庙宇门口有高大的狮子雕像，东南市镇逢年过节有舞狮表演，西北农村儿童的传统鞋子也是狮子头模样……那么，狮子从何而来？狮子如何从凶恶的非洲猛兽变成了憨态可掬的门前宠物呢？我们将在这一编中找到答案。

象头神与马戏团——大象旅行记

大象是世界上现存体形最大的陆地哺乳动物，晋代郭璞在《象赞》中记载："象实魁梧，体巨貌诡。肉兼十牛，目不踰豕，望头如尾。动若丘徙。"高大的身躯、长长的鼻子和牙齿、直径超过一米的大耳朵都让它极具辨识性，成为人尽皆知的动物。从地域上看，野生大象以群居为主，多分布在非洲或南亚、东南亚的草原、河谷和丛林地带。千百年来，经过人类不断地驯养，大象已旅行至世界各地。它曾是马戏团的绝对主角，在前电影时代有着不可替代的地位；现在的它则是城市动物园的标配，也是城市雕塑的首选模型之一。

作为东亚文明的宗主国，在长达2000年的时间里，中国都是临近番邦尤其是西南番邦进贡大象的目的地。历史如烟，我们早已不知道有多少来自扶南国、林邑国、暹罗国、真腊国的驯象跨越海洋，穿越岭南丛林和崎岖山路，旅行至中国的皇庭，来到中原腹地。与大象的实体旅行相对应，另有一种名为"加内塞（Ganesa）"的象头神伴随着印度教东传，来到东南亚各国，以雕

塑、画像等形式出现在泰国的都市、柬埔寨吴哥遗址，以及缅甸、老挝和越南等地的城镇乡村。佛教诞生之后，“加内塞”以“毗那夜迦”之名随佛法东传，沿古丝绸之路走向中国，出现在敦煌的壁画上，惊现于陕西法门寺的地宫中，雕刻为成都万佛寺的造像，印刻为丝路上的一系列版画。

走向中国，朝贡体系下的亚洲大象行迹

对于大象，中国人从来不觉得陌生。据贾兰坡等老一辈考古学家的研究，夏商时期，我国黄河流域曾是野生大象生长的乐园，那时的气温较现在高，且沼泽植被分布广泛。从甲骨文记载来看，今河南安阳、沁阳等地都曾是商王围猎大象的区域。从字形上看，河南的古称“豫”就是人手牵象，古老甲骨刻画出的是久远之前的中原人象图谱。《孟子》中记载：“周公相武王诛纣、伐奄，三年讨其君，驱飞廉于海隅而戮之，灭国者五十，驱虎、豹、犀、象而远之，天下大悦。”这段文字说的是，在西周初年，周公因驱赶野象而建立功绩。这则历史信息至少说明，夏商周时期，大象在中国北方仍很常见。

北京故宫博物院中的跪象

铜珐琅太平有象

随着气候的逐渐转冷，到了西周中晚期，文献中关于“象”的记载几乎绝迹。到了秦汉之际，野生大象基本退居淮河流域及以南地区。东汉许慎在《说文解字》中记载：“象，长鼻长牙，南越大兽，三年一乳。”在古代中国，无论是身居宫殿庙堂，还是身处市井江湖，人们都喜欢大象。如从周代开始，国家重大事件和仪式中都会使用大象，这种传统一直延续到明清时期，《明太祖实录》中就有“时朝廷大辂（皇帝所乘之车）用象挽之，凡朝会亦用象陈列殿陛两墀及阙门之外”的记录。另外，汉语中“象”与“祥”同音，人们常将大象视作太平瑞兽，民间“太平有象”的谚语即与此有关。

事实上，早在西汉初年，中原所见的大象就已是人工驯象，基本来自西域或南方番邦的贡奉。在中国历史上留下第一条驯象旅行信息的是《汉书》：“元狩二年夏……南越献驯象。”东汉后期，番邦进贡驯象记录逐渐增多，《后汉书》中记载：“永元六年春六月，永昌徼外夷遣使诣献犀牛、大象。”又有“建安七年夏五月庚戌，袁绍薨，于阗国献驯象”的记载。从空间上看，“永昌徼外夷”是今天的云南保山，“于阗国”则在今新疆和田，这两个地方一南一西，都距离中原相当遥远，彰显出早期大象旅行的漫漫旅程。

三国时期，“曹冲称象”是人们耳熟能详的故事。长久以来，大家的关注点都在小曹冲的聪慧上，却没关注到这其中隐含的大象旅行信息。这则故事来自西晋人虞溥的《江表传》，原来，曹冲所称之象是孙权所献。依据孙权当时所统辖的区域，这两只驯象极有可能来自九真郡，也就是今天两广以南越南以北的区域。除了给曹操献象，孙权也曾将驯象作为礼物送给蜀后主刘禅，《江表传》中有“蜀将诸葛亮讨贼还成都，孙权遣使劳问之，送驯象二头与刘禅”的记载。

唐宋之际，中国的国家影响力愈加深远，皇家园囿中进贡的大象越来越多。《太平御览》中记载：“唐高宗永徽二年（651 年），文单国（今老挝）累献驯象三十有二，皆豢于禁中……充庭之饰。”32 头大象一次性从文单国旅行至长安，这景象可谓前所未有。这些大象中会舞蹈的不在少数，说明它们明显经过人工驯养。另有《新唐书》记载：“垂拱二年（686 年），林邑国（今越南）遣使献驯象。”这一时期，中原驯象主要来自东南亚地区，但也有来自遥远的波斯的，如《明史》中记载：“宋宁宗时，缅甸、波斯等国进白象。”

随着进贡驯象的增多，自宋朝开始，中央政府开始设置专门的机构，饲养、训练和管理这些大象。这种机构在宋代叫作“养象所”，《宋史》载：“养象所，掌调御训象。”明代称为“驯象所”，《明史》载：“驯象所，领象奴养象，以供朝会陈列、驾辇、驮宝之事。”从机构名称来看，驯养大象具有稳定的继承和延续特征。因为饲养和训练大象的缘故，一批被称作“象奴”的人也出现在历史长河之中。《帝京景物略》中记载：“三伏日洗象……象奴挽索据脊，时时出没其髻，观者两岸各万众，面首如鳞次贝编焉。”不同于今天的动物管理员，古代的大象驯养员——“象奴”多由战俘、罪犯及家属或由番邦异族人士担任，他们身份卑微低贱，自己乃至子孙都不能更换工作。

印度向东，婆罗门教中的象头神之旅

1987 年 4 月，被誉为“关中塔庙始祖”的陕西法门寺地宫考古发掘正式开始。一个多月后，包括佛骨真身舍利在内的2000多件文物横空出世，震惊世界。在诸多珍贵文物之中，一个鎏金象首金刚铜香炉颇为独特。该香炉高约42厘米，半球形的炉盖镂空，顶部跪着一尊象头神。从造型上看，此神大耳长鼻，左齿残缺，大象特征非常明显；其上半身裸露，脖子和臂膀有项圈与臂钏，飘带自两臂间穿过，下垂至足边，象神左手施结手印，右手托举欢喜团，下身着短裙，裙摆衣纹为“V”形，双膝平行而跪。专家们考证认为，这尊象头神造像与敦煌莫高窟第420窟、285窟以及安阳小南海石窟、太原天龙山石窟等地的象头神像高度一致，属于佛教神祇“毗那夜迦”。

“毗那夜迦”虽是佛教神祇，其形象却源自印度教的象头神。凡到过东南亚的人，无论是在金边、曼谷或内比都的城市大街，还是在吴哥古老的王城、孟加拉国毗诃罗普尔古城遗址、老挝琅勃拉邦的帕红寺，或是巴厘岛的网红景点象窟、岘港的占族雕塑博物馆，都能碰到象头神的雕塑或壁画。其形象为象头人身，大腹便便，两只蒲扇般的大耳朵分列脸颊两侧，长且粗的象鼻垂至胸前。与法门寺出土的象头神形象相反，印度象头神是右侧象牙明显断掉。神像或站或坐，多以四臂、六臂、八臂为主，神像手中持残缺的象牙、绳索、荷花、斧子等法器。最为有趣的是，庞大的象头神的坐骑居然是一只小老鼠。

印度尼西亚巴厘岛象窟

伴随着印度教向外传播的漫长历史，象头神旅行到了东南亚各地。在炎热的丛林和密布的河流四周驻足，成为护卫东南亚各地人们的神祇，在那里它的神职愈加广博，但形象几乎不变。追根溯源，是因为无论劳动运输还是军事战争，古印度人都离不开大象。《后汉书》中记载，古天竺“其国临大水，乘象而战”。根据印度史诗《罗摩衍那》和《往事书》记述，象头神是毁灭之神湿婆与雪山女神帕瓦罗蒂的儿子，因为某个偶发事件被湿婆割掉脑袋，遂用象头来代替。在另一部史诗《摩诃婆罗多》中，象头神为了帮助广博仙人完成史诗写作，折断了自己的右牙当笔，这就是象头神少了一根牙的原因。

即便在今天的印度，象头神的雕塑、画像也依旧十分常见。每年8、9月份，印度都会举办象头神节，这是印度教庆祝象头神生辰的节日。在这个节日的最后一天，新德里的人们要在盛大仪式中将象头神像送入亚穆纳河中，让它随波逐流，象征着除旧布新。

象头神青铜雕塑

作为智慧与成功之神，作为知识和文学的保护神，印度人非常喜欢和崇尚它。无论是哪种种姓，也无论贫贱还是富裕，大到新建房屋、结婚大喜，小到启用新账本、出门办事，印度教的信徒都要召请象头神降临赐福。《印度教神话、吠陀和普兰经》一书中曾评价说：“在所有的献祭和宗教庆典上，以及要书写所有重要的文章和处理天下所有重要事务时，虔诚的印度教徒都以祈祷‘加内塞’作为起始。”

继走向东南亚之后，象头神也越过高峻的喜马拉

泰国壁画中的大象

雅山脉，沿着古丝绸之路东行到中国。在19世纪末至20世纪初的中国新疆丝绸之路考古中，一批精美的象头神雕像与绘画重见天日，成为其旅行到中国的力证。1900年6月，英国考古学家斯坦因曾在新疆和田获得一幅“彩绘象头神像”：“画面正中，象头神坐在有方格图案的席子上，上体裸露，腰间缠布，右手举到胸前……头戴珍珠宝冠，有顶上光环。”1906年10月，法国人伯希和在中国新疆图木舒克的一个祭坛遗址中，发掘出“整整一套带象头的雕刻装饰，它们似乎是象头神的祭坛”。

不过，在中国，象头神不再叫“加内塞”，而被称为“毗那夜迦”。严耀中教授在《在中国的加内塞和毗那夜迦》一文中指出，佛教徒在神话佛陀乔达摩·悉达多的过程中，有意识地降低了象头神的地位。因为“加内塞”在印度教中是毁灭之神湿婆的儿子，法力无边；而在佛教中，它先是佛陀的坐骑，后来又成为普贤菩萨的坐骑。地位降低的同时，也伴随着形象的恶化。另外，与“加内塞”以单独的坐像出现不同，中国境内的“毗那夜迦”多为站像，而且常与其他天神同时现身。如在莫高窟西魏第285窟，它就与骑孔雀的战神塞犍陀天、骑青牛的湿婆前身摩醯首罗天形成三角形布局；在隋代第244窟中，它又与龙王分列菩萨两边；在隋代第404窟中，它则与羊头神北南对立。

走向世界，大篷车与马戏团里的大象身影

1941年，美国迪士尼推出动画电影《小飞象》。电影中一头叫“珍宝”的母象随着马戏团的大箱子四处奔波，在一个雷雨交加之夜诞下拥有超大耳朵的小象“丹波”。2019年，同名真人版《小飞象》在全球影院上映，时隔78年之后，这个会飞的大象仍赢得了3.75亿美元的票房。从地理纬度上看，欧洲和北美年平均气温较低，缺少广袤的森林与干旱草原，不是野生大象理想的生活区域。与《小飞象》的故事相似，欧美地区大象的出现也与早期马戏团的巡演相关。

马戏团，英语为circus，源自于拉丁文“圆圈”，是进行马、象、狮子、老虎等动物表演的团体组织，它起源于古罗马的斗兽场。10世纪前后，由于印度中部战乱频仍，一个被称为“罗姆人”的族群离开印度向西迁徙，他们没有固定的居所，驾着大篷车四处流浪，以卖艺、占卜和打零工为生，欧洲人将他们称为“吉普赛人”。由于没有固定的职业，不少吉普赛人赶着驯象四处表演谋生，这在客观上推动了大象从印度、伊朗等地向欧洲和美洲的旅行。

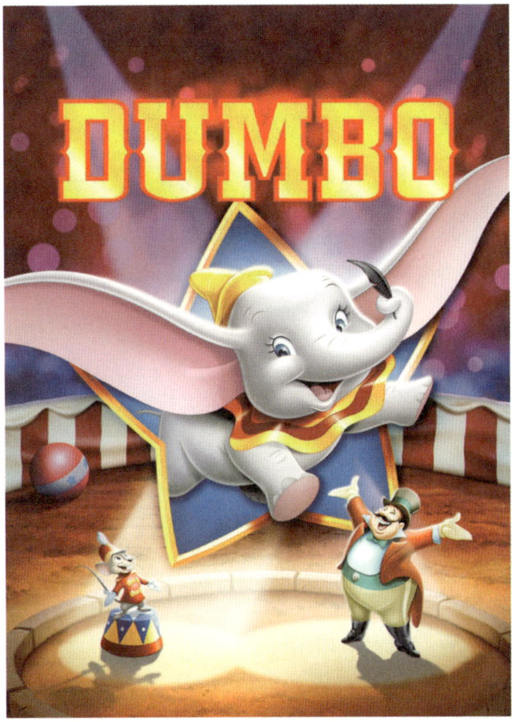

电影《小飞象》海报

18世纪中后期，英国杂技演员菲利浦·埃斯特利训练出在马背上骑乘表演的技术，并创立了“埃斯特利英国骑士学校”以培养这方面的杂技人才。不久之后，他就将这一技能创新推广并撑起大帐篷进行公开表演。为了增加马戏表演的观赏性，菲利浦·埃斯特利四处购买大象、老虎、狮子等动物，并拉上自己的大帐篷四处巡演，现代马戏团就此诞生。随着马戏团的成功，越来越多的人投入到马戏表演行业中来，更多的亚洲驯象和非洲驯象被输送到欧美地区，开始上演一出出如同电影《小飞象》中所讲述的大象旅行故事。到了19世纪早期，拥有大象的马戏团开始在美国各地进行巡回表演，那个年代的美国人很少见到大象，因此很多人把大象视为新奇的事物，人们还留下“see the elephant（见过大象）”这句俗语表示自己或他人“见过世面”。

美国人对大象的喜爱还表现在政治领域。19世纪70年代，漫画家托马斯·纳斯特分别以长耳朵的驴和长鼻子的象比拟美国民主党和共和党。这本是两幅讽刺漫画，想不到共和党人认为大象憨厚、稳重、脚踏实地，用大象的形象来代表自己再合适不过；而对手民主党也看上了驴子的勇敢和智慧；于是，两个政党便毫不犹豫地将大象、驴子设计进自己的党徽。不过，到了2010年，民主党用字母“D”更换了原来的驴子党徽，共和党的大象党徽则仍旧保留。“驴象之争”以大象笑到最后而告终。这也从侧面反映出美国人对大象的钟爱。

非洲猛兽与门前萌宠——狮子旅行记

狮子是我们星球上十分庞大的猫科食肉动物，从生态和环境适应的角度看，它们主要生活在热带稀树草原、草地或者灌木丛与低矮旱林；地理上主要分布在炎热的非洲大陆，南亚次大陆也有少量狮群活动。2014 年 2 月，英国《进化生物学》杂志刊文指出，狮子起源于非洲东部的坦桑尼亚等地，时间约在 12 万年以前。大约在两万年前，部分狮子家族逐渐走出非洲，开始了自己的迁徙和旅行，最远抵达印度等地。

与狮子生态旅行的有限地域不同，狮子的文化之旅可谓凿空东西、横贯南北，全世界多个地方都留下了狮子的身形与身影。如古希腊陶瓶上的怪兽格里芬（狮子和鹰的合体），埃及金字塔前的狮身人面像，亚述王朝石刻上的皇帝猎狮图，伊拉克尼努尔塔神庙的翼狮，土耳其萨马尔城门口的守门石狮，印度国徽上的三头狮子，柬埔寨热带雨林深处吴哥窟和印度尼西亚巴厘岛古旧佛寺中形态各异、数量繁多的石狮，遍布中国街头巷尾各种大小的石狮像以及全世界华人社区的“舞狮”习俗，等等。随着全球生态环境的变化，自然领域的狮群活动范围有所萎缩；但在文化领域，狮子越来越多地在世界多地现身，并从非洲猛兽变成了人们的门前萌宠。

狮子东进，西域雄狮的汉地情缘

中国不是狮子的原产地，自然狮群也从未迁徙到中国；尽管如此，狮子的身影却遍及我国的大街小巷。从帝王将相陵墓前的石像生，到衙前庙后的石狮雕像；从陕北农村炕头的小狮雕，到逢年过节不可或缺的狮子舞；从刺绣陶瓷织染上的狮子像，到桥梁宗祠塔寺屋顶的狮形建筑小品等，中国大地上可谓无处不见狮子。从时间上看，自东汉起，狮子就与中国人的生活建立了密切的关系，并随着华人的迁徙来到世界各地。因为对狮子的钟爱，海外不少地区的人士甚至将狮子等同于中国。威震世界的法兰西第一帝国皇帝拿破仑就曾说过：“中国是一只沉睡的狮子，一旦它苏醒过来，必将震撼世界！”

北京故宫博物院太和门前的铜狮

在中文典籍中，关于狮子的最早记录来自成书于战国时期的《穆天子传》和汉初的《尔雅》。彼时，狮子不叫狮子，还叫狻猊。《穆天子传》说：“狻猊日走五百里。”《尔雅》中也说：“狻麑如猫，食虎豹。”西晋郭璞注曰：“即师子也，出西域。汉顺帝时疏勒王来献犎牛及师子。”其中，“狻麑”即狻猊。李零先生打趣说，中国有老虎，没有狮子，要想解释狮子，只好借助老虎（古代，猫也指毛色浅淡的老虎）。当然，狮子自西而东来到中国，首先走的是一条“进贡之路”。

“文景之治”之后，西汉帝国国力渐强，汉武帝时，张骞出使西域，将大汉帝国的雄风西传，也将帝国边境以西遥远地方的奇珍带回长安，这其中就有狮子。到了东汉，史书上关于西域各国进贡狮子的记录多了起来。《后汉书》中至少有五次提及月氏、安息、疏勒等国为汉室送来狮子，为我们勾勒出一条自中亚到长安的狮子进贡路线。依照汉朝的交通条件和后勤补给能力，即便是从中国新疆喀什沿丝绸之路将一头狮子运到长安，也得经过大漠、流沙，跨越上万里路程，这无疑是一件相当费力的事情，所以至今仍有学者怀疑，两汉时期的中原人是否真的有眼福能看到活的狮子。

唐代初年，人们依旧为狮子的长途运送而感慨万千。贞观九年（635 年），康居国进贡大唐活狮一头，李世民喜出望外，命虞世南作《狮子赋》表达狮子东进的艰难。赋曰："有绝域之神兽（狮子），因重译而来扰。其所居也，岩磴深阻，盘纡绝峻。翠岭万重，琼崖千仞。马顿辔而莫外，车摧轮而不进。聚方服之君长，召积风而奉进。尔乃发鸟弋，过白狼。逾绝巇，跨飞梁，越流沙而遥集，超积石而高骧。"

从东汉至唐的六七百年间，西域雄狮历经艰难来到中原，我们虽无法想象这一猛兽在长途跋涉后是否还能保持自己在草原上的风姿，但仅凭身形，狮子就已经力压老虎，成为中国人心中的头号猛兽。在旧时中国，每朝每代都有打虎英雄，但从未有过"打狮英雄"，倒不是狮子不会伤人，而是狮子更凶猛、珍贵，打不得也打不起。

从东汉开始，狮子造型的雕刻造像开始在中国大地上流行。早期的中国狮像四蹄站立，身形消瘦，肌肉紧绷，仰头挺胸，面目可怖，

舞狮

犹如正在草原上捕猎。如四川高颐阙石狮、陕西咸阳出土的东汉石辟邪、山东嘉祥县武氏祠石狮等，造型皆属此类。明清之后，狮子造型的“狗”化倾向明显，往往雌雄成对，公狮踩绣球一统寰宇，母狮抚幼崽子嗣繁盛，狮像皆后腿伏地，前腿站立，体形丰满肥硕，头略歪，口中含一石球，尾巴弯曲，样貌憨态可掬，像极了“看门狗”。此外，人们模仿狮子的动作而创作的狮子舞或舞狮更是风靡南北中国，成为汉族地区重要的节庆民俗。

狮子自西而来，如此深远地影响了中国，其原因是复杂的。有一种分析认为，是佛教流行加速了狮子造型及狮子图案在中国大地的传播。佛教对狮子有着极高的评价，如早期佛经中，多将佛陀比喻为狮子，因为狮子仪态威猛，无所畏惧。

狮子南下，热带雨林的狮影重重

从生态学上看，狮子只有在广袤的草原上才能奔跑如电，才能雄霸一方；而在原始雨林之中，面对高树密林，狮子肯定无法施展拳脚。然而，东进中国之外，狮子的南下同样风生水起，炎热多雨的中南半岛就有重重狮影。

以泰国为例，无论是在城市还是乡村，人们都能在寺庙、市政建筑或住宅门口看到狮子的踪影。这种浑身皆为青铜色的狮子名叫辛格或辛哈，其面目狰狞，双眼圆睁，狮口大开，牙齿整齐而锋利，头顶的鬣毛似钢针、如子弹顺势排列至耳垂以下，极为凶悍地为人们守候家园。除了辛格，泰国北部寺庙或古迹中还有一种狮子与大象的合体猛兽——科查斯。造型上，科查斯是在狮身上增加了象鼻、象牙、象耳等元素，其身形更为高大，体态更加雄伟。

从泰国继续向南，在马六甲海峡北侧还有一座狮城——新加坡。成书于1535年的《马来纪年》记载，14世纪时，三佛齐王国（今印度尼西亚苏门答腊岛）一位王子途经马六甲，在今天新加坡某处看到一只漂亮的狮子，于是将此处命名为“新加坡”，取梵语“狮城”之意。如今，高高竖立在这座花园城市中心的那尊喷水的鱼尾狮雕像，已经成为新加坡的象征。

中南半岛最令人印象深刻的还要数吴哥窟遗址中的大量石狮雕像。柬埔寨西北的暹粒地势平坦，降雨充沛，加上中南半岛最大的洞里萨湖的滋养，这里林木森茂，树大根深。800年左右，鼎盛时代的真腊王朝在这片热带雨林中建起了一座气势恢弘的石头之城——吴哥窟。就在这些大大小小的神庙、佛窟、宫殿中，笔者发现了不少狮子的踪影。在大吴哥的巴戎寺以及周萨神庙、东梅奔寺、神牛寺等地，都有相当数量的狮子雕像。石狮雕像最多的要数因陀罗跋摩一世的国庙巴孔

柬埔寨吴哥窟遗址中的石狮

新加坡的鱼尾狮雕像

▎泰国寺庙中的狮子雕像

寺，这是一座四四方方、逐层向上收缩的石头神庙，每层每面入口处都有两尊石狮，加上东西南北四个角落的红砖塔楼上的狮子，仅这一处遗址的狮子雕像就达64尊。

这些狮子均为蹲坐像，通高1.6米左右，两前腿绷直站立，后腿弯曲，与着地而坐的屁股曲线完好吻合。狮像屁股丰满圆润，狮尾沿脊椎向上自然紧贴背部，并一直延伸到后脑勺。狮头偏大，呈45度上仰。狮子头上没有中国式的“疙瘩”，而是一缕缕的流苏状小包。狮子眼睛浑圆如球、直视前方，口微张，牙齿排列整齐，口中无石球，但嘴唇明显较厚，胸前花纹为波浪形。其形象与真实狮子相差较大，在外形上与中国明清以后的石狮雕像略同。

1000多年前，温州人周达观奉命出使真腊。周达观在《真腊风土记》中的记述，为我们留下了真腊王国鼎盛时期的珍贵画面。关于狮子，他在书中写道：“北池在城北五里，中有金方塔一座，石屋数十间。金狮子、金佛、铜像、铜牛、铜马之属，皆有之。”这里的“金狮子”当然是指雕像，因为周达观知道真腊是不产狮子的。书中还写道：“兽有犀、象、野牛、山马，乃中国所无者，其余如虎、豹、熊罴、野猪、麋鹿、獐麂、猿、狐之类甚多。所不见者，狮子、猩猩、骆驼……”

“所不见者，狮子”当然是指自然的狮子。沿中南半岛继续

印度科纳克太阳神庙入口处的一对石狮

南行，在印度尼西亚巴厘岛仍能见到狮子的身影。巴厘岛地处印度尼西亚群岛东缘，地理上距离大洋洲很近，文化上却受印度婆罗门教影响很深。4世纪时，婆罗门文化已在岛上流行；8—12世纪，当伊斯兰教逐渐成为马来西亚、印度尼西亚、文莱等国国民的主要信仰时，爪哇岛旁侧的巴厘岛却坚持着自己的婆罗门教传统。至今，巴厘岛市区仍密集竖立着毗湿奴、湿婆和大梵天的塑像，如果仔细观察，大家可以发现，在这些印度教神祇雕像上有明显的狮子图案。除此之外，小部分寺庙门口也竖立有石狮像。逢年过节，巴厘岛上也有孩子们最喜爱的舞狮表演，不过，其舞狮个体相对较小。

从地图上我们不难看出，狮子南行的路线与印度教、佛教南传路线高度吻合。作为古代文明的高地，印度又是狮子生活和栖息之地，长期以来，印度教、佛教对狮子的高度认同，对狮子的升华和神化，使狮子在这两种宗教中获得极高的地位；所以，当宗教传播时，狮子也随之一起传播。这就是我们能在泰国、缅甸、老挝、柬埔寨、新加坡、印度尼西亚等东南亚国家看到狮子的原因。

狮子北上，欧洲民族的狮子情结

在欧洲，狮子是亦正亦邪的化身：一方面，狮子仪表堂堂、仪态威严，它家庭观念浓郁，从不独来独往，具有贵族的气质，古罗马人就把雄健的狮子视作本民族的象征；另一方面，狮子凶残、嗜血、残忍，有欺负弱小的倾向，是扑向善良的恶兽，更是英雄着力扫除和屠杀的对象，在希腊神话中，大力神赫拉克勒斯就曾为保护牛群而追杀过一头狮子。

在文艺复兴之城佛罗伦萨，狮子雕塑随处可见，有高墙上的狮头浮雕，有狮子造型的喷水池，也有狮口样子的大门门钉。当然最多的要数一个个单体大石狮了。在领主广场佣兵凉廊的台阶上，两尊石狮傲然站立，并被认为是佛罗伦萨城的象征。这两尊石狮均为站立状，腿下踩一石球，身形消瘦而矫健，浑身肌肉紧绷，狮头略下垂，嘴微张，鬣毛繁密并延伸至前胸，威风凛凛，整体造型与真狮无异。此外，诸多神像的底座也都以狮头作为装饰，如著名诗人但丁像下侧就有两只蹲坐狮像护卫左右。

在佛罗伦萨，随处可见狮子雕塑

让我们把视线继续向北延伸，在辽阔的俄罗斯，人们也对狮子情有独钟。在俄罗斯西北最大的城市圣彼得堡，行走于街市上的人们总能和“狮子”擦身而过。电影《意大利人在俄罗斯的奇遇》中有句著名的台词说：“圣彼得堡的狮子比住在这里的人还多。”在圣彼得堡，狮子可能出现在桥头，凝视川流不息的涅瓦河水；可能出现在宫殿门口，作为忠诚的守候者；也可能出现在地砖上，仰望着蓝蓝的天空。有趣的是，这座城市的狮子造型极为多样，不仅有埃及的狮身人面像、酷似真狮的写真石像和极为抽象的写意狮像，甚至还有中国式狮子，可谓真正意义上的“狮城”。

除了雕刻的狮子，欧洲人更喜欢将狮子形象运用到生活的方方面面。如十二星座中有狮子座、古罗马斗兽场有专门的人狮争斗项目等。此外，他们还将狮子印在自己的国旗上，刻在自己的国徽上，所以我们能在西班牙国旗上看到一只白底紫狮，在英国国徽上发现三只金狮和一只红狮。法国人还将狮子作为汽车的头标，即著名的标致汽车；英国切尔西足球俱乐部则将狮子头画进队徽。与欧洲文化一脉相承的美国，狮子形象更是随处可见，好莱坞出品了动画片《狮子王》，热播美剧《生活大爆炸》中谢尔顿为自己公寓设计的旗子上就有一只很难分清头脚的狮子。

从地理上看，非洲大陆向北隔地中海与欧洲相望，两大洲最近之处是西班牙与摩洛哥间窄窄的直布罗陀海峡。只要愿意，非洲狮群只需越过这个最宽处只有 14 千米的海峡就能来到欧洲大陆。当然，狮子们估计不大愿意离开牛羊肥美的非洲大草原，到土地贫瘠的欧洲去谋生；但崇尚英雄的欧洲人永远会乐此不疲地将非洲狮北运，并将这种非洲猛兽引入自己的生活。这就是非洲狮子北上的路线吧！

从紫禁城『御犬』到全美『冠军狗』

——狮子狗旅行记

2012年，一年一度的西敏寺犬展（Westminster Dog Show）在美国纽约麦迪逊花园广场酒店如期举行。自1877年开展以来，无论美国政局是战是和、经济是荣是衰，西敏寺犬展都从未中断过，因此成为全美乃至全世界最有影响力的犬类竞赛舞台。这一年，来自欧美国家的185个品种、超过2000只名犬汇聚一堂，争夺第136届犬展的总冠军。经过激烈角逐，一只身形娇小的4岁狮子狗马拉奇最终胜出，击败了此前呼声很高的德国牧羊犬和爱尔兰雪达犬，一下子成为世界上最闪亮的宠物狗明星。

为了让人们更好地了解这只冠军狗，《洛杉矶时报》专门刊文《冠军狗：北京狗是如何获得狮子狗的头衔》，详细介绍了狮子狗的性格和特点，尤其是对它的中国血统做了大篇幅描述。因为在品种上，马拉奇被归属为Pekingese，即北京狗（中国人也称为京巴狗和哈巴狗）。事实上，这并不是中国狮子狗第一次在国际舞台上亮相，早在20世纪初，狮子狗就已经多次获得欧洲狗展的“冠军犬”称号。对此，鲁迅先生在1925年的《论“费厄泼赖”应该缓行》一文中

就说过："叭儿狗一名哈吧狗，南方却称为西洋狗了，但是，听说倒是中国的特产，在万国赛狗会里常常得到金奖牌，《大不列颠百科全书》的狗照相上，就很有几匹是咱们中国的叭儿狗。这也是一种国光。"

追溯狮子狗在全球旅行的脚步，我们发现，唐代前后，一种体形较小的狗从罗马出发，经中亚，沿着丝绸之路来到中原，成为皇家宠物。随后的1000多年中，在中国宫廷动物育种专家的努力下，这种小型狗的品种不断得到改良，其毛发越来越长，身形愈加娇小，面容越来越像狮子，生性也更加机敏和忠诚。第二次鸦片战争中，英法联军攻入北京，在清朝皇室的大逃亡中，圆明园的五只狮子狗为英国入侵者获取，随后它们漂洋过海来到伦敦，成为英国女王和上流社会人士的爱宠，从此登上了世界名犬的舞台。从离开罗马到再次登陆欧洲，狮子狗的全球轮回旅行历时千年。

狮子狗的中国行踪

"时值公元二世纪中叶，我们此刻置身于中国皇宫主殿，诺大的宫殿内高悬着丝绸帘幅，其背后有灿若黄金的金属覆盖满墙，满室生辉。彼时天子灵帝正缓步进入大殿，紧随其左右的，有他的贴身迷你侍卫——四只狮子狗——也就是后来通常为我们所知的北京犬。其中两只步于帝前，昂首立尾，神气非凡；而它们那一声声有节奏韵律的响亮吠声仿佛在告知皇帝的驾临。另外两只紧随于帝后，口中叼着他龙袍的折边。长久以来，这些狗都已经成为中国古代宫廷中必不可少的组成部分，被作为皇室生活和礼仪的一部分接受下来。"这是加拿大畅销书作家斯坦利·科伦在其著作《狗故事——人类历史上狗的爪印》中的一段描写。

单从斯坦利·科伦的描述看，中国狮子狗似乎在东汉末年就已经出现，但事实或许并非如此。中国人饲养狗的历史极为悠久，早在周代之前，狗就已经名列"五畜"，是人们祭祀和肉食的重要来源。南宋人王应麟的《三字经》里也有“马牛羊，鸡犬豕，此六畜，人所饲”的记载。汉灵帝身边的狗是否就是今天的狮子狗呢？翻阅史籍，《后汉书》《资治通鉴》中均有汉灵帝养狗的记录，史载：“光和四年（181 年），（灵帝）又于西园弄狗，著进贤冠，带绶。”汉灵帝是历史上最荒唐的皇帝之一，他性格乖张，耽于享乐。在这幅历史画面中，汉灵帝给自己的宠物狗穿上朝服，戴上官帽，还在狗脖子上挂起吊有勋章、奖章的绸带，让它们以“官员”的身份在自己的苑囿中招摇过市。虽没有任何影像资料，史籍中也没有留下对这些狗身形的描述；但可以推测，身形越小，“狗官”打扮的喜剧效果越明显，这或许才是引发斯坦利·科伦想象的原因。

从史实角度看，小型犬在中国出现的时间要晚至唐代。因为唐代之前，史书和诗文中都鲜有小型犬的身影。明清之际，随着西洋绘画技艺和摄影技术进入中国，人们在宫廷绘画中看到了越来越多的狮子狗。在现存于世的清代宫廷绘画作品中，狮子狗就不时出现，它们或安卧于主人腿上，或匍匐于主人脚下，成为威严皇室里的灵动宠物。藏于北京故宫博物院的《旻宁行乐图》中，道光皇帝座下就有一黑一白两只狮子狗；藏于美国纳尔逊–阿特金斯艺术博物馆的《乐园教母图》中，一位身着蓝色旗袍的贵妇坐在画面中央，一只黑白相间的狮子狗就静卧在她左脚前。

满族崛起于白山黑水的东北地区，入主中原建立大清后仍保留着鲜明的游牧习性。清初，紫禁城专设“鹰狗处”负责养狗训鹰，以配合皇帝行猎。至清末，八旗子弟武功废弛，斗鸡走狗日益盛行，连宫里的慈禧太后也只宠爱狮子狗，并将它们称为“御犬”。据故宫博物院研究员周乾先生研究，慈禧太后先后在故宫后花园养过 1000 余只狮子狗。为了养狗，她还在东华门设“狗房”，专门安排四名太监负责狮子狗的喂养、调教和修饰，每只狗都有特定的经费和俸银。慈禧太后不仅爱狗，也善于养狗，她给每只狗起名，选用黄色绸缎为狗制作犬衣，还训练狗听懂“打圈子”“作揖”“直立”等口令，让它们完成不少复杂的动作。

丝路西来的小型犬

正如上文所言，中国人养狗的历史久远，但小型犬第一次明确出现要到唐初。唐代段成式《酉阳杂俎》中记载：“上夏日尝与亲王棋，令贺怀智独弹琵琶，贵妃立于局前观之。上数枰子将输，贵妃放康国猧子于坐侧，猧子乃上局，局子乱，上大悦。”这段文字说的是唐明皇与大将军哥舒翰下围棋，在唐明皇输棋之际，杨贵妃放开怀中小狗搅乱棋局的故事。试想一下，能在方寸之间的棋盘上欢腾，肯定是小型犬。那么，这只“康国猧子”是什么样子的呢？是否就是今天的狮子狗呢？

除了《酉阳杂俎》，《旧唐书》中也有关于小型犬的记载：“（高昌王）文泰又献狗雌雄各一，高六寸，长尺余，性甚慧，能曳马衔烛，云本出拂菻国。”高昌国在今天的新疆吐鲁番，是古代丝绸之路的重要节点。高昌国进贡的狗自拂菻而来，拂菻国在哪儿呢？《旧唐书》中说：“拂菻国，一名大秦，在西海之上，东南与波斯接，地方万余里，列城四百，邑居连属。”大秦是古代中国对罗马帝国的称呼，按照《旧唐书》的说法，大秦在波斯西北，也就是说这种小狗来自相当遥远的西方。对此，美国博物学家薛爱华在其名著《撒马尔罕的金桃》中也认为，“拂菻狗”是一种尖嘴丝毛系的小型犬，曾经是希腊妓女和罗马主妇珍爱的宠物。

那么，拂菻狗与康国猧子是什么关系呢？它们是狮子狗的祖先吗？对此，学界的态度是统一的，即拂菻狗就是康国猧子，它们都是狮子狗的祖先。如历史学家陈寅恪先生就认为：“《太真外传》有康国猧子之记载，即今外人所谓‘北京狗’。吾国人则呼之为‘哈巴狗’。元微之《梦游春》诗‘娇娃睡犹怒’与《春晓》绝句之‘猧儿撼起钟声动’皆指此物。”清末民初，徐珂的《清稗类钞》也明确说：“拂菻狗，较常狗倍小，今为京师土产。”

薛爱华先生也进一步指出：“我们还无法确定高昌贡献的这对小狗是否在中国留下了它们的后代，可是很可能就是在高昌贡献

'拂菻狗'以后，与'拂菻狗'类似的叭儿狗就开始源源不断地补充着远东叭儿狗的种群。”兰州大学博士丛振在《西域“猧子”与唐代社会生活》一文中也认为，从路线上看，原产于大秦的拂菻狗先途经康国或高昌国，然后中转至敦煌，再进贡到中原王朝。在漫长的旅途中，拂菻狗在各地中转站也一定留有后代，因此，其称谓就有了变化，由最初的拂菻狗变为了康国猧子，进而统称为猧子了。

从尺寸大小来看，唐代每尺约等于今天的30厘米，据此计算，“高六寸，长尺余”的猧子大概身高18厘米、长30厘米，这与今天的狮子狗体形大致相当。从随后的文献记载看，从唐朝起直至17世纪，猧子不时成为诗歌中表现的主题，是备受人们喜爱的对象。如《全唐诗》中无名氏所作的《醉公子》就有“门外猧儿吠，知是萧郎至”的诗句；成彦雄的《寒夜吟》中有“猧儿睡魇唤不醒，满窗扑落银蟾影”的诗句；元稹的《春晓》中有“猧儿撼起钟声动，二十年前晓寺情”的诗句……从诗歌角度看，猧子主要由具有一定社会和经济地位的女性所饲养。

登陆英伦与踏上北美

1861年，英国维多利亚女王得到一只从北京带回的狮子狗。这是狮子狗第一次走进欧洲的宫廷。呆萌的表情，娇小的身躯，走起路来扭来扭去的屁股，瞬间治愈了刚刚经历丧母、丧夫之痛的英国女王。据说，这位常年只穿黑服、隐居温莎城堡的女王因为狮子狗的到来露出了久违的笑容，亲切地将这只来自东方的狮子狗命名为Lottie，意思为“忠诚和重视感情”。看到Lottie深得女王宠爱，英国上层人士亦开始争相购买和饲养狮子狗。

继Lottie登陆英伦之后，更多的狮子狗开始走出国门，成为中国官方的“友好使节”。周乾先生在《慈禧与她的爱犬》一文中就指出，在《辛丑条约》签订后，慈禧太后主动将一部分狮子狗当作礼物赠送给西方，以示友好。如她曾分别送给美国总统西奥多·罗斯福的女儿和美国银行家摩根各一只狮子狗。这两只小狗于1906年来到美国后广受关注，并很快被纳入全美饲养者协会名犬名录，掀起了清末“狮子狗外交”序幕。

对于狮子狗在海外大受欢迎，国内媒体也有关注，上海的《大共和画报》有一幅署名为“亦箫”和“紫瑚”的狮子狗画作，其题跋中说：“中国人所谓狮子狗者……其毛片茸茸然，酷肖狮子形……西妇尤喜之，养育备极爱护，甚有与共眠坐者。”

可能正是因为狮子狗在海外市场大受欢迎，其价格也直线上升，一度逼近京城的豪华宅邸价格。徐珂在《清稗类钞》中记述：“世界最珍贵之狗，实推吾国京师所产……尤以京师狗、哈巴狗、小狮狗三种为最上，价至昂，西人尤酷爱而购之，其价每头自银币七八百圆至银币四千圆。”

“银币七八百圆至银币四千圆”是什么概念呢？按照徐珂生活的时代推算，民国初年，大学中的正教授月薪也就三四百银元。那么，银币4000元的购买力有多大呢？资料显示，在1925年的北京西直门大街买一套拥有40间房且带电灯、电话、花房和车马的豪宅，全款也就“五千五百大洋”。也就是说，一只上等狮子狗的价格几乎逼近了一栋大豪宅的价格，实在令人咋舌。

对于来自遥远东方的狮子狗，西方人是怎么看待它们的呢？法国兽医作家弗纳德·梅里在《生命、历史及狗的奇迹》中如此描述狮子狗在法国贵族圈中的生活：“客厅里，这些小狗风靡一时，它们的毛发剪得短短的，或者是烫起来。它们穿着时髦的衣服，喷上香水，很是被宠爱的样子，人们看着这些狂奔的小狗在大笑，好像看着一些有生命的玩具。”随着狮子狗在西方的普及，其独特的外貌和特征逐渐进入更多人的视野，于是，在马克·吐温、列夫·托尔斯泰等文学巨匠的作品中，也有了狮子狗的身影。意大利作家莫拉维亚专门写了一篇题为《中国狮子狗》的小说，作者深情地写道：“这样的狗我都从来没有见过，它看上去犹如一头小狮子，皮球似的头上长满鬣毛，身上的毛像经过修剪，尾巴短短的，舌头也是紫蓝色的，它很温顺，也有点懒散。”

算算时间，中国狮子狗旅行至欧洲要早于大熊猫20多年。从受宠于欧陆宫廷到笑傲各大犬类赛场，它在欧美宠物界可谓一路高歌、风生水起，不仅独领风骚，抢在熊猫之前成为走向世界的首个中国萌宠，而且打破了西方原有的宠物格局，成为小型犬的翘楚。

现实生活中，爱狗、养狗的人越来越多。在世界宠物市场中，狗是绝对的主角。相关信息显示，2018年中国城镇饲养宠物中，狗的数量名列第一，为7400万只；同年，美国的宠物狗数量更是高达8970万只。从宠物犬饲养的趋势来看，由于照看麻烦、叫声太大，饲养大型犬的人数在减少，饲养小型犬的人数则明显增加。不过，在中国，狗是最委屈的动物。因为汉语中与“狗”相关的表达多含贬义，狗是被污名化程度最深的动物之一。造成这一现象的原因，可能就与狮子狗或小型犬有关。

汉语里的犬和狗，虽然是对同一动物的不同称谓，但其中蕴含的意义大不相同。《说文解字》中说：“狗，犬也。小者为狗，大者为犬。”一般而言，犬是指身形较大，能担任狩猎牧羊、看家护院等工作的狗，因为有用而得到人们的尊重和喜爱。而狗多指身形较小的狗或者犬的幼小阶段，如《尔雅》中说：“未成豪，狗。”在古汉语语境中，狗多指宠物。在古代中国，由于阶级审美的对立性，加上“玩物丧志”思想的影响，人们对狗的好感不多，所以就出现了与“犬”相关的词多为褒义或中性，而与“狗”相关的词多为贬义的现象，如牧羊犬、导盲犬、警犬、犬马之劳中的“犬”就不能用“狗”代替；相应地，走狗、狗官、狗眼看人、狼心狗肺中的“狗”也不能说成“犬”。

欧亚草原与战争驱使——马的旅行记

2011 年，斯皮尔伯格执导的电影《战马》在全球上映，这是一部总票房近两亿美元、获得六项奥斯卡奖提名的优秀电影。影片借助一匹叫“乔伊”的马的视角，向全世界观众展示了 100 多年前处于战争风雨中的欧洲风貌，也将人与马的情谊演绎到了新的高度。与电影同名的舞台剧自 2007 年首演后也备受关注，仅 7 年时间就在 50 多个国家上演 3000 多场次，观众总数超过 500 万人。《战马》之所以引起全球不同文化背景人们的共鸣，是因为人类与马有着极为长久的关系。早在 5500 多年前，人类就开始了对野马的驯化。从那时起，马一直都是人类最重要的动物伙伴，几乎见证了人类所有重要的历史时刻。

随着机动车飞驰大地和机械化耕作的不断普及，原来需要马力维系的工作和工种快速消失，马也逐渐离开了我们的日常生活。时至今日，除了在动物园、旅游景区或者一些特殊的集会，人们已经不太容易看到这种高大的四蹄动物。但马对人们生活的影响仍在延续，言谈举止中，我们仍离不开马：在中文里，我们把立刻称为“马上”，把宽阔的大路称为“马路”，把粗心大意叫“马虎”，把奉承人叫“拍马屁”，称优秀的人才为“千

里马”，称团队中的坏分子为“害群之马”……在英语中，人们赋予马与人同等重要的地位，如a willing horse意指“心甘情愿、乐于工作的人”，wheel horse则有“踏实肯干、骨干分子”之意，clothes horse则指“赶时髦的人”……既然马如此深入人们的生活，那么，它从何处而来，又经过什么样的路线旅行到世界各地的呢？

马从何处来

回顾历史，我们发现马与人类文明曾十分紧密地联系在一起。在中国，人们早在周代就建立专门的机构养马。《周礼》中明确指出：“马是国之大用，特立牧人、圉人，使别掌之。”因为善于养马，寄居西陲的庶民秦人得以迅速成长，最终缔造了中国历史上首个统一的大帝国。在西方，善于驯马而富甲天下的特洛伊人，被诗人荷马在《伊利亚特》中反复歌咏。他们因马而富足，建造了坚固雄伟的城墙；但也许正因对马的钟爱，在与希腊人决战的关键时刻，特洛伊人洞开城门，迎入了那匹高大木马，最终失掉了自己的家园。对于马的历史贡献，英国考古学家阿兰·乌特勒姆在《科学》杂志上撰文指出：“一旦骑上马，人类便拥有了交通工具，扩展了贸易能力，同样也在战争方面获得优势。”

位于土耳其卡纳卡莱的特洛伊木马

越来越多的考古发掘表明，到商代中期，中国的黄河流域还没有家马的影踪。无论是河南偃师的商城遗址（距今3600—3400年），还是同时期的郑州双桥遗址、安阳洹北遗址，都没有一块马骨出土。而到了商代晚期（距

古希腊银币上的马

太阳神驾驭着一辆四马战车

今 3000 年左右），河南安阳殷墟、陕西西安老牛坡、山东滕州前掌大遗址中突然出现许多马坑和车马坑，仅殷墟遗址的西北岗就发现了 100 多个车马坑，每个坑中至少有一匹马，最多的有 37 匹马。战国时期，马更是一跃成为战争的利器。如在已发掘的秦始皇兵马俑遗址中，出土的马俑达 600 多个。

两河流域的亚述帝国，马拉着国王阿舒尔·纳西帕尔二世征战、猎狮（约公元前 875—前 860 年）。这几幅亚述王石雕目前珍藏于伦敦的大英博物馆之中，画面上，亚述王或右手拿箭，左手握弓，立于战车之上；或拉弓射箭，在飞驰的战车上猎杀狮子。战车前都有三匹大马，马首高昂，四蹄迈开，充满力量感。在伊朗高原，公元前 550 年至公元前 330 年的阿契美尼德王朝也留下了马的历史图像。在王朝首都波斯波利斯的系列浮雕上，两匹马拉车的图像为数不少，那些马身形不高，但步态稳健。

距今 2400 多年前，古希腊诸邦也涌现出供人们驱使的家马。它们现身于纪念币或钱币之上，成为那个时代人们的珍玩。公元前 412 年，西西里岛的阿克拉加斯城（当时属于古希腊殖民城邦）发行了 10 德拉克银币，这些银币的正面是太阳神“赫利俄斯”驾四匹马拉的车在飞奔。这四匹马并排而立，前蹄腾空，神采非凡。子金先生在《古代希腊硬币中的马文化》一文中认为，银币是“公

亚述王在他的战车上

元前412年阿克拉加斯城为了纪念92届古希腊奥林匹克竞赛会上赛马获胜所制作”。除此之外，在马其顿国王腓力二世发行的斯达特金币、意大利南部塔伦顿城的标准银币上也都有马拉车的图案。这些无疑都是家马在古希腊时期存在的证据。

差不多的时间，世界文明高地都出现了家马，它们是从哪里旅行而来的呢？从卫星地图上看，在地球的北部分布着世界上最宽广的欧亚草原。这片草原呈带状，西起欧洲多瑙河下游，经罗马尼亚向东，跨过俄罗斯和蒙古国后，直达中国的松辽平原，共计跨越了110个经度。现代考古发现，野马正是从欧亚草原进化繁衍而来。历史学家李零先生认为，马的先祖骨架瘦小，体形与今天狐狸和狗的大小差不多，“草原开阔，拔高了它的身材，让它抬头望风，视野开阔，低头吃草，刚好够得着。吃草动物都一惊一乍，圆蹄才跑得快”，久而久之，野马进化出长的脖子和善于奔跑的四蹄。

相对于食肉动物的凶残，食草的野马性格温顺，容易被人们驯化。如此绵长的草原带，到底何处才是最早驯化野马的区域呢？经过多年的研究，考古学家终于找到了这个地方，即今天哈萨克斯坦北部平原地带。从文化断层上看，这一地区属于“古波太（Botai）遗址”。2009年前后，一系列考古发掘让大量马骨、马齿化石以及盛放马奶的陶罐碎片等史前文物重见天日。2018年，47名考古学家联合在《科学》杂志上发表了“古波太”考古成果。这篇题为《古老的基因证明家马驯化》的文章指出，中亚草原的波太文化为大约5500年前的人类畜牧业提供了最早的考古证据，在全球已知的42个古马基因组中，20个来自波太遗址。数据表明，从4000年前到现在，所有家马都显示出至少2.7%的波太马血统。

正是早期人类游牧和商贸活动的进行，促使了波太驯马走向世界。

胡马西来与滇马北上

甲骨文有“王畜马于兹牢”的记载，但不见“畜牛”“畜狗”等说法，说明中国人很早就重视马的饲养。《尔雅》中说“马牛羊猪狗鸡”为六畜，马居“六畜”之首。从早期历史来看，马大多自西而来，那时它们有一个专有名词叫“胡马”。翻开史书，关于胡马的记载非常多，仅相关诗歌就有760多首。如汉代“胡马依北风，越鸟巢南枝叶”，唐代王昌龄的“但使龙城飞将在，不教胡马度阴山”……“胡”在古代泛指北边或者西边的民族，“胡马”多指从中亚经丝绸之路来到中原的马。

中国第一次获取胡马的记录是在西汉初年，《资治通鉴》中记载：“（公元前115年）天子得宛汗血马，名曰‘天马’，使者相望于道以求之。”大宛是古代中亚的国名，大致位于今天的费尔干纳盆地。从地图上看，费尔干纳盆地处于天山和吉萨尔—阿赖山之间，地处乌兹别克斯坦、塔吉克斯坦和吉尔吉斯斯坦三国交界。盆地内，夏季炎热，冬季气温相对温和，属于典型的大陆性气候，虽然降雨量少，但周围的高山融雪为盆地带来众多河流，使这里水草丰美、牛羊成群，成为良马的重要产地。《马可·波罗游记》中也写道：“此州兼产良马，善于奔驰，蹄下不钉铁钉，而能驰骋山中及崎岖之地。”

关于胡马的样子，杜甫在《房兵曹胡马诗》中说：“胡马大宛名，锋棱瘦骨成。竹批双耳峻，风入四蹄轻。所向无空阔，真堪托死生。骁腾有如此，万里可横行。”李零先生的解释是，胡马的特点是瘦高：脖颈高，腿细长，脑袋小，耳朵朝前撅，好像竹叶。这个形象与汉唐中国马在审美上有明显的差别，因为无论是霍去病墓前的马踏匈奴石雕，还是唐初的昭陵六骏浮雕石刻，其中的马都呈现健壮丰腴之美，尤其是臀部相对圆润。不过，在战场上，马中看不中用可不行。胡马虽瘦，但速度快、耐力好，是中原王朝渴望的利器。

法国历史学家阿里·马扎海里在《丝绸之路：中国–波斯文化交流史》中说："中国人在与西亚的贸易中仅仅偏爱唯一的一种西方产品，即作为阿拉伯马之先祖的波斯马。在丝绸之路正常运行整个期间，也就是说在近两千年里，中国天子们一直不停地索求波斯马。那里的国王和商人也经常奉送，或者是用它们来运载商品。"

唐中期开始，随着茶叶在西南、西北少数民族地区的普及，吐蕃、回鹘、蒙古等民族对茶越来越倚重，以马换茶的物物交换在边疆出现和增多。780年前后成书的《封氏闻见录》中记载："（饮茶）始自中地，流于塞外。往年回鹘入朝，大驱名马市茶而归。"从单方面的重金求马到茶马互易，马进入中原有了新的方式。唐末五代时期，丝绸之路时断时续，中亚良马到中原的旅行严重受阻。

秦始皇兵马俑

茶马古道雕塑

到了宋代，少数民族政权林立，面对辽、西夏、金、蒙古等北方民族政权的军事威胁，朝廷只能另辟蹊径，从云南、四川等西南地区以茶换马。宋神宗熙宁七年（1074年），中央政府首次在成都设立"都提举茶马司"，主管茶马贸易，开始了南马北上的历史。

事实上，中国西南地区尤其云南产名马早有记载，东晋常璩在《华阳国志》中记载："长老传言，滇池有神马，或交焉，即生骏驹，俗称之曰'滇池驹'，日行五百里。"不过，汉代中原和云南之间的交通相当困难，大规模的文化及商贸交流并未展开，加之丝路通畅，胡马西来无阻，所以，滇马并未引起太多关注。宋代之后，丝路堰塞，滇马北上一直延续到了清代。康熙年间刘昆所著《南中杂说》中赞扬说：“滇中之马，质小而蹄健，上高山，履危径，虽数十里不知喘汗，以生长山谷也。”

上帝之鞭与波斯马南下

无论是中国，还是中东古国或者古希腊，早期的马多为拉车之用，用作骑乘的很少。《左传》记载：“左师展将以公乘马而归，公徒执之。”唐代孔颖达注疏说：“古者服牛乘马，马以驾车，不单骑也。至六国之时始有单骑，苏秦所云‘车千乘，骑万匹’是也。”对此，王力先生考证说：“我们认为春秋时期可能有骑马的事情，但那只是极个别的情况，到了战国时代，赵武灵王胡服骑射，才从匈奴学来了骑马，后来骑马之风才渐渐盛起来的。”在西方，公元2世纪罗马帝国“五贤君”之一的马可·奥勒留骑马铜像是迄今人们能找到的最早的骑马雕像。

马可·奥勒留骑马铜像

从战车和骑兵用马的比例来看，“车千乘，骑万匹”，单纯战车用马要少得多，只有大规模骑兵兴起，马的需求才可能大幅增加。从实际情况来看，游牧民族对农牧地区发动的系列战争最终推动了马在不同文明中的普及。秦汉时期的匈奴南下和 3、4 世纪前后欧洲大陆上匈人的西进，都在客观上刺激了马的跨地区旅行。匈人是生活在里海周围的游牧民族，曾一度被认为是肆虐亚洲北部的匈奴人的后代。尽管匈人和匈奴人在族名发音、外形外貌以及社会形态上都颇为相似，但至今全世界仍没有直接史料或考古实物能证明两者之间有血统上的联系。

350 年左右，这群身材短小精悍、头大面宽、鼻小扁平的游牧部落开始汇集兴盛。肩膀魁梧，上肢力量强悍，加上马术精湛，骑射出众，让匈人部族在欧洲大陆一度所向披靡，无人能挡。374 年，他们征服了日耳曼人，建立东哥特王国；395 年，攻陷色雷斯（今保加利亚、希腊、土耳其等国的一部分）；到了 435 年，传奇首领阿提斯锋芒正旺，他率领 70 万铁骑发起了对波斯帝国和东罗马帝国的全面战争并大获全胜；450 年，他继续挥鞭西进，进攻西罗马帝国，整个西方都在匈人的铁蹄下颤抖。在诗人但丁的《神曲》中，匈人骑兵所到之处一片哀嚎，他们的首领阿提斯就是恐怖的“上帝之鞭”。100 多年中，匈人给欧洲人带来巨大的灾难，也让马成为战场上的绝对主角，成为各国争抢的战略资源。为了对抗匈人，欧洲人不得不痛下血本，大量购买马匹，以组建强大的骑兵团。越来越多的马从中亚草原被运送到欧洲，成为欧洲土地上最受欢迎的动物。

在向东、向西旅行数百年之后，以波斯马为代表的亚洲名马向南进入印度，并经过印度继续向南亚旅行。波斯历史学家瓦萨夫在其名著《世界的征服者》一书中记录：“在波斯和南印度之间，于中世纪曾交易过大宗的马匹。当时每一年，都有两万多匹波斯马经海路被运到南印度，这些马中又有少部分被交易到东南亚一些国家。”瓦萨夫还指出，因为印度气候炎热和饲料（甜奶和酥油加拌煮熟的大米和豌豆）的问题，常常在短时间内就造成大量波斯马的死亡，这反倒刺激了印度和波斯王国之间马的贸易的持久。除了波斯，古代中国也曾向印度输入马匹，《马可·波罗游记》中记载：“（滇马）躯小而健，贩售印度，然应知者，人抽取其筋二三条，俾其不能用尾击其骑者。”

从地区上看，马最晚旅行到的地方是美洲大陆。1532 年，西班牙征服者弗朗西斯科·皮萨罗带领 164 人来到了印加帝国的首府库斯科城。此时的印加帝国统治着辽阔的疆土，国王阿塔华尔帕刚刚打完胜仗，身后坐拥 8 万印加士兵。但当两军对垒时，结局令人大跌眼镜，庞大的印加军队竟然大败于皮萨罗的这一小众人马，连国王也束手就擒。美国历史学家戴蒙德在《枪炮、细菌与钢铁》一书中详细地描述了这场战争：当双方剑拔弩张之时，印加士兵的眼前突然出现了一群“身披铠甲，手持钢剑，骑着高大怪物的骑兵”，比起利剑，高大的骏马更令印加人恐惧，这是他们从未见过的陌生物种，速度快，力道猛，除了逃窜，别无他法。当然，从时间上看，这不是马在美洲第一次亮相，早在 1493 年哥伦布第二次航行时，马就已经被欧洲人带到了美洲。从品种上看，这些马大都是西班牙马。一名叫埃尔南多的殖民官员写于 1585 年 10 月 2 日的信件曾这样记述：“大部分带到美洲的马匹来自于西班牙安达卢西亚王国的科尔多瓦和赫雷斯省。”

正如电影《战马》中所表现的那样，马高大俊美，速度快，通人性，既能在战场上驰骋纵横，又能在农田中拉犁耕耘。在前机械时代，马的极速奔跑，让人们体验了速度与激情；马的负重能力，加速了世界文明交流的进程。也正是因此，马成为人们最乐于饲养的动物，成为陪伴人们旅行天下的首选动物，马在服务人类的同时也完成了自己的全球旅行。

从漫步欧亚到结队全球——牛的旅行记

作为与人类祭祀、战争、生产生活都密切相关的动物，牛在世界主要文化版图上留下了浓墨重彩的一笔。从距今 1.7 万年前的西班牙阿尔塔米拉洞窟中的野牛岩画，到希腊克里特岛克诺索斯王宫中的斗牛壁画，欧洲历史中的牛凶猛奔放，是野性美的象征；从北美、澳大利亚草原上一眼望不到边的牛群和美味的牛肉汉堡，到美国西部片中自由孤独的牛仔身影，新大陆视野中的牛营养美味；从史诗《罗摩衍那》中的如意神牛舍波罗、湿婆坐骑白牛神南迪的传奇故事，到整个国家欢庆的母牛节，印度文化中的牛法力无边；从老子骑青牛西出函谷关的传说，到唐代敦煌壁画中牛的耕地画像，中国人眼中的牛踏实勤恳……

南宋理学家朱熹说：“天开于子，地辟于丑。”在十二生肖中，子对鼠，丑对牛，所以，人们也有“鼠咬天开，牛耕地辟”的说法。中国以农立国，对农业生产最有威胁的动物是老鼠，最能帮助人们完成农耕的是牛。鼠和牛占据生肖榜前两位，颇有些不破不立的意思。在我们今天的餐桌

上，牛的分量越来越重。世界粮农组织统计数据显示，2021年，全球牛肉产量接近6080万吨（占全世界肉类消费的21%）；同年，全球牛奶产量也创新高，达544万吨。那么，对我们如此重要的牛究竟是从哪里来的呢？它是什么时候旅行到全世界的呢？

阿尔塔米拉岩画中的巨型野牛

从古生物种属关系看，原始牛（简称原牛）是除爪哇牛、大额牛、牦牛以及水牛以外，所有家牛的祖先。吉林大学考古学教授汤卓炜认为，原牛起源于印度，在距今200万年前开始迁入东亚、中东及北非一带。在距今25万年前，原牛开始出现在欧洲大陆并迅速繁衍，在更新世时期（250万年前至1.17万年前），原牛逐步迁徙到东至朝鲜半岛、西至法国、南至印度与埃及、北至北极苔原边缘的广大地区。也就是说，牛先是漫步于欧亚大陆，然后，随着人类的脚步旅行到全球各地。

冲天牛气自西来，牛的中国旅行

原牛被成功驯化的具体时间，至今仍不清楚。专家们倾向认为，这种驯化很可能逐步发生并延续了数千年。1971年，考古学家在土耳其西南部迪亚巴克尔省发现了一处新石器遗址，遗址中出土了目前世界上最古老的家牛骸骨，碳十四测定其距今约1万多年。中国社会科学院考古研究所的相关研究表明：“（家牛）在中国境内最早出现的时间为距今5500—5000年，甘青地区（甘肃天水师赵村和西山坪、礼县西山、武山傅家门）和东北地区（吉林大安后套木嘎）存在最早的例证。依据古DNA的研究，中国家养普通牛由西亚传入，传入路线可能有两条，新疆—西北地区—中原路线，

敦煌莫高窟壁画《耕作图》（局部）

西汉四牛鎏金骑士铜贮贝器

欧亚草原—东北亚—中原路线。”

从文献记载来看，中国人饲养牛的历史的确久远。《尚书》中记载“（周武王）乃偃武修文，归马于华山之阳，放牛于桃林之野”；《诗经》中有“尔牛来思，其耳湿湿，或降于阿，或饮于池，或寝或讹”的诗句；《周礼》中也有“牛人掌养国之公牛，以待国之政令”的规定……这些文字为我们勾勒出西周时期人们饲养家牛的图景。关于中国牛的来源，古代文献则着墨不多。如《后汉书》中记载，阳嘉二年（133 年）“疏勒国（今新疆喀什）献狮子、犎牛”；晋代郭璞在《尔雅注疏》中说：“犪牛也，如牛而大，肉数千斤，出蜀中。”隐约之中，中国的牛的确自西而来。

从地理环境看，中国牛的旅行也应当是由西向东、由北向南的。因为除了中原农耕地区，古代大规模饲养牛的民族主要分布在中国北部和西部。如《太平寰宇记》中记载：“挹娄，魏时通焉，云即古肃慎之国也……有五谷、牛、马、麻布，出赤玉、好貂。”肃慎是一个古老的民族部落，由于其主要活动在今黑龙江省及周边，而被古人称为“东北夷”。此外，生活在西北的古老氐人也饲养牛，

《魏略》中记载："氐人……其本守善，分留天水、南安界，今之广魏郡所守是也……畜养豕、牛、马、驴、骡。"

与马相同，牛在古代也属于战略军事资源，所以，牛群也多随人们的军事活动而迁徙，这与其他古代动物零散的旅行明显不同。《汉书》中记载："汉大发十五万骑，五将军分道出……从西方入至右谷蠡庭……"在对匈奴的这次胜利中，汉军一次性就斩获敌方近 70 万头牲畜。如此大规模的牛羊不可能全部就地屠宰，必定有相当一部分跟随远征的将士回到中原。

到了唐初，另一次牛群的跨地域旅行也被载入史册。《旧唐书》中记载："玄策与副使蒋师仁率二国兵进至中天竺国城，连战三日，大破之，斩首三千余级，赴水溺死者且万人，阿罗那顺弃城而遁，师仁进擒获之。虏男女万二千人，牛马三万余头匹。于是天竺震惧，俘阿罗那顺以归。二十二年（648 年）至京师，太宗大悦。"这是一次极为罕见的远征胜利，时任右率府长史的王玄策远征中天竺，大胜，不仅俘虏了中天竺国王阿罗那顺，更将斩获的三万头（匹）牛马一起带回长安。

当然，除了自西而东的旅行，中国牛也有成群结队向西旅行的历史。西汉武帝年间，为了攻打大宛，贰师将军李广利聚合了 10 万头牛及数万匹马、骆驼等向西挺进。

东海是西邻，日本和牛的大陆基因

在世界的餐桌上，日本的和牛肉享有盛誉。这种牛肉生切后能见到网状的细小脂肪如雪花一般散布在肉的肌理之间，食客们称之为"霜降"。精心烹制过的和牛肉顺如凝脂，咀嚼之间，食客们能感觉到牛肉在舌尖上轻舞，在味蕾间绽放鲜味与油香。不过，追溯日本和牛的历史，人们发现，从 676 年天武天皇颁布肉食禁止令开始，到 1868 年明治时期开禁食肉，日本人食用牛肉的时间不过 100 多年。食牛的历史短暂，养牛的历史是否也不长呢？

中日两国交往的历史悠久，对于日本人是否饲养家牛，中国史书上多有关注。《三国志》详细地介绍了日本，明确记载那里没有牛，“倭人在带方东南大海之中，依山岛为国邑……其地无牛、马、虎、豹、羊、鹊。”到了宋代，中日交流已经相当频繁，双方都有大量人员相互往来，然而中国史书上的日本仍然没有牛。

我们知道，古代日本是典型的农业国家，并形成了极具自身特色的稻作文明。农耕离不开畜力，所以牛不会缺席日本的农业发展。根据日本神奈川大学河野通明教授在《日本农耕具史的基础研究》中的观点，以及京都大学灵长类研究所野沢谦教授在《东亚、东南亚家牛和家水牛的起源与系统》一文中的结论，牛大约在日本弥生时代从中国经朝鲜半岛传入了日本。

对于牛在弥生时代传入日本的原因，中国学者韩昇认为这与中国古代移民关系密切，他在《日本古代的大陆移民研究》一书中指出：“313 年，高句丽灭乐浪郡，结束了中国在朝鲜长达四百多年的统治，引起了朝鲜汉人往南迁徙，进而移居日本。”毫无疑问，大量汉人从朝鲜半岛集体迁居日本列岛，不仅带去了大陆先进的农耕技术、用具，也带去了与牛相关的生产、生活习俗和文化。

另外，从相关的古代文献记载来看，日本也有用牛肉祭祀的传统，其内容与中国的祭祀礼仪一致，透露出日本的牛和牛文化自中国旅行而来的古老信息。如日本史书《古语拾遗》中记载：“古昔，某造田之日，大地主让农民吃牛肉，于是蝗虫蜂起，侵袭秧田……最后，（大地主）按照岁神的旨意将牛肉放在水渠口祭祀，方才保住了秧田。”

日本的和牛肉

对于日本和牛的来源，野沢谦教授也认为是从中国经朝鲜半岛传入日本的。从基因上看，日本和牛与朝鲜牛都更接近欧系的荷兰牛。虽然和牛是日本土种牛与欧系牛杂交而成的品种，但在遗传上和没有杂交的土种牛并无显著差别。从地图上看，由欧亚大陆正北部向东、西两侧延伸的一条宽阔草原带都是欧系牛饲养文化带。家牛和养牛文化大概是由这条草原带直接进入朝鲜半岛，并经由朝鲜半岛扩及日本的。

从欧洲到美洲，新大陆牛的海漂之旅

西方社会根植于游牧养殖业，因此，牛的名称远比汉语丰富。如汉语中只有一个“牛”字，不同的牛只需要在“牛”前加上限定词即可，如黄牛、奶牛、公牛等；但在英语中，每种牛都有特定的单词，而且分类清楚，如 cattle（牛的总称）、ox（牛）、buffalo（水牛）、bull（公牛）、cow（母牛）、calf（牛犊）、steer（阉牛）、heifer（小母牛）、kine（黄母牛），等等。

根据美国农业部 2021 年的报告，肉牛饲养数量排在世界前四位的是巴西、印度、美国和澳大利亚。换言之，新大陆（美洲、大洋洲）的家牛数量稳居世界首位。从牛的全球旅行来看，在大航海时代之前，新大陆上还没有家牛的身影。无论是南美印加帝国，还是北美阿兹特克帝国的印第安人，都没能驯服当地的野牛；所以，在西方殖民者进入之前，南北美洲都没出现牛车或牛耕的现象。

关于牛在美洲的旅行，美国西弗吉尼亚大学教授 G.A. 堡灵在《论牛引入北美殖民地的历史》中有较为详细的介绍。他认为，美洲的家牛是由欧洲殖民者带入的。从历史记载来看，欧洲牛旅行到北美有四条路线：一条是从中美洲的西印度群岛出发，经大西洋到墨西哥湾任一个港口登陆；二是从墨西哥进入美国西南和加利福尼亚州；三是从法属圣劳伦斯峡谷进入被称为“老西北”的地区；四是直接从欧洲殖民国家进入美洲殖民地。

历史上，首次将牛运往美洲的是西班牙人。1493 年，刚刚结束全球航行不久的哥伦布广受赞誉，整个欧洲对新大陆都充满期

西班牙奔牛节

待。对此，西班牙王室决定再次资助他远航。同样是在1493年，哥伦布的船队再次扬帆。这一次，他的船队里除了船员和大量农作物种子外，还有牛、马等大型家畜。哥伦布在他的航海日志中写道："除了少量用于巡逻的马匹外，船上带的都是用于饲养和繁殖的母马、母牛、绵羊和其他家畜。"之所以要带牛类家畜远航，是因为"新大陆土地肥沃，植被丰茂，畜牧业几乎没有发展"。

首批运往新大陆的家牛是否饲养成功，今天的人们已无从知晓。因为那时的海船还都不大，运量也有限。直到30多年后，西班牙人在西印度群岛才形成了有规模的家牛饲养。早期的殖民史料显示，最初，西班牙人在北美养牛主要是为了发展皮革业。1565年，仅西印度群岛被屠宰的牛就有6万头。到了1572年，养牛业在新西班牙（今墨西哥）呈现一派欣欣向荣的景象，据称，稍大的畜牧主拥有的牛都超过2万头。这一时期，牛的皮革成为西班牙殖民地的主要收入来源，为此，不断有小牛被运送到美洲。

除了西班牙人，法国人、荷兰人、英国人也曾争先恐后地向新大陆运送牛。1593年，法国人从西班牙人手中购买了数量众多的牛，并将其从墨西哥赶往今天的美墨边界，据称有154万头牛最终越过边界，被运送到了法属的北美殖民地。在法国人来到北美的最初几年里，牛只是作为殖民者的肉食来源和用来交换的商品。后来，随着法国移民者的增多，牛的饲养也成为殖民地的主要工作内容。当时的法国领事桑德斯写道："1620 年，一批数量不多的牛登陆了魁北克。到了 1665 年，一大批从法国出发的黑色并棕色花斑的牛来到加拿大，这些经过挑选的牛来自法国的布列塔尼、诺曼底和泽西岛。"

1607 年，英国在位于今天弗吉尼亚的詹姆斯镇建立了第一个殖民地。四年后，詹姆斯镇就迎来了第一批来自英国本土的牛。由于公牛数量充足，1612 年 8 月，6 艘载着 100 头小母牛的海船从英国普利茅斯来到弗吉尼亚。按照当时的价格，一头运送到英国殖民地的小牛值 15 英镑，而一张从英国到美国的船票才 12 英镑。到了 1627 年，弗吉尼亚牛的数量增加到了 2000 头，两年后增加为 5000 头。到了 17 世纪中叶，新大陆上已是牛群遍地，牛肉和皮革开始出口欧洲和世界各地，牛也完成了自己的世界之旅。

尽管北美洲饲养家牛的历史并不悠久，但西方文化对征服自然的崇尚、对人的力量和勇气的崇尚，让北美洲无形中延续了欧洲斗牛和奔牛的传统。于是，头戴牛仔帽、身着牛仔服牛仔裤、腰别左轮手枪、在无边旷野上挥鞭赶牛的牛仔出现了。牛仔们勇敢、独立、自由，在荒凉、未知的美国西部穿行。这一形象很快成为小说和电影关注的对象。20 世纪初，大量优秀的美国西部牛仔片涌现，马龙·白兰度、詹姆斯·迪恩、"猫王"埃尔维斯·普雷斯利等明星也都以牛仔形象现身，让牛仔成为美国文化的一面旗帜。甚至到了 1976 年，美国总统候选人吉米·卡特也不再西装革履，而是身着牛仔裤发表演讲，在演讲中，他不时将手指插入皮带和口袋，成为一个时代令人难以忘怀的形象。

伴『天马』与幸运草——苜蓿旅行记

尽管不少城市绿地里会选择栽种一种叫“三叶草”的低矮浓密绿植，大江南北的菜市场也偶尔会售卖一种叫“金花”或“草头”的蔬菜；但如果不从事农牧畜养，也不是专业植物学人士，相信大多数的人已经不会把它们和“苜蓿”这个词联系在一起了。对于今天的我们而言，苜蓿似乎是一个历史名词，距现代生活十分遥远；然而，时光上溯2000年，当这种来自中亚伊朗的小绿草一路向东旅行至中原时，整个汉帝国的心脏都曾为它的到来而剧烈跳动。

早在西汉建立的五六百年之前，苜蓿就出现在希腊史诗《伊利亚特》和《奥德赛》之中。伟大的游吟诗人荷马安排了希腊战神阿喀琉斯的骏马在特洛伊城外啃食苜蓿，也让斯巴达的草原上长满了苜蓿。从古希腊语中苜蓿的词源入手，当代学者揭开了苜蓿从伊朗高原西传的大致路线。作为古代马匹的理想草料，无论在东方中国，还是西方希腊、罗马，苜蓿都是关系国家存亡的战略资源，它的旅行也因此显得更加不同寻常。

苜蓿东行，汉帝国期盼育马秘方

秦末战争中，刘邦异军突起，凭借着张良、萧何、韩信三位“人杰”的辅佐，推翻了拥有“虎狼之师”的秦朝，击败了“力能扛鼎”的项羽等割据势力，短短数年就建立了比秦朝疆域还辽阔的大汉帝国；然而面对自战国以来就持续存在的北方匈奴部落，久经沙场的汉军显得力不从心。公元前200年，汉高祖刘邦被匈奴人围困在白登山七天七夜，这就是历史上著名的“白登之围”。新建立的政权危如累卵，不得已之下，汉朝只能通过和亲等办法暂求安宁。随后，历经“文景之治”的大汉帝国，国力虽有增强，但在对抗匈奴人的问题上仍无良策。

公元前141年，新登基的汉武帝刘彻心里明白，要想彻底解决匈奴问题，就必须让兵强马壮；但是，“千军”易募，“万马”难寻。这样严酷的现实使农业社会中的“大汉天子”对来自西域的宝马充满渴望。他在《西极天马歌》中不吝笔墨地写道：“天马徕兮从西极，经万里兮归有德，承灵威兮降外国，涉流沙兮四夷服。”当然，对皇帝个人而言，得到一匹上等的汗血宝马或许并不困难；然而，如何能让大汉的万千将士都拥有一匹属于自己的战马，进而组建一支足以消灭匈奴人的强大骑兵集团，就不是那么简单的事情了。于是，西行的张骞或许又多了一项任务：引进西域良马，并破解西域饲养战马的谜题。

汉武帝建元二年（公元前126年），凭借着超乎凡人的智慧、勇气与谋略，出使西域的张骞回到长安，此时距他离开已经整整过去了13年。历尽艰险之后，“博望侯”张骞不辱使命，不仅凿空西域，打通了大汉帝国向西与世界勾连的通道，更带回了许多汉地所没有的水果与

宝马与苜蓿

蔬菜。这其中最重要的就是大汉帝国朝思暮想的苜蓿。美国著名汉学家劳费尔就此评论说："张骞为人重实际，处理经济事务非常有见地，他断定这渴望已久的马若要在中国保持健壮，非得把它们的主要食料一并带来不可。于是他在大宛获得苜蓿种籽，于公元前126年献给武帝。"

《史记》中记载："宛左右以蒲陶为酒，富人藏酒至万余石，久者数十岁不败。俗嗜酒，马嗜苜蓿。汉使取其实来，于是天子始种苜蓿、蒲陶肥饶地。及天马多，外国使来众，则离宫别观旁尽种蒲陶、苜蓿极望。"这是"苜蓿"在中国史书中的首次亮相，其中的两则信息值得关注：一是"天子始种苜蓿、蒲陶肥饶地"，即汉武帝在本应该种植庄稼和粮食的上等土地上种植了苜蓿；二是种植苜蓿的地方随后选在"离宫别观"的周边。"离宫别观"在汉代当属皇家禁地，寻常百姓不得擅入。"肥饶地"和"离宫别观"都种上苜蓿，足见皇帝和朝廷对这种西来的小绿草多么的重视。

除了关中大地，引种苜蓿最多的地方当属河西走廊的武威一带。东汉班固说："自武威以西……地广人稀，水草宜畜牧，古凉州之畜为天下饶。"据《后汉书》记载，汉武帝元鼎五年（公元前112年），凉州城内专门养马的管家奴婢多达6000人，存栏的军马至少有5万匹。到了唐代，《新五代史》说："（武威）其地宜马，唐置八监，牧马三十万匹。"如此数量的军马养殖需要多少苜蓿供给，我们不得而知，但可以肯定的是，正是那一片片绿意盎然的柔弱苜蓿枝叶，逐渐托起了大汉帝国强大的铁血军团，支撑起一次又一次对匈奴作战的胜利。正如王维诗中所说："苜蓿随天马，葡萄逐汉臣。当令外国惧，不敢觅和亲。"

从马食到人食，苜蓿在中国的诗意之旅

作为多年生草本豆科植物，苜蓿被人类驯化的历史超过3000年。当前全世界种植的苜蓿仍有65种之多，我国的苜蓿种植主要分布在西北和华北地区，其中新疆是我国苜蓿属野生种类最多的省区。从名称上看，“苜蓿”是典型的外来语，在中国古代文献中，苜蓿也叫“目宿”“牧宿”“木粟”等，关于这个名称的确切来源，学术界至今仍有争议。如1934年，日本学者桑原隲藏发表《张骞西征考》，认为“苜蓿为希腊语Medikai之音译”。汉学家劳费尔在《中国伊朗编》中则认为“苜蓿”一词系古大宛语“buksuk”的音译，大宛语则是古伊朗语的一种。总之，“苜蓿”一词来自遥远的西方，不是中国人起的名字。

相比于这个西方词汇的音译，苜蓿当然还有自己独特的中文名字——“怀风”或“连枝草”。西晋葛洪在《西京杂记》中记录说：“乐游苑自生玫瑰树，下多苜蓿，一名怀风，时人或谓之光风，风在其间，常萧萧然。日照其花，有光采，故名苜蓿为怀风。茂陵人谓为连枝草。”不过，从后世文献记载来看，怀风和连枝草并没有引起后人多少共鸣，大多数人还是愿意将这种关系帝国安危的小草称为“苜蓿”。如贾思勰的《齐民要术》、李时珍的《本草纲目》和徐光启的《农政全书》等，就沿用了“苜蓿”的称谓。

令人惊奇的是，在古代很多诗人的诗歌中都可以见到“苜蓿”的身影。通过这些诗歌，我们也能隐约探寻出一条苜蓿在古代中国的旅行之路。中国古籍诗歌网的统计数据显示，从唐代至清代，共有268首与苜蓿相关的诗歌。这些诗歌中，唐诗主要表现马食苜蓿的内容，显示出苜蓿从西北边疆沿河西走廊到长安、洛阳的旅行之路。如唐代诗人岑参在诗中说“胡地苜蓿美，轮台征马肥”，贯休有言“蒲萄酒白雕腊红，苜蓿根甜沙鼠出”……都道出了苜蓿在西域生长的情况。鲍防的“天马常衔苜蓿花，胡人岁献葡萄酒”和李商隐的“汉家天马出蒲梢，苜蓿榴花遍近郊”，则透露出苜

蓿在汉地关中一带的种植迹象。连“诗圣”杜甫也留下了“一县蒲萄熟，秋山苜蓿多”的诗句，为苜蓿在中原大地的旅行又添一佐证。

不难看出，唐代诗歌中的苜蓿形象主要与朝廷养马关系密切，苜蓿的地理分布也主要在西北或中原地区。这其实符合当时苜蓿的实际种植范围，南朝梁陶弘景《本草经集》中说：“长安中乃有苜蓿园，北人甚重此，江南人不甚食之，以无味故也。外国复别有苜蓿草，以疗目，非此类也。”时间相近的北魏贾思勰《齐民要术》中也有记录：“（苜蓿）长宜饲马，马尤嗜此物。长生，种者一劳永逸。都邑负郭，所宜种之。”此外，专门记录洛阳一带佛教寺庙的《洛阳伽蓝记》中也留下了苜蓿在洛阳旅行生长的影像：“禅虚寺，在大夏门外御道西……中朝时宣武场大夏门东北，今为光风园，苜蓿生焉。”另外，从颜师古“今北道诸州，旧安定北地之境，往往有目宿者，皆汉时所种焉”的记录来看，唐代前后，苜蓿的旅行仍大致在北方地区。

到了宋代，苜蓿似乎开始逐渐旅行到了江南地区，并逐渐成为人们餐桌上的一道菜肴。由于战事频仍，朝廷买马养马大于前朝，苜蓿的种植范围进一步拓展，正所谓“君王若问安边策，苜蓿漫山战马肥”。南宋文学家洪迈在《容斋随笔》中记录：“国家买马，南边于邕管，西边于岷黎，皆置使提督，岁所纲发者，盖踰万匹……其数不赀，而江淮之间，本非骑兵所能展奋，又三牙遇暑月，放牧于苏、秀以就水草，亦为逐处之患。”言下之意，在江淮之间、苏州（今江苏吴县）、秀州（今浙江嘉兴）地区也种苜蓿，以便养马。可能正是在这一时期，苜蓿的食用之风也传到了江南一带，并在宋代文化界兴起了一股“食苜蓿”的风潮。这种风潮还有一个专有名词——“苜蓿盘”，用来指那些品行正直、安贫乐道人士的简朴生活。

北宋文学家苏轼多次写下苜蓿可食的诗歌，如“久陪方丈曼陀雨，羞对先生苜蓿盘”“诗翁憔悴老一官，厌见苜蓿堆青盘”等。此外，黄庭坚的“舍前粲戎葵，舍后荒苜蓿”，杨冠卿的“碧涧掇香芹，雕盘堆苜蓿”，司马光的“愿同野老嬉尧壤，长守先生苜蓿盘”，邓肃的“莫叹愁肠充苜蓿，从来醉眼盖乾坤”，梅尧臣的“比诸豪侠乃自苦，明日苜蓿盈盘餐”，等等，都留下了人们以苜蓿为食的记录。中年入蜀、老年回归故里的绍兴籍诗人陆游有“墙隅苜蓿秋风晚，独倚门扉感慨频”的诗句，也是苜蓿旅行到江南的另一个例证。

凉拌苜蓿

随着苜蓿种植和食用范围的扩大，人们还发现苜蓿的药用价值和增进土地肥力的功能，苜蓿旅行的区域也随之更加辽阔。明代《救荒本草》更是把苜蓿药用和救荒联系在一起：“苜蓿出陕西，今处处有之……救饥，苗叶嫩时，采取煠食。江南人不甚食。多食利大小肠。”

《荷马史诗》与幸运草，苜蓿的西方之旅

在西方，苜蓿同等重要。《伊利亚特》一书中这样写道：“他（阿咯琉斯）的兵士在岸上消遣，投掷铁饼、标枪，拉弓射箭。他们的马在车旁吃沼泽里的苜蓿和芫荽，战车存在他们的主上的营帐里，用布覆盖严密。”台湾学者张玉燕 2017 年发表了《荷马史诗与中国文学中的苜蓿——比较古代东西方植物》一文，文中援引西方文献资料说：“苜蓿原产地是波斯，是喂马的一种饲料，在希腊波斯战争时传入希腊。苜蓿是人类最早驯化的饲料作物之一，起源在近东中心，即小亚细亚、外高加索、伊朗和土库曼高地。早在公元前 1400 年，紫花苜蓿就已在波斯的高山、河谷广泛栽种，被用作牲畜饲料，苜蓿一词，可能是波斯境内靠近里海一个地方的土语。”

按照劳费尔的研究，现在存世的文学作品中，最早提到苜蓿的是古希腊喜剧作家亚里斯多芬所著的《骑士》，文中说：“马食科

林斯之山查子以代苜蓿。”至于希腊苜蓿的来源，劳费尔倾向于老普林尼的观点，即苜蓿非希腊原产，而是在大流士一世时期历次波希战争中，从波斯传播过去的。此外，也有证据显示，公元前2世纪到公元前1世纪中叶一段时间，苜蓿开始在意大利传播和种植，成为支撑古罗马军团的重要粮草来源。

值得注意的是，苜蓿在东西方的早期旅行中，曾一度身价不菲。在较长一段时间内作为良马饲料的苜蓿，被不少国家视为战略资源，并被课以重税。如萨珊王朝的霍斯鲁一世就把苜蓿列入新兴的土地税内，并且，苜蓿税比小麦税和大麦税高七倍。

有趣的是，苜蓿旅行至广袤俄国大地的时间要晚得多。据记载，苜蓿草籽在1840年初次从中国运到俄国。随后，俄国、爱沙尼亚、芬兰等地积极推广这种作物，让东欧和北欧也都长起苜蓿。当然，这也可能是在中国新疆地区改良之后的优质苜蓿品种。因为不仅俄国，20世纪初的美国和阿根廷等国也出于畜牧业发展的需要，先后从中国引进过苜蓿草籽。这些都应该算苜蓿的晚期旅行了。

随着历史的发展，骑兵在战场上的作用逐渐变弱，苜蓿的战略资源地位也随之改变；但人们对苜蓿的喜爱和关注没有减少，这大概与苜蓿耐寒、耐旱以及生命力和适应力都很强有关。在欧洲，人们一度着迷于苜蓿草独特的三叶外形，并赋予它幸运、爱情和健康的寓意。据说，在10万株三叶苜蓿中，只有一株是四叶的，找到那株四叶苜蓿，也就找到了幸运。在今天的美国和英国等地，人们都亲切地称苜蓿为“幸运草”，爱尔兰更是将其认定为国花。2018年，爱尔兰总理到访美国白宫时，就将一盆三叶苜蓿草作为国礼送给美国总统。

从美洲独享到飘散全球——烟草旅行记

趋利避害是所有生物的本能，更是人类得以繁衍壮大的敏锐触觉；然而，在烟草面前，这种本能与触觉显得迟钝而麻木。例如，尽管香烟包装上赫然写着“吸烟有害健康”或印刷着恐怖的烂肺图片，吸烟者依然我行我素，对烟草不离不弃；尽管现代医学不断证实吸烟会对人体多个脏器造成损害，但全世界烟民数量仍在不断上升，烟草企业更是无需广告也赚得盆满钵满。

世界著名医学杂志《柳叶刀》2015 年的统计显示，全世界 11 亿吸烟成瘾者中，有约 2.5 亿来自中国，且中国青少年吸烟人数的增长速度也高于世界平均水平，这让中国面临严峻的控烟形势。自 2015 年 6 月 1 日起，《北京市控烟条例》正式实施，公共场所、工作场所、室内环境和室外排队等场合的吸烟行为都被明令禁止。

五六百年前，漂洋过海的烟草改写了世界经济作物的排行榜，也孕育出庞大的吸烟人群。是什么力量推动这一肥大的草叶跨越山海，突破地理环境、政治宗教、文化风俗等的藩篱从美洲一角旅行到全世界的呢？追溯烟草在世界的旅行轨迹，探寻烟草在中国的历史旅行路线，让我们在熟悉烟草前世今生的同时，也多一份自觉控烟的责任。

烟草手绘图

祭祀神草与治病良药，烟草的欧洲通行证

从植物学角度看，烟草与土豆、胡椒等均属于茄科植物，其原产地在美洲。烟草根叶粗大，但种子非常小，30 万粒重约 1 盎司。烟草家族庞大，按燃烧快慢和吸食方式，可分为雪茄、香烟（卷烟）、鼻烟、嚼烟、旱烟等类型。无论哪种类型的烟草，其主要活性成分都是生物碱尼古丁，这是一种可以麻醉身心和舒缓紧张的化学物质。从词源上看，烟草的英语 tobacco 来自葡萄牙语 tobaco，葡萄牙语的这个词汇则是北美印第安语的直接转音，中国明清文献中将烟草称为“淡芭菰”也来源于此。烟草之所以先出现在葡萄牙语中，与其在美洲被发现的过程有关。

1492 年 10 月，环游世界的哥伦布首次登陆美洲大陆，来到了今天中美洲巴哈马群岛的华特林岛。同年 11 月，他的航海日记中出现了烟草的身影：“两个基督徒在归途中，看见许多男女穿过村庄。男人手中常拿着一根柴棍和一种草，吸草点燃后冒的烟。这是一种干草，把它放在干叶子上卷成筒，就像圣灵狂欢节时小伙子们做的那种纸枪。然后，那玩意儿能使肌肉麻痹，使人昏醉，但据说也能使人消除疲劳。当地人将其叫作托巴菰。”之后的友好交往中，印第安人将烟草作为礼物赠送给远道而来的航海者。随后，航海团队中的两位葡萄牙船员杰里萨 · 罗德里和托里斯 · 露易丝被烟草吸引并试吸成瘾，也是他们将烟草带回并介绍给欧洲。烟草全球旅行的第一步自此开始。

越来越多的证据显示，美洲烟草的培育和种植历史可追溯到 6000 多年前。人们至今仍能在玛雅人和印加人的建筑与雕刻上发现用烟草祭祀及吸食烟草的图案。美国烟草史研究者肖恩 · 加布指出，早在 1492 年欧洲人到达美洲之前，这片大陆上就已经弥漫过烟草的味道。如在玛雅文化中，烟草或被放置在祭坛上点燃生烟，或由祭司将吸进口中的烟喷向空中，以向众神表示驯服。在墨西哥的帕伦克城，玛雅神庙残存的石壁上就保留一个用长烟袋吸烟的神

职人员浮雕；阿兹特克人也延续了用烟草献祭神灵的习俗，当成千上万的俘虏被献祭给第一太阳神泰兹卡特里波卡时，点燃烟草腾起的浓烟便是不可缺少的前奏仪式。时至今日，巴西雨林中的原始部落依旧相信烟草的神圣功能。每逢重大节庆，部落酋长会点燃自己的烟斗，将烟雾喷到年轻的部落成员脸上，以传递英雄的美德和果敢精神。

除了祭祀，烟草还被用于治疗病痛。在早期欧洲探险家的报告中，当地美洲人通过咀嚼、涂抹、吸食烟草等形式应对多种疾病。加拿大植物医学家爱德华发现，印第安人曾将捣碎的烟草叶子制成泥敷在身上以缓解和治疗风湿、喉咙肿痛、皮肤感染和肿胀，且效果不错。此外，通过直接咀嚼烟草治疗牙齿肿痛也在印第安人中颇为流行，烟草与沙漠鼠尾草、印度香脂等的混合物，被认为是针对哮喘、肺结核甚至腺鼠疫的良药。而吸入烟草点燃后的烟气，能明显缓解人们的紧张情绪，延迟饥饿感并提振精神，所以在美洲大陆，烟草一度被人们视为“神草”。这也就不难理解，欧洲航海者初到美洲时，当地人为什么把烟草作为礼品赠送给他们。

随着欧洲观察员不断报告烟草奇迹般的疗效，西班牙医生塞维利亚在他的《新世界草药》一书中增加了“烟草”这个系列。在这本关于美洲草药和药品的书中，塞维利亚详细描述了烟草治愈疾病的类型和功效：如针对头痛尤其是因寒冷引起的头痛，只需将烟草叶子加热敷在头上，一段时间内头痛就会完全消失；由于严寒引发的胃部痉挛和疼痛，用此法也有疗效。也正是基于医疗方面的功效，烟草堂而皇之地旅行至欧洲，最先落脚于葡萄牙、西班牙和法国，然后迅速扩张到整个欧洲。

尽管有药效，但早期欧洲人不大接受吞云吐雾的烟民，因为口鼻喷烟的形象与欧洲基督教徒严谨的生活要求格格不入；所以，16 世纪时，不少国家尤其是罗马教廷都谴责并禁止人们吸烟。但很快，推动烟草旅行的领军人物出现了，他就是沃尔特·罗利爵士。沃尔特·罗利爵士是英国伊丽莎白时代的王室成员，他早早撇下宫廷的荣华富贵，乘船前往美洲探究新事物。在寻访新世界的旅程中，

他吸食烟草成瘾，并赋予烟草“澄清思想，给予快乐”的品质。回到英国后，他不仅频繁在公开场合抽烟，还宣扬：“我断言，烟草是地球上最珍贵的、最具权威的作物，我将在欧洲的每一位王子面前力证它的价值。”由于他在英国乃至欧洲大陆上流社会的影响力，烟草逐渐在男士俱乐部、狩猎派对和文艺沙龙等社会群体及社交场合流行，吸烟也成为继跳舞、骑马、狩猎和打牌之后贵族们新的时尚生活方式。

沃尔特·罗利画像

巨额税收与战场军需，烟草旅行世界的利器

“鼓舞于上者曰风，习染于下者曰俗。”欧洲上流社会的示范与引导作用，使越来越多的普通人也加入到吸烟者的队伍中来，烟草的需求量随之激增。到了17世纪初，烟草重新旅行回北美，并以商业种植的模式悄悄成长。一位名叫约翰·罗尔夫的英国农

场主远涉重洋，在北美弗吉尼亚的詹姆斯敦种植出世界上第一批商品烟草。不同于100多年前哥伦布在中美洲发现的烟草，约翰·罗尔夫选用的是来自西印度群岛的草种。这些草种不仅生长周期短、产量高，而且口味也更醇厚甜美。美国烟草史研究者杰森·杨在《烟草的历史及其在全球的扩张》一文中指出，1612年，罗尔夫的烟草庄园就向英国出口了价值2300英镑的烟草，向西班牙出口的烟草价值更是高达5830英镑。巨大的市场和超高的利润极大刺激了北美的烟草种植，至1615年，仅弗吉尼亚一地发往欧洲的烟草价值就超过了2万英镑。

烟草贸易如此兴旺，很快刺激了殖民地政府的征税需求。正如亚当·斯密在《国富论》中所说："烟草制品是生活非必需品，同时又是被广泛消费的商品，可成为征税的理想对象。"与其他商品不同，烟草成本低，需求刚性强，所以烟草的税收从一开始就远远高于其他商品。从17世纪开始，烟草税为北美各殖民地政府带来丰厚的收入。人们用烟草缴纳税收，用烟草换取生活必需品，烟草一度成为第二货币。在巨大的经济利益面前，烟草的旅行有如神助，越走越远。

另一方面，烟草还引发了地区人种构成的变化，因为不管是烟草种植、养护还是采集收获，都需要大量的人力。以17世纪的北美为例，那里地广人稀，面对烟草业的兴盛，招募大量人口势在必行。最初在北美种植烟草的人大多来自英国的贫苦阶层，他们签下协议，换取前往新世界的船票和未来过上美好生活的机会。随后，农场主们发现来自非洲的奴隶更能节约生产成本，于是在1660年，弗吉尼亚和马里兰两州都通过了奴隶制合法的法律，在随后50年中，黑人人数增长了35%，黑人逐渐成为美洲烟草生产的主要劳动力。

几乎在重返美洲的同一时期，烟草也被引种并旅行至土耳其的安纳托利亚。那里三面环海，地势自东向西自然降低，境内多湖泊、河流和沼泽，大陆性气候显著。那里生长的烟草叶面窄小，色泽丰润，具有独特的芳香味道；加之优越的地理位置和便捷的交通，安纳托利亚烟草很快就成为英国、西班牙、威尼斯等地商人的首选货品。

到了19世纪初，当时的埃及总督卜拉欣帕夏将烟草作为士气助推器武装自己的军队。在与法国人的阿卡围城战中，埃及士兵将烟草包裹在火药包装的纸管中吸食，此举被认为是香烟（卷烟）发明的标志。自此，香烟与战争结下不解之缘。战场上，香烟不仅能缓解紧张和焦虑的情绪，也能帮助士兵消磨无聊时光；甚至，作战受伤时，烟火或烟丝能有效为小伤口止血。1776年，美国独立战争期间，战事正酣，北美联军司令华盛顿向支持者发出了“有钱出钱，没钱出烟”的倡议；到了20世纪初，香烟正式成为各国军队的首要军需品，口衔香烟几乎成为士兵的普遍形象。到了第二次世界大战期间，烟草作为战略资源的地位更加凸显。时任美国总统的罗斯福甚至制定相关政策，降低烟草种植企业税收，延缓烟草种植者的兵役。斯大林、丘吉尔、麦克阿瑟等盟军统帅都在公开场合吸烟，义务为烟草做宣传。最终，这场持续多年、波及全球约17亿人的战争成为烟草最好的推广广告。

从“淡芭菰”到“相思草”，烟草的中国旅行

“烟”，《说文解字》中的解释是“火气也”，因火成烟，烟上火下，“烟火”在中文中具有文明开化和繁盛热闹的含义。如果说，火是人类文明的亮点；那么，烟则是物质燃烧的副产品。与火的热烈温暖相比，烟熏眼、刺鼻、呛人咽喉，令人感觉不快，所以，中文里的“乌烟瘴气”“七窍生烟”等成语都带有明显贬义。当然，“烟”与“火”的关系并非绝对，随着文明的进步及宗教意识的发展，中国先民发现，火虽明亮，辐射范围却有限，烟则可以袅袅绵延直上云霄，于是，人们“柴于上帝”，即在高山上燃火成烟，以与天上神灵进行沟通；又在烽火台上燃起狼烟，用于传递军情。烟草的出现更是进一步“反转”了“烟”与“火”的逻辑关系：火是工具，烟是目的；生火是动物性物质性本能，生烟则是精神性

心理性追求。因此，对于明代之前的中国人而言，吞吐烟雾要么是天上飞龙的本领，要么是来自西域杂耍天团的魔幻把戏。随着烟草和香烟在欧洲的流行，随着西洋的“淡芭菰”逐渐成了自产的“相思草”，中国人“以筒烧吸，喷云吐雾”的吃烟时代也到来了。

从时间上看，明代中晚期，吸食用的烟草第一次出现在中国史书中。名医张景岳在其《景岳全书》中记载：“烟草自古未闻。今自我万历时，出于闽广之间，自后吴、楚地皆种之。”从福建、广东到江浙、两湖，烟草在中国境内的旅行路线在张景岳笔下清晰可见。随后的100年间，烟草以惊人的速度跨越中国的山山水水，“达于天下”。明末，烟草“渐传至九边”。至清康熙年间，烟草已是“岭南、江东诸州及齐鲁秦晋间往往有之”，就连偏远的青海都有烟草种植了。

从旅行路线上看，历史学家吴晗考证认为，烟草进入中国的路线最少有三条：

其一，由荷兰人从墨西哥传播至菲律宾，自菲律宾至中国台湾，再由台湾传至大陆。如晚明文人姚旅在其《露书》中就说：“吕宋国有草名淡芭菰，一名金丝烟，烟气从管内入喉，能令人醉，亦辟瘴气，可治头虱。”

其二，由葡萄牙人传至印度及西亚和日本，经日本传至朝鲜半岛及中国东部。如《仁祖实录》中记载：“南灵草，日本国所产之草也，其叶大者可七八寸许，细截之而盛之竹筒，或以银锡作筒，火以吸之，味辛烈。”

其三，由布哈拉汗国商人传至西伯利亚，再传至中国北方。17世纪20年代，来自布哈拉汗国的商人将奥斯曼帝国的烟草运至俄国西伯利亚一带，与沿途的各个蒙古部落进行交易，并通过与蒙古部落有商贸往来的山西、陕西商人传播到中国北方大部分地区。

尽管烟草身披“治病救人”的华丽外衣，但不少有识之士仍能透过重重烟雾看到其危害，并发出振聋发聩的劝烟和禁烟之言。如明末学者方以智就在《物理小识》中明确指出，烟草“久服则肺焦，诸药多不效”；明朝崇祯皇帝就曾因烟草种植与粮食种植相冲突，实属舍本逐末，而且烟草种植耗费人力较小麦、高粱、稻谷、棉花等要高得多，所以“下禁烟之令，民间私种者问徒，法轻利重，民不奉诏，寻令犯者斩”；清朝雍正皇帝对烟草的态度与崇祯皇帝相似，他说，烟草“于人生日用毫无裨益，而种植必择肥饶善地，尤为妨农之甚也”。

不过，对于吸烟成瘾者来说，烟草的确是“相思草”，因为“一刻不见，如隔三秋”，禁烟和戒烟就不那么容易。鲁迅先生惯于“点上一枝烟，再继续写些为‘正人君子’之流所深恶痛疾的文字”；作家贾平凹说：“忙忙人生，坐下来干啥，坐下来吃烟。”曾定居纽约的画家陈丹青则说：“我总被问到为什么回国，说句老实话，很简单，回国能抽烟。”2020年，中国烟草利税收入高达1.28万亿元人民币，上交国家的金额就有1.2万亿元。一面是烟瘾者的不舍，一面是巨大的经济利益，要控烟、禁烟，真还得需要每一个人的努力。

从丝路古贝到美国内战——棉花旅行记

世界上最早种植棉花的国家是印度，之后，棉花向东由南北两线旅行至中国：南线经东南亚传入云南，北线经西域来到新疆。向西则经过阿拉伯半岛传到欧洲，发现新大陆后，又由欧洲传到美洲。从植物结构的属性上看，棉花不是花，而是果实；但棉花也开花，棉花的花蕊为鹅黄色，花瓣最初呈乳白色，不久变为深红色，随之枯萎出落成一个青绿的棉桃，棉桃成熟开裂后，便会露出一小团柔软的白色纤维。可不能小看这一小团白色纤维，因为从药材到蜜源，从衣服原料到医用纱布，从食用油到国防工业，它都发挥着极为重要的作用。

正是因为重要，所以中国人用最朴素的语言歌颂它：“五月棉花秀，八月棉花干。花开天下暖，花落天下寒。”在英语世界中，人们称它为“白金”。在北欧神话里，棉花被想象为“树上的羊毛”。从世界历史发展的角度看，正是棉花的全球旅行，催生了珍妮纺纱机，进而出现了瓦特的蒸汽机，并诞生了全世界第一个工业城市——曼彻斯特；也正是棉花的旅行，刺激了欧洲殖民者的黑奴贸易，引发了随后的美国南北战争，并最终改变了世界的格局。

古贝与白氎，西来棉花的奇异名称

自人猿揖别，穿衣就成了人类最重要的外形特征。明代宋应星在《天工开物》中说："贵者垂衣裳，煌煌山龙，以治天下。贱者短褐枲裳，冬以御寒，夏以蔽体，以自别于禽兽。"虽然都是衣服，但衣料的材质差别很大，上层人士多着丝绸，丝绸光滑且垂感好，普通百姓则多着葛、麻、苎麻一类的粗纤维衣服，以遮羞避寒。相比丝绸，葛麻类的服饰手感粗糙，亲肤性差，并不是理想的衣料。

从生产方式来看，生产丝绸需要种桑养蚕，抽丝剥茧，织线成衣，程序复杂，成本高昂。而苎麻等植物的产量高，也容易抽取纤维进行衣服制作，在生产力落后的古代，这也只能是普通人选择的衣料。沈从文先生指出："（中国）商代已能织出极薄的绸子，也能织出有花纹的锦缎，但较多人的身上，大致还是穿本色麻葛或粗毛布衣服。"

随着张骞凿空西域，东西方文化开始交流交融，南北朝时，一种叫"古贝"或"白氎（音叠）"的奇异衣料开始出现在中国的史籍中，隐约宣告着一场衣料革命的到来。《宋书》中记载："元嘉七年（430年），遣使献金刚指环、赤鹦鹉鸟、天竺国白氎古贝、叶波国古贝等物。"在这份呵罗单国（今印度尼西亚苏门答腊岛）向南朝刘宋政权进贡的礼单中，古贝地位重要、分量突出。古贝是什么呢？《南史》一书解释："古贝者，树名也，其华成时如鹅毳，抽其绪纺之以作布，布与纻布不殊。"很明显，这就是对棉花的描述。从呵罗单国朝贡的古贝的来源看，既有天竺（古印度）产的，也有叶波国（今印度尼西亚爪哇岛）产的，说明当时棉花已经由印度旅行到了东南亚地区，并有了本地的种植和纺织品。

东南亚国家种植棉花和以棉织布的信息，在南北朝之后的中国史籍中并不少见。在这些记载中，人们用华丽的语言和贴切的比喻赞扬、描述这种新奇的衣料，对这些从遥远地域旅行而来的古贝和白氎不吝笔墨。因为对于中国人来说，那时的衣料来源只有两个极端：一个是高贵舒适的丝绸，一个是低廉硌人的葛麻。这两者之间如能出现一个既舒服贴身又造价便宜的材料，当然值得人们关注和鼓吹。

从时间来看，西北是棉花最早进入中国并植根的地区。《梁书》中记载："高昌国，多草木，草实如茧，茧中丝如细缕，名曰白氎子，国人多取，织以为布。布甚软白，交市用焉。"高昌国即今天的新疆吐鲁番地区，从史料记载来看，这里早在南北朝时期就已经实现了棉花种植和商业化的棉布生产，生产的棉布不仅自用，还流入商品市场。这说明，棉布产量不低，而且工艺精良。唐初，玄奘法师西游至于阗国（今新疆和田）时，就发现当地人"少服毛褐毡裘，多衣絁紬白氎"。西北苦寒，最早的冬日衣料只能靠兽皮，而棉花的引种，让人们有了更多的选择。

杜晓莉博士在《从“棉花”的异译看它的传入及在中国的发展》一文中认为，“吉贝”是从梵语 Karpasa 音译而来的，“白氎”是波斯语 Pambak dip 的音译。对棉花及棉制品的不同称呼体现了棉花旅行路线的不同。一般而言，称来自南方的木本棉及其制成品为“吉贝”，形近而讹，“吉贝”又写作“古贝”。

从地理位置来看，西域的高昌地处丝绸之路核心地带，是西方思想、器物、人员留驻及中转的重要节点，也是西域最重要的佛国之一。佛教诞生于印度，印度又是棉花的故乡，早期佛经中就有不少关于棉花的记述，所以，在早期中印文化交流中，棉花很可能随着佛教的流传先被带到这里种植，然后纺线、织布，再送往内地。就行政管理而言，高昌是在唐朝的疆域之内，唐朝对高昌的征服肯定大大刺激了它的棉花生产，成为唐代及以前温暖中国西北人民的衣料来源。

由边疆到内地，棉花种植与男耕女织

联合国粮农组织统计数据显示，2020 年，中国棉花产量为 591 万吨，居全球首位。在中国，30%的土地用于棉花种植，其中，新疆是全世界最大的棉花生产基地。作为一种重要的商业作物，中国有 24 个省份种植棉花，全国有将近 3 亿人参与棉花的种植和生产，棉花的种植范围横贯中国东西南北，成为人们最熟悉的农作物之一。近 30 年来，特殊的苗木覆盖、地膜覆盖和棉花、小麦双季播种推动了中国棉花的高产，使中国成为世界上最大的棉花生产国。现在，中国拥有全世界最高的棉花产量和最完备的棉花深加

工工业体系。

棉花虽在中国边疆栽种历史悠久，但传入内地的时间相对较晚。美国学者薛爱华在《撒马尔罕的金桃》一书中专门介绍了中国棉花的旅行：“在公元三世纪时，棉花通过两条不同的道路传入中国，即通过西域和经由印度支那。棉花的种植法同样也是通过这两条道路传入的。早在后汉时代，后来被称作‘云南’的这块地区的非汉族人就已经在种植棉花了。”

尽管唐代时棉花已经扎根于中国西北和西南两个角落，但那一时期，内地引种棉花的并不广泛。晚唐时期，阿拉伯旅行家苏莱曼东游印度、中国。他在《苏莱曼东游记》中记载，851 年，自己在（今）北京地区见到了棉花，但棉花只是作为观赏植物而非农作物栽种。宋代开始，中原腹地种植的棉花才开始增多。明代丘浚在《大学衍义补》中记载：“宋元之间始传其种于中国，关陕闽广首得其利。盖此物出外夷，闽广海通舶商，关陕壤接西域故也。”

从造字的角度来看，宋代之前的汉字体系中并没有木字旁的“棉”，与衣服衣料相关的都是绞丝旁，如绸、缎、线、纺、织、绵等，汉代《说文解字》中就没有收录“棉”字。“棉”字最早出现在宋代。南宋高宗时期，四川眉州人史炤在其《资治通鉴释文》中首用“棉”字：“木棉，江南多有之，以春二三月下种，既生，一月三薅，至秋生黄花结实，及熟时，其皮四裂，其中绽出如绵。”也就是说，到了宋代，普通中国人可能才慢慢享受到了丝绸与苎麻之外的第三种衣料——棉布的呵护。

到了元代，棉花种植开始遍布大江南北，至元二十六年（1289 年），元世祖忽必烈为了大力发展棉业，还专门“置浙

江、江东、江西、湖广、福建木棉提举司，责民岁输木棉十万匹”。有了政府专门机构的设置和引导，棉花一跃成为与桑蚕业并列的农产业。随着种植面积的扩大，棉纺业的技术革新也迫在眉睫，一位被尊称为“黄道婆”的女性横空出世，她在改良海南黎族棉纺技术的基础上，总结出“错纱、配色、综线、挈花”的织造技术，发明了专用的纺织机具，极大提升了中国棉纺业的效率和水平，也为女性创造了新的工作岗位，让中国进入了真正的“男耕女织”时代。

黑奴贸易与美国内战，棉花的世界旅行

棉花在西方旅行的历史与伊斯兰文化关系密切，英语的cotton，法语的coton，荷兰语的katoen，意大利语的coton等词，无论写法和发音都很相似，因为它们都来自阿拉伯语qutun（棉花）的转音。这种词汇上的关系，说明正是在阿拉伯棉花种植和棉纺技术影响下，欧洲人才产生了对棉纺业的兴趣。追根溯源之后，人们发现，阿拉伯人的棉花来自更东方的印度。历史学家指出，如果丝绸是古代中国的代名词，那么棉花则始终是印度的象征。在栽培和加工棉花方面，印度所占的地位与古埃及在栽培和加工亚麻方面所占的地位相似。

与中国相比，古代西方世界的服饰原料更为单一。《棉花的早期历史》一文中记载：“在巴勒斯坦、小亚细亚、希腊、意大利和西班牙，主要用羊毛来纺织；北欧国家用大麻；埃及用亚麻；中国用丝来纺织。”正是因为衣料来源的单一，西方世界对来自东方的丝绸和棉花一直充满着渴望。

有充分证据表明，早在公元前330年，亚历山大大帝远征东方，可能就把棉花作为商品带到欧洲。考古遗址也证明了希腊人至少在公元前200年就使用从印度引进的平纹细布或其他棉织品。但和丝绸旅行到西方一样，无论是罗马人还是希腊人，都在很长时间内没有破解棉布的秘密，也没有实现棉花的规模化引种。长久

珍妮纺纱机

以来，西方人记忆深处的棉布仍来源于遥远的印度。

直到17世纪中期，一位名叫塔佛尼尔的威尼斯行商还记录说：“腊苦奇（印度的马尔瓦省）出产一种又薄又软的平布，穿在身上肌肤毕露，就像没有穿衣服一样。这种平布是不准商人贩卖的，官员遵照命令全部送交莫卧儿大帝的宫中，为苏丹王妃和贵妇们做成热天穿的衬衣和长袍。国王和贵族们以极大的兴趣，看她们穿这种服装舞蹈。”

对于棉花在全世界旅行的轨迹，《棉花帝国：一部资本主义全球史》的作者斯文·贝克特认为，在欧洲人发现棉花之前，棉花正忙着改变欧洲以外其他人的生活。在9至10世纪，伊朗为满足城市市场需求出现“棉花潮”。在《马可·波罗游记》的记述中，从亚美尼亚到波斯再到中国的辽阔土地上，棉花和棉布已无处不在。与此同时，棉花从印度一路向西，经中亚进入中东，然后植根于地中海和欧洲地区。

1497年，航海家达·伽马成功开拓了欧洲绕过好望角到达印度的海上航线。从此，欧洲人获取了直接与印度进行贸易的机会。随着西方国家海上力量的消长，英国最终成为掌控海洋的霸主，棉花及棉布进口成了印度与英国之间最大宗的贸易。为加工棉花和棉花制品，英国人进行了一系列工业技术革新，先后发明了珍妮纺纱机和瓦特蒸汽机，曼彻斯特也在棉花产业的发展中一路崛起，成为世界上第一个工业化城市。

在这一时期，远赴美洲的欧洲殖民者发现已经很难再从印第安部落那里掠夺到更多的金银。于是，他们争先开辟种植园，种植甘蔗、棉花、烟草等热带和亚热带作物。为了拥有充足的劳动力，1619 年，荷兰人从非洲掠取的第一批 20 名黑人奴隶抵达北美弗吉尼亚殖民地詹姆斯敦。约 40 年后，英国人接替荷兰人，垄断了美洲的黑奴贸易。随着英国不断开拓在北美的殖民地，北美的黑人奴隶数量也急剧增加，到 1790 年，美国的黑人奴隶数量高达 70 余万人。

棉花采摘

这些黑人奴隶成为美洲棉花种植园的主要劳动力。1793 年，美国人惠特尼发明了轧棉机，将原有棉线纺织的效率提高近百倍，棉花种植和棉花产业、利润不断增加，刺激了更大范围的棉花种植和奴隶需求。到了 1860 年，美国的肯塔基、田纳西、阿拉巴马等

用冬青或榛子树枝敲打原棉

南部六个州都成为棉花种植区，越来越多的黑人奴隶从事棉花种植。从当时的世界经济产业链来看，北美的棉花种植保证了当时英国产业革命中最主要部门——纺织工业的需要，进而也促进了世界产业革命的发展。马克思对此评价说："没有（北美）奴隶制就没有棉花，没有棉花，现代工业就不可设想。"

然而，南方各州对棉花的过分倚重对美国整体经济造成的危害不断凸显，加之血腥的奴隶制与现代文明的冲突也越来越尖锐，最终于1861年，美国内战在萨姆特堡的隆隆炮声中正式打响。对于这场战争的性质，学术界向来有不同的看法。哈佛大学大卫·阿米蒂奇教授在其著作《内战：观念中的历史》中就旗帜鲜明地指出，这场内战正是基于"棉花为王"的一场观念之战而引发的经济后果。

千余年前，当一朵开乳白色小花的木本植物开始全球旅行时，它大概没有想到，自己只是想给人们温暖，给人们提供更舒适的穿衣体验，却不想竟然也深刻地改变了世界政治的格局和文明的历史。

第五编

霓裳魅影

文献记载，古时先秦人只坐马拉的车，而不骑马。“六艺”——“礼、乐、射、御、书、数”中，同样没有“骑”术。之所以有马不骑，并不是骑马有多困难，而是当时中国人服饰结构上下一体，没有裤子，更没有内裤，无法骑马。所以，要骑马，必须先解决裤子的问题。这正是“胡服骑射”产生的原因。以内裤开篇，这一编的器物旅行关注服饰，内容包括胸衣、纽扣、帽子、鞋子和袜子等。

与其他器物相同，随着不同文明的交流、交融，裤子和内裤旅行到了中国。与内裤西来不同，女性内衣的旅行有着不同的路径。明清时期，中国肚兜还向东旅行到日本，向南旅行到越南。我们知道，无论材质、款式、色彩如何变化，人类的服饰都必须是一个闭合的系统。为了满足日常频繁的穿和脱，这个系统最好不要完全封死，于是系带和纽扣就诞生了。小小的纽扣有着哪些故事，我们不妨来看一看“纽扣旅行记”。此外，本编还关注帽子、鞋子、袜子等人们日常生活中十分常见的服饰构件，为读者讲述它们各自精彩绝伦的旅行故事和旅行经历。

从遮羞到性感
——内裤旅行记

服饰是人的第二皮肤，是人区别于动物的最外显之物。中国的服饰文明源远流长，自古就有“衣冠王国”的美誉。孔子更将衣着视为“礼”的基础，他说：“见人不可不饰，不饰则失礼，失礼则不立。”然而，长久以来，中国人有着“上衣尊而下裳卑、外衣重而内衣轻”的衣着观念，加之含蓄内敛的民族性格，服饰体系中的“内裤”被长期边缘化。在“谈性色变”的年代，人们对内裤更是讳莫如深，或羞于启齿，或顾左右而言他，让一个原本简单、日常的东西变得敏感、晦涩。

2009 年美国纽约“维多利亚的秘密”秀场舞台上，华美绚丽的灯光下，着一袭蓝色内衣的中国模特闪耀舞台，激发出阵阵掌声。在诸多欧美面孔中，中国超模刘雯的这次首秀不仅毫不逊色，而且令人耳目一新。自此，越来越多的中国名模登上世界顶级内衣时装舞台。在她们大胆、自信、勇敢地展示着中国内衣模特的高贵与典雅之时，中国内裤的历史与过往也重新被人们提及。到底是什么时候，或经过了怎样的历程，我们才真正拥有了那一片呵护文明底线的贴身设计？

箕踞，内裤阙如的尴尬记忆

今天我们所说的“衣裳”，在古汉语中为复词，包括了上面的“衣”和下面的“裳”。在古人眼中，“衣”能别贵贱、分等级，而“裳”只为遮羞，所谓“裳，障也，所以自障蔽也”。所以，“衣”

是服饰的主要部分，“衣”尊于“裳”，“裳”卑于“衣”。“裳”的地位决定了它相对简陋的制作要求，《仪礼》中说：“裳内削幅，幅三袧。”汉代郑玄注曰：“凡裳，前三幅，后四幅也。”换言之，“裳”就是由蔽前和蔽后的七片“幅布”连缀缝合而来的桶裙状服饰。

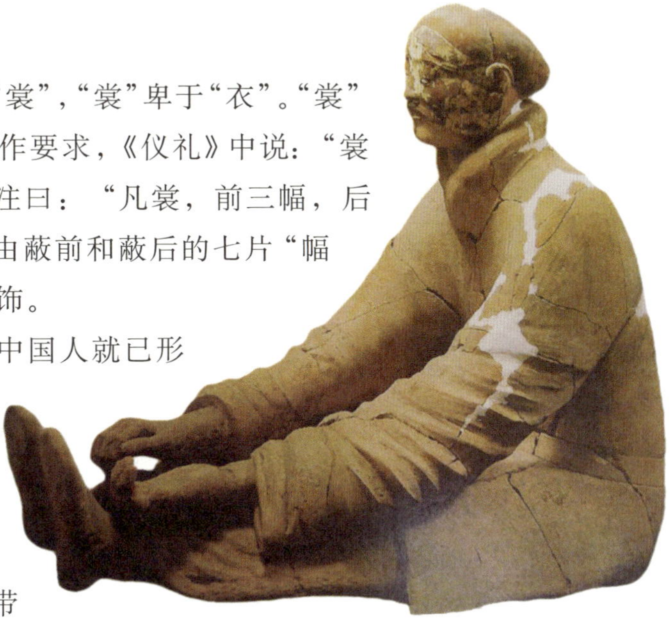

箕踞姿俑

虽然早在春秋战国时期，中国人就已形成了自己的服饰体系和服饰文化，并衍生出一整套着装礼仪和要求；但在较长的时间里，下身没有裆的桶裙式“裳”，着实为古人的生活带来诸多不便。比如，行走还可以，快跑时则会因胯下生风而使腹部受凉；所以，古人都尽量避免快走，君子更要徐徐行步。当然，“裳”对走和跑的影响还不算太大，最麻烦的是坐。如果直接一屁股坐在席上、地上或床上，那就难免“春光外泄”。正是这个原因，中国古人在正式场合只能“正襟危坐”，即上身挺直地跪在地上，屁股坐在小腿之上。

一屁股直接坐在地上，古人称之为“箕踞”。箕踞的解释是“两脚张开，两膝微屈地坐着，形状像簸箕”。这个动作在今天看来再寻常不过，无论是公园绿地上围坐一圈的人们，还是登高望远的席地而坐者都会不时箕踞。虽有违商务礼仪的“雅坐”之嫌，但不失为一种随意舒适的坐姿。因为裤子或内裤出现较晚，箕踞在古代，尤其是在唐宋之前，就容易引发极大的伦理和道德问题。

《论语》中有个小故事，说的是孔子的老朋友原壤的母亲死了，原壤等孔子时（可能是等久了），屁股着地双腿平放坐在那里，孔子看到他这样就生气地骂他不孝、不懂礼节，还用手杖打他的小腿，认为他有违道德风化。无独有偶，西汉《韩诗外传》中也有一篇“孟子欲休妻”的短文，说的是某天突然回家的孟子因看到妻子一个人正在房内箕踞而怒火中烧，竟然向母亲告状说：“我要和媳妇离婚，因为她岔开腿躺在床上……”这于今天是多么匪夷所思的事，但在那个遥远的时代，又逢着“语必道性善，言必称尧舜”的孟子，这件小事看来比天还大。当然，除去《韩诗外传》所着重的道德说教和伦理规范等目的，内裤的缺失的确给古人带来不少尴尬。

另一个关于箕踞的文献则显得悲壮而又略带喜感。“风萧萧兮易水寒，壮士一去兮不复还。”刺客荆轲入秦宫刺杀秦王嬴政，图穷匕见之际功败垂成，结果被秦王“断其左股”。濒死的荆轲“自知事不就，倚柱而笑，箕踞以骂”。司马迁高超的语言技巧，为我们留下了这个惊心动魄的历史瞬间。当然，大部分人对“倚柱而笑”印象深刻，因为这四个字将荆轲视死如归的豪气刻画得淋漓尽致；实际上，“箕踞以骂”的杀伤力更大，从秦始皇的角度想想看，在我虎狼之师的秦军总部，在我奢华至尊的秦王宫殿，在我喜怒无常杀人百万的嬴政面前，这个卑贱的刺客竟然岔开双腿，露出下体，用如此姿势羞辱秦人、秦国、秦王！“王不可刺，更不可辱”，刺杀可以忍，羞辱不能忍，必须“大怒，益发兵诣赵，诏王翦军以伐燕”。可谓是少一条内裤，加速一场战争啊。

犊鼻裈，内外兼修的中式内裤

与外衣、外裤相比，内裤紧贴人最私密的部位，是文明的最后防线。不过，最早发明的内裤并非为了遮羞，而是为了保护胯下安全。对早期中国先民而言，开裆的“下裳”对付春生夏长、秋收冬藏的农业生产是足够的。到了战国时期，北方游牧民族入侵汉地愈加频繁，要想与之作战，汉族人也得学会骑马。这样一来，没裆或开裆的“裳”的缺点就暴露出来了。为此，北方的赵国首先改革自己宽衣大袖的传统，历史上称作“胡服骑射”。自此，裤子正式摆脱了“裳”的束缚，从马上民族聚居的草原传播到了中原大地。

对于这场关乎每个中国人下半身衣着的伟大变革，《史记》中仅用一句话概括：“（赵武灵王）遂下令易胡服。”那么，“易胡服”易的主要是什么？易的当然是“上衣下裳”的裳制，其中，

“以绔代裳”是改革的重点。虽然在“胡服骑射”之前，汉人也有“绔”，不过，这种“绔”是套在腿上的，并无护裆。《说文解字》说：“绔，胫衣也。”意思是说，只有左右两个裤腿、上有丝带系于腰的露屁股裤子。为了避免露出下体，腰间当然需要加“裳”裙以遮羞。随着骑兵作战的需要，“绔”直接外穿势在必行，这样满裆或连裆的裤子便出现了。这种裤子最先叫“裈”。颜师古在《急就篇》中说：“合裆谓之裈，最亲身者也。”

敦煌莫高窟内穿着裈的化生童子壁画

至迟在汉代，“裈”已逐渐在中原大地流传。为了便于劳作，人们还引进或发明了一种叫“犊鼻裈”的短裤。《史记》中记载，司马相如与新寡的卓文君一见倾心，连夜私奔至成都西南小镇临邛。“尽卖其车骑，买一酒社沽酒，而乃令文君当垆。相如自着犊鼻裈，与保庸杂作，涤器于市中。”那么，这个犊鼻裈是什么样子呢？是否和今天的短裤或内裤一样？

《史记集解》中记载：“今三尺布作，形如犊鼻矣，称此者，言其无耻也。”意思是说，犊鼻裈用三尺长的布作（汉代三尺相当于今天 70 厘米左右），因为主要是护住下体，所以前部略有凸起。我们知道，蜀中夏季长而炎热，酒肆之中又烧火做饭，司马相如有可能光着膀子，仅穿犊鼻裈来往劳作，甚或穿行街衢之中。与“垆边人似月，皓腕凝霜雪”的卓文君相比，一代大文豪于闹市之中穿成这样的确有点儿辣眼睛，难怪明代孙柚评说司马相如：“丈夫沦落竟何言，犊鼻含羞只自冤。”

犊鼻裈能外穿，当然也可以内穿作内裤。裴松之注《三国志》有“衡（祢衡）乃当太祖前，依次脱衣，裸身而立，徐徐乃著裈”，

赵孟頫创作的《浴马图》（局部）

可知“裈”为内裤。宋代诗人梅尧臣也有“稚子将荷花，还充犊鼻裈”的诗句，描绘了孩子们以荷花荷叶遮羞当犊鼻裈的画面。此外，元代赵孟頫的名作《浴马图》，就有一个弼马翁衣着犊鼻裈站在水中给马洗澡。有专家据此推测，犊鼻裈可能最晚在宋代就东传至日本，成为相扑手的专业服饰。当然，最有趣的是“竹林七贤”中的阮咸，当时的都城洛阳有七月初七晾衣服的习俗，大户人家借机将绫罗绸缎搬出来攀比夸富。家境贫困的阮咸无法免俗，“以竿挂大布犊鼻于中庭”，也就是将自己的粗布大裤衩高高挂起，真是令人忍俊不禁。

在民间，犊鼻裈的使用可能更加持久，清代徐珂在《清稗类钞》中就提到一种在江南水乡颇为流行的“牛头裤”，从其形态上看，与犊鼻裈有着明显的承袭关系：“牛头裤者，人耘田时所著之裤也，江苏有之。裤甚短，形如牛头，故名。盖耘时跪于污泥中，跣足露胫，本可不裤。着此者，以有妇女同事田作，冀蔽其私处，不为所见也。”鲁迅先生在《女吊》一文中提到民国时的绍兴，社戏表演时有犊鼻绔的身影：“看客们都屏着气，台上就闯出一个不穿衣裤，只有一条犊鼻绔，面施几笔粉墨的男人，他就是‘男吊’。”

总而言之，犊鼻裈的主要功能是遮羞和方便劳作，基本上是男人们的专属，谈不上美感。随着近代中国被迫增开通商口岸，现代内裤才慢慢走入古老中国，并逐步成为性感的代名词。

终极性感，内裤的全球狂舞

千百年来，穿衣的哲学一直围绕“遮蔽”和“暴露”两个命题展开。内裤自然是“遮蔽”的最后防线，所以，长期以来，无论东方还是西方，都不能公开展示内裤。即便是风流成性的英国国王亨利八世，也只是将内裤裆部垫高，以此宣示自己的男性魅力，并引发了数十年的“鼓鼓囊囊大裤裆”运动。内裤成为性感的代名词，并登上华美的历史舞台要到 20 世纪以后。

有趣的是，现代内裤的诞生竟是从袜子开始的。19 世纪 70 年代，退休的美国神父赛缪尔·库珀有感于明尼苏达州伐木工人脚上穿的羊毛袜子质地很差，决心开发更高质量的袜子。经过一段时间的经营，这家原本生产袜子的公司却以一款“The Brief”的男式内裤（后改名为 JOCKEY）得到市场肯定。在 150 多年后的今天，库珀公司的 JOCKEY 品牌男士内裤仍旧畅销不衰。

第一个将内裤公开展示在公众面前，并得到广泛关注和喜爱的形象，当然非超人（Superman）莫属。这位来自氪星的超级英雄，以一袭蓝色紧身衣和外穿的红色三角内裤冲进人们的视野，并在一次次拯救人类、拯救地球中，将内裤魅力传递到全世界。1954 年，性感女神玛丽莲·梦露在纽约地铁口拍摄影片《七年之痒》，一阵大风吹起，梦露穿着的白色长裙全然掀起，

电影《七年之痒》海报

内裤若隐若现，成为永恒的经典，也成为内裤在全球狂舞的开始。

尽管伴随着美国流行文化在全球的传播，内裤于20世纪六七十年代在全世界成为个性解放和性自由的象征，成为很多国家和地区人们乐见的新事物；但对中国人而言，接受内裤成为性感和美好的代名词仍需要更长的时间。诚如上文所言，“上衣尊而下裳卑、外衣重而内衣轻”的衣着观念古来有之。古时，人们不仅不重视、不在乎内裤，反而对内裤几近蔑视和厌恶。

三四十年前的中国人，尤其是改革开放前后，谁没有买内裤时颇为尴尬的心理？谁没有私下里对着镜子欣赏自己内裤装的羞涩记忆？1993年上映的电影《唐伯虎点秋香》中就有这样一个桥段，唐府前求字画的人们为一个破碎揉捻的纸团争抢，打开一看，只有一个“内”字，据说，观影者大多马上能联想到的就是“内裤”。直到今天，主动谈及内裤仍会有不正经的嫌疑。

然而，归根结底，内裤更多是每个人的日常所需，本身并不代表多少意义。根据某调查公司的统计数据，2018年，中国内衣市场规模超过1800亿元，其中女性内衣占比达到市场整体规模的60%～70%。在未来5年中，中国内衣市场将是超过2000亿元的庞大市场。

从两当到胸罩——胸衣旅行记

胸衣，今天多称胸罩。它和大多数成年女性关系密切，其出现不仅能让女性胸部曲线更完美、更自然，也能使外衣穿着更贴身、更雅观。受地域文化差异的影响，东西方在女性胸衣发明、使用的时间上有很大不同。尽管古希腊女性为了能和男子同场竞技，在运动场上会用布将胸部包裹，形成抹胸的雏形，但早期西方雕塑、绘画中的女性却多赤裸上身，或用布袍简单遮盖身体，如公元前 150 年左右，阿历山德罗斯创作的著名雕塑《断臂的维纳斯》。在古希腊人的观念中，人体本身就是大自然中最美的存在，无需用外在衣衫修饰。同时期中国人的衣着观念则相对保守，对于公开裸露上身相当忌讳。《论语》说：“当暑，袗絺绤，必表而出之。”全句是说即便是暑天在家，也要穿上细葛布或粗葛布做的单衣，如果出门，还要再罩一件外衣。《礼记》中则明确要求：“女子出门，必拥遮其面。”女性外出连脸都要遮住，更不用说身体的其他部位了。

春秋战国时代，随着农业民族和游牧民族交往的频繁，尤其是赵武灵王“胡服骑射”政策的推行，大量来自游牧民族的服饰传到中原地区，其中就包括以套头形式穿戴的女性内衣——两当。同一时期，遥远希腊的女性正穿着一种叫希顿（希腊语 chiton，意为麻布的贴身衣）的内衣，除去材质的不同，两当和希顿在外形和使用上有诸多相似之处，显示出两者之

间久远的关联。14 世纪开始，西方人对女性的审美由臀部、腰部上升至胸部，胸罩的作用得到凸显，成为欧美女性争相选用的内衣。19 世纪中后期，伴随着西方文明在全世界影响力的扩大，胸罩旅行到绝大多数国家，并成为女性内衣的重要组成部分。

衵服与肚兜，旅行越南的中式胸罩

中国古人对服饰是相当重视的，但对于内衣，尤其是女性的内衣，文献中的记述则少得多。从目前的文献资料来看，较早提及女性胸衣的是《左传》，胸衣的名称为“衵”。

《左传》中记载了“衵服戏朝”的故事：荒唐的国君陈灵公与几位臣子都与美女夏姬有染，他们不仅不觉得羞耻，反而还一起将夏姬赠送的内衣穿在自己身上，并在朝堂之上公开招摇。从服饰史的角度看，春秋战国时代中国人尚无内裤，这里的内衣“衵服”应当只是指女性的胸衣。《说文解字》说：“衵，日日所常衣，从衣从日，日亦声。”黄金贵先生认为：“衵字可指黏附之衣，即贴身内衣，特指女人贴身内衣。”宋代编纂的《集韵》也说：“衵，妇人近身衣。”

当然，衵服不一定专为女性专有。《南史》中记载：“（周迪）性质朴，不事威仪，冬则短身布袍，夏则紫纱袜腹。古亦谓之曰衵服。”关于衵的另一个记载来自南朝宋刘义庆的《世说新语》，书中说晋武帝司马炎的舅父王君夫为人奢侈骄横，曾经为惩罚一个人，连内衣也不允许他（她）穿，并将他（她）长时间关在深宫内院。不过，对于衵的样子，文献中没有留下相关记录或图像。此外，古代中国人的上衣与下裳相连，强调服饰的整体感；所以，有学者推测，衵服也可能与外衣形制相似，只是材质更为轻薄，方便人们贴身穿。如《后汉书》中记载：“（祢衡）于是先解衵衣，次释余服，裸身而立。”注意，这里用的是“解”而不是“脱”，至少说明衵服不是套头穿的上衣。

相比衵服的模糊形象，人们对另一种叫“帕腹”的女性内衣则有着清晰的记录。汉刘熙《释名》中记载：“帕腹，横帕其腹也，抱腹，上下有带，抱裹其腹，上无裆者也。”帕腹，顾名思义，就是一块用来遮盖腹部的布，这块布一般较大，也能覆盖住胸部，布的上下边缝上布条，用于系在身体上。学者多认为帕腹就是后来人们熟悉的肚兜。

帕腹

肚兜，又称抹胸，俗称兜兜，男女包括小孩子都可以穿。《清稗类钞》中记载：“抹胸，胸间小衣也，一名袜腹，又名袜肚。以方尺之布为之，紧束前胸，以防风之内侵者。”作为成年女性的内衣，肚兜含蓄而不失性感。《清稗类钞》记述：“乾隆末叶，秦淮妓女制抹胸，夏纱东绉，贮以麝香，缘以锦缣，乍解罗锦，便闻香泽，雪肩绛袜，交映有情。”

也是在清朝中后期，肚兜向南旅行抵达中南半岛的越南，成为越南北部女性贴身护胸和护腹的服饰。在越南语中，肚兜为ÁoYếm，其中Yếm就是中文“掩”的转音。越南的ÁoYếm与中国肚兜几乎完全一致，也多为菱形，上面同样有两根带子用来系在脖子上，下面两根带子用来系于腰间。越南气候炎热，一年之中，穿着单衣的时间很长，肚兜既能遮羞，又不影响劳作，因此成为女性最常穿着的服饰。在家里，她们穿白色肚兜，干净素雅；出门工作社交，

肚兜

她们穿棕色或黑色肚兜，庄重大方；参加庙会则穿天蓝、湖蓝等颜色的肚兜，灵动飘逸。

套头两当，丝路上的胸衣旅行

两当，也写作裲裆、两裆，是一种较早从西方传入中原的内衣（早期男女都可以穿戴，后来人们将两当外穿，还出现了保护前胸和后背的两当铠甲）。《释名》中说：“其一当胸，其一当背，谓之裲裆。”也就是说，两当一定只是上衣，而且前后各有一片衣襟，一片当胸，一片当背，两肩部和腰间各有系带，穿戴时应当套头而过，然后再在腰间系住。

两当

魏晋时期，两当作为内衣穿着和使用相对普遍。《乐府诗集》中就收录了多首与两当相关的诗歌，如“裲裆与郎著，反绣持贮里”，从中我们不难发现，两当不仅是贴身穿，而且上面还绣有花纹让它更精美。在诗中，相爱的人将花绣在两当贴身穿的一面，这样就可以“穿在你身上永远贴着心，汗渍污了也不要洗”，用以表明爱情天长地久。另一首诗中写道：“犹忆去时腰大小，不知今日身短长。裲裆双心共一袜，袙複两边作八撮。”古典文学专家樊维纲先生认为，这首诗把两当的样式描述得很详细，“双心”指的是“前后著心”，“袜”即袜肚，“複”为通腹。

1959年，考古工作者在距新疆吐鲁番市区东偏南40千米的阿斯塔纳古墓群中，发现东晋十六朝的两当实物残片。这件两当以红绡为底，上用黑、绿、黄三色丝线绣成蔓草纹、圆点纹和金钟花纹。四边以素绢镶边，衬里也为素绢，夹层纳以丝绵。从形制上看，这件两当的两肩膀处有丝带，穿之前，应当已经系好，穿时，从头顶钻过，然后，再将腰部丝带系好。与肚兜不同，两当能将前胸与后背都遮住，和今天的背心很相似。

可不能小看穿衣服的方式，因为套头的上下式穿衣是希腊人和罗马人的衣着传统，古代中国人是左右穿衣、对襟右衽。从穿着方式看，两当无疑具有鲜明的西式风格。因为从体形上看，东方人娇小纤细，西方人高大挺拔，所以，从衣服的外形特征来看，中国传统服饰强调纵向的感觉，上衣下裳缝合一起，常用下垂的线条、过手的长袖和筒形的袍裙，以在感官上突出修长的意味。西方服饰的外形强调横向感觉，衣服和裤子分开，并采用横向扩张的肩部轮廓，常用膨胀的袖子、庞大的裙撑和重叠的花边，使服饰线条产生向外放射的夸张效果，以适应西方人的体形。

对于两当的来源，史籍中没有明确的记载，但从服饰形制上看，两当和两当铠甲与秦汉之前流行于西方世界的戎装——锁子甲颇为相似。从目前考古发掘看，黑海北岸的古代斯基泰人（公元前 7 世纪—前 3 世纪）应当是锁子甲的发明者或最早使用者。锁子甲是一种由许多金属环相互套扣联结，并根据人体体形设计的铠甲；其最大的特点是上衣及腰，短袖或无袖，套头穿戴。在中文典籍里，锁子甲首次出现在《晋书》中，384 年，前秦大将军吕光征讨西域时，在龟兹（今新疆库车）遭遇了“铠如连锁，射不可入”（即穿着锁子甲）的猃胡军队。学者马东在《外来的“铁布衫”——漫议中国古代的锁子甲》一文中推测，因为战争原因，锁子甲或这种类型的铠甲、服饰从西方进入中原的时间可能更早。在现实生活中，那些披甲上阵的士兵在战争结束后多转为平民，争端再起又会变成军人，因此，军服戎装

锁子甲

的世俗化是极有可能的。当笨重冰冷的铁环被柔软透气的丝绸或丝麻替换掉之后，锁子甲也就成为一件贴身合体的内衣了。

Bra，西式胸衣的全球旅行

与中式肚兜的宽松舒适不同，女性的紧身内衣在西方有着相当长的历史。受审美情趣的影响，12—14 世纪的西方女性的内衣都相当紧绷，以凸显女性的曲线。穿着内衣时不仅要紧束乳房，还要用绳子将腰身收紧，以达到托胸、收腰的目的。16—18 世纪，欧洲女性内衣仍由束胸和束腰两部分构成，穿着很不舒服。所以，有评论指出：“在几个世纪里，紧身内衣把女性变成了举止优雅的奴隶。”

和西方的紧身内衣相比，东方的肚兜有着相对的舒适性。所以，当 19 世纪末的中国人走出国门第一次看到西式胸衣的时候，他们并不认同那是好的服饰，甚至将其与中国女性的缠足恶习相提并论。清光绪二年（1876 年），宁波海关副税务司霍搏逊的文牍（秘书）、南京人李圭来到美国费城参加美国建国 100 周年博览会。李圭游历欧美多国，写下了《环游地球新录》一书，书中就记载了他在美国看到的女性胸罩：“司事云：此妇女束身物，用以使乳凸而腰细，以美观也。即转询‘中国亦用此否’？答曰‘腰细，我中国昔亦尚之，所谓楚宫腰是也。若乳凸，则正与华俗相反。且

有生成微小，无可使凸者，将奈何’？曰‘是不难，另有物如二碗，缚胸际焉’。噫！此殆与华俗缠足同一意，而患处且有甚于缠足者。”

直到20世纪初，法国设计师保罗·波列才提出了新的女性内衣设计理念。从此，女性内衣不需要与束腰相联，内衣的作用也不再是让乳房受到挤压，而是保护乳房不要下垂。美国的《时尚》杂志正式出现了“brassiere”一词，也就是今天英语中胸罩一词“Bra”的来源。

“brassiere”的字面意思是“女式紧身上衣或儿童背心”。尽管胸衣设计理念已经变化，但100多年前的西方胸罩制作过程非常复杂，胸罩也属于笨重而又复杂的产品，因此，被人们戏称为“巨石容器”，与今天采用高科技制作的高雅轻薄、高弹性的胸罩相去甚远。《美国胸罩史：上托的革命》一书曾对胸罩大批量生产（20世纪30年代）这样描述道：“那些成年顾客以及因胸部过大而造成下垂的各年龄阶段女性，终于可以买到围度更长、有拼接衬垫、罩杯下有结实护带、罩杯间有楔形嵌入布条、束带宽大有弹力、骨质轻盈的文胸了。”

20世纪初的中国，随着新文化运动的开展，人们对女性审美由“三寸金莲”的小脚转为身体的曲线美，不少人更是从关心女性生理健康的角度提出了“保护乳房，严禁束胸”的口号。上海《申报》在1911年9月26日的一篇文章指出：“中俗和西俗大殊，妇女胸前，咸以平坦为美。然女子胸前，固天然隆起者也。今以衣服窄小之故，乃不得以幅巾束而平之，致呼吸不畅、血气不和，积久焉有不病哉？”

随之，“束胸”和“放胸”上升至女权主义的高度，更成为破旧立新、抨击封建落后思想的突破口。著名学者胡适在1921年8月的一次演讲中大力发声：“假使个个女子都束胸，以后都不可以做人的母亲了。”鲁迅先生也在1927年10月发表的《忧“天乳”》一文中指出：“今年，广州在禁女学生束胸，违者罚洋五十元……但仅只攻击束胸是无效的，第一，要改良社会思想，对于乳房较为大方；第二，要改良衣装，将上衣系进裙里去。旗袍和中国的短衣，都不适于乳的解放，因为其时即胸部以下掀起，不便，也不好看的。”

在这种社会氛围中，尊重女性、关心女性健康成为社会的共识。与此同时，西方改良版的胸衣也旅行至中国，为越来越多的女性所接受。1949年，欧美市场上出现了一种用“十字交叉和回旋织法”制造的圆锥形导弹式胸衣，这种胸衣风格华丽、舒适耐用，强调女性优美的线条，好莱坞明星克里斯汀·迪奥一句“没有胸衣，就没有时尚”的广告词更是使之风靡欧美。此后，这种胸衣旅行至全球100多个国家，风行世界30年，创下了9000万件的销量纪录。

从扣钉到扣孔——纽扣旅行记

我们知道，无论材质、款式、色彩如何变化，人类的服饰都必须是一个闭合的系统。为了满足日常频繁的穿和脱，这个系统最好不要完全封死，于是，系带和纽扣就诞生了。对于今天的人们而言，纽扣是最平常的小器物，无论是西装、衬衣，还是裤子、裙子、手提包……随处都有它们的身影。从小到大的穿衣训练，让每个人对纽扣的使用都烂熟于心，即便闭着眼睛也能把纽扣扣好。

纽扣是如此普通，以至于我们常常有一种错觉，似乎它从一开始就伴随着人们的衣着发展变化；但追溯纽扣旅行的脚步，我们发现，纽扣曾长期缺席于人类的服饰之上。无论是古埃及，还是古希腊、古罗马，都没有出现“纽扣”一词。但考古发现显示，距今5000多年前，最早的装饰性“扣钉”就已出现在巴勒斯坦地区，那是一枚用贝壳制作的小饰品。从材质上看，早期装饰性纽扣有骨头的，有牛角的，还有铜制和木制等。如古罗马人曾经使用铜针（pin，类似于扣钉）来固定上衣。

中国道家认为“万物生于有，而有生于无”，这种“有无相生”的思想很可能激发了中国人对纽扣的改良。约在北宋晚期，中国人率先发明并使用了扣孔。随着元朝的建立，纽扣（准确地说是扣孔）在辽阔的帝国境内向西旅行，传

播到南亚次大陆的印度和拜占庭王国（今土耳其）境内。罗马天主教十字军东征的200年间，纽扣随着战事的胶着和终结，继续向西旅行到欧洲。到13世纪，与扣孔配合使用的圆盘形小纽扣在西方流行，成为改变西方世界服饰的强大力量。

丝绸之路的“前”纽扣记忆

从穿着方式上看，人类的服饰大致可以分为套头式和开襟式两种。服装史专家包铭新教授认为，开襟式服饰必须有闭合固结的部件才能正常、方便地使用。在服装史上，开襟服装的部件主要有两种：一是系带，一是纽扣。从出现时间看，纽扣要远远晚于系带。在纽扣出现之前，西至古埃及、古希腊、古罗马，东至中国的漫长丝绸之路沿线的人们多以系带固定服饰，这也让系带成为古丝路“前”纽扣时代的服饰记忆。

由于气候炎热，在距今4000多年前的古埃及地区，人们的服装相对轻薄。在金字塔里的壁画中，我们能看到包括法老在内的大量古埃及上流社会成员的面貌。他们一般都赤裸上身，下身穿一种被称作“雪提”（schenti）的短腰布裙。雪提用一整块矩形布料制成，围住臀部后将末端相互折叠，垂于身体前端，以遮盖人体的敏感部位。为了防止脱落，人们往往还要加上一条腰带。

在古埃及金字塔的壁画中，包括法老在内的上流社会成员下身着一条被称为“雪提”的短腰布裙

当然，法老们的“雪提”上还会增加一些装饰品，如狮尾等，以显示权威和地位。平民则只在大腿间施一条束带，并于臀部扎紧，据说“遮羞布”（loincloth）一词即由此而来。

服饰中的系带、腰带也出现在《荷马史诗》（公元前11世纪）中，《伊利亚特》第四卷“潘达罗斯射伤墨涅拉奥斯战事重启”中就有相应的记述：“这些话，让马卡昂激动不已，他们穿越阿开奥斯的军阵，来到了金发的墨涅拉奥斯受伤的地方……他利落地从腰带扣处拔下箭头，锋利的倒钩向后断开。又伸手解开腰带、围裙和精制的皮带。”

中国是世界上最早出现纽扣的国家，秦兵马俑的服饰上就有扣钉

中国虽是世界上最早出现纽扣的国家之一（秦兵马俑的服饰上就有扣钉），但在古汉语中，关于纽扣的成语或习惯用语很少。与开襟部件相关的表达大部分是系带，如“峨冠博带”“宽衣解带”“束带结发”“衣不解带”“衣带渐宽终不悔”等。此外，材质和款式的不同，使腰带还有“缙”“绅”“绶”“带”“銙”等不同的名称。久而久之，人们还用“缙绅”“绅士”等来代指特定的社会阶层。

周秦汉晋以来，“深服”一直是汉族上层人士的标准服饰，这种服饰的特点就是上下一体。作为开襟式服饰，“深服”使用的是腰带而非纽扣，即“领袖饰白缘，腰束络带，长裾曳地”。值得注意的是，中国古人极其重视腰带，不同社会等级的人使用不同材质和样式的腰带，以显示尊卑有别。

8世纪初，新罗高僧慧超西游天竺，在所著的《往五天竺国传》中留下了丝绸之路中部地区人们的服饰样貌，从记述来看，伊朗及以西的广大区域，人们的服饰也是以系带为主。

纽扣的中国旅行之路

要弄清纽扣的早期旅行路线，我们需要回顾一下战国时期最著名的“胡服骑射”改革。所谓胡服，主要指的是“裤褶”，其制是“上褶下裤”。“褶”就是紧身的上衣，通常的样式是交领、窄袖，长不过膝，与裤子配套穿着，与汉族服饰最大的不同是有了上衣和下裤的区分；但其服饰的开合依旧是用系带或腰带，没有纽扣。

浙江台州黄岩宋墓出土官服上的纽子

宋代之前，丝绸之路西向的龟兹、波斯人都在服饰上使用系带。其中波斯人穿的是贯头衫，就是从头上穿领而过的袍衣，无需纽扣。中国以南的区域也类似，《新唐书》中描写海南诸国人物说：“不识冰雪，常多雾雨……王着白氎古贝，斜络膊，绕腰。”《册府元龟》中说：“（婆利国，今文莱）男子皆拳发，被古贝，布横幅以绕腰。”唐代诗人张籍在诗歌《昆仑儿》中说：“金环欲落曾穿耳，螺髻长卷不裹头。自爱肌肤黑如漆，行时半脱木绵裘。”

除了中文文献，9 世纪末至 10 世纪初，旅居中国的阿拉伯商人所著《中国印度见闻录》中也提及中国和印度人用腰带：“中国人比印度人好看得多，在衣着和所使用的牲畜方面更像阿拉伯人。中国人的礼服很像阿拉伯人的衣着。他们穿长袍，系腰带，而印度人不分男女，一律披两块布当衣服，另戴金手镯和首饰当装饰。”另外，在敦煌壁画的人物画像中亦只见腰带：如第 45 窟绘制的“胡商”，都着“卷领窄袖长袍”；第 103 窟的各族王子图，也“织成蕃帽虚顶尖，细毡胡衫双袖小”，均不见纽扣。

1988 年 5 月，考古学家在黑龙江阿城巨源乡城子村金代齐国王墓出土的服饰上，发现了一批完整精美的纽扣。《金代服饰——金齐国王墓出土服饰研究》中记述了这些纽扣的大小和形状：“该袍左衽，盘领上端与左后侧领缘部钉一对纽襻，并由左腋下依次间距为 9、8 和 8 厘米，分别钉四对纽襻，各纽襻长约 4 厘米。系纽为蒜母结，直径约 1.3 厘米。系纽钉在外襟缘，扣襻钉在腋缝前侧。胸侧内襟右边缘亦钉一蒜母结纽，上距领口约 36 厘米；扣襻钉在袍内右腋下。”所谓“纽襻”，就是扣住纽扣的套儿，即扣孔。这是目前为止全世界发现的最早的实物扣孔。

1988 年 9 月，在江西德安发现一座南宋古墓，墓主人是武宁人周氏（新太平州通判吴畴的妻子）。墓中出土的袍服上，也有类似齐国王墓的纽襻扣。从纽扣出现的时间顺序分析，纽扣应当是先在中国北方出现，随后很快旅行到南方的广大区域。明代，纽扣得到普遍使用。初版于明万历四十五年（1617 年）的小说《金瓶梅》中就在多处提到了纽扣，如第十四回写道：“只见潘金莲上穿丁香色潞紬雁衔芦花样对衿袄儿，白绫竖领，妆花眉子，溜金蜂赶菊钮扣儿，下着一尺宽海马潮云羊皮金沿边挑线裙子。”很明显，潘金莲的“对衿袄儿”是必须由纽扣开合的对襟上衣。

正是由于纽扣和扣孔两者“实”与“虚”的完美配合，形成了你中有我、我中有你的巧妙格局；所以，小说家冯梦龙在《桂枝儿》中将纽扣比作爱情来赞美：“纽扣儿，凑就的姻缘好。你搭上我，我搭上你，两下搂得坚牢，生成一对相依靠。”明代宋应星的《天工开物》中则出现了玛瑙材质的纽扣：“凡玛瑙非石非玉，中国产处颇多，种类以十余计。得者多为簪笈、釦结之类，或为棋子，最大者为屏风及桌面。”其中所说的“釦结”就是纽扣。对此，明末学者张自烈在《正字通》中解释说：“凡物钩固者，皆曰钮。”

纽扣西去与“洋钮”东来

西方学界普遍观点认为，纽扣来自东方，源自中国。如《时尚、服饰和文化——不同时期的服饰、头饰、配饰和鞋类》一书中明确指出：“大约在公元 1200 年前后，与其他东方物品一样，扣子和扣孔来到了欧洲。需要声明的是，纽扣不是由天主教十字军发明的，而是他们在与东方的蒙古人、土耳其人交流时获得的。不得不说，扣子和扣孔成为了服饰革命的一个巨大动力。”

扣孔的引入，意味着欧洲人的衣服可以以更合身的形态出现；但对于 13 世纪的西方人而言，它仍属于稀罕物，多流行于权贵阶层之间。西方服饰史显示，即便在14—15世纪，纽扣仍是有身份地位人士的专属。这一时期，许多纽扣都用名贵的金属或高贵的丝绸布料制成。英国历史学家斯内特指出，当时“人们可以从衣服上揪下一个名贵的纽扣去抵债”。

普通欧洲人熟悉使用纽扣要到16世纪。意大利传教士利玛窦在提及纽扣时，已经没有陌生感：“（中国）男女都穿拖到脚面的外衣。男人的袍子在胸前交叠起来，用纽扣把里褶固定在左臂下面，外褶则固定在右臂下面。女人是把袍子在前面扣住。男女的袖子都又肥又长，是威尼斯式的。”

到了19世纪早期，欧洲历史还因纽扣而改写。1811年6月，战绩辉煌的法国统帅拿破仑率领60万大军东征俄国。当时，俄国90%的人口是农奴，社会生产力落后，从实力上看，这场战争的结果不言而喻。然而，仅仅过了6个月，曾不可一世的拿破仑大军就全面溃败，只有部分残兵败将逃回。在《拿破仑的纽扣》一书中，如此记述战争情况：“原本骁勇善战的士兵伤亡惨重，他们仅剩单薄的衣物和简陋的装备，无力对抗俄国的军队和寒冷的冬季。”

至今，历史学家仍对这场影响欧洲格局的战争充满好奇，对于拿破仑大军失败的原因有诸多分析。一种观点认为，是一颗小小的纽扣改变了战争。因为“当时法军军官和士兵的大衣、裤子和鞋子上的纽扣都是锡制的”，这种锡制的纽扣在常温下晶莹透亮、华彩无比，但当温度低于13℃时，就会慢慢变成粉末状。试想一下，在俄国寒冷的冬天，失去纽扣的法国士兵如何能在拉紧外衣御寒的同时去冲锋陷阵呢？

拿破仑从俄国撤退

到了清朝末年，一种

“平面洋钮”漂洋过海，从西方来到中国，开启了世界纽扣的新旅行。晚清文人樊彬在自己的诗集《津门小令》中曾写道：“津门好，纨绔少年场，袍色军机真裤缎，袋名侍卫小烟囊，洋钮镜同光。”诗后注释说：“巴图鲁坎肩必用平面洋钮。”巴图鲁坎肩是满族人的传统服饰，即无袖的马甲。《清稗类钞》中记述：“京师盛行巴图鲁坎肩儿，各部司员见堂官，往往服之，上加缨帽，南方呼为‘一字襟马甲’，例须用皮者，衬于袍套之中。觉暖，即自探手，解上排钮扣，而令仆代解两旁钮扣，曳之而出，借免更换之劳。”

必须注意的是，无论是樊彬诗中的“平面洋钮”，还是徐珂笔下的“上排钮扣”，所用的都是金字旁的“钮”，而不是绞丝旁的“纽”；另从“洋钮”名称可以推知，巴图鲁坎肩上用的平面洋钮不是中国传统的丝线纽扣形状，而是由西方传入中国的。

另一种解释认为，“钮扣”是以机器冲压制成的金属钮扣，材质多为铜、铜鎏金，形如钱币，背面有环。因为制作方法与机制钱币相同，所以得名。张淮水先生在《铜鎏金机制币式扣赏析》一文中认为，早在1845年，德国人架路威治就在广州设立“架路威治洋行”，其在华的贸易包罗万种，其中就制作销售一种名为“铜鎏金机制币式钮扣”的扁平架路威治钮扣。这种钮扣与中式的纽襻扣相比，最突出的特点就是金属材质和扁平样式。随后，洋务运动轰轰烈烈兴起，在引进西洋机器后，中国人也可自行生产钮扣，但仍习惯上称其为“平面洋钮”。

架路威治钮扣

时间流转，岁月变迁，在“洋钮”进入中国约150年后，浙江温州永嘉县的一个小镇——桥头镇开始大力发展纽扣制造业，短短十几年后，其纽扣年产量就达50亿枚，占到全世界纽扣产量的60%。从元明中国纽扣和扣孔旅行到西方，到今日中国纽扣出口世界，一枚小小纽扣似乎就是中国与世界关系的缩影。

中华冕冠与欧美自由帽——帽子旅行记

提到神探夏洛克·福尔摩斯或者已故英国女王伊丽莎白，人们很难忽略掉他们的帽子。今天，无论在世界哪个角落，即便不是严寒的冬天或烈日当头的夏日，都能见到许多人戴着帽子出行。一些特殊职业者还需要在上班时间佩戴帽子，如警察、军人、医生、护士、建筑或矿业工人以及厨师、空姐等。在时尚界，无论是欧美时装周上闪亮登场的模特，还是大型活动中汇集的明星，帽子都是他们身上不可或缺的时尚元素。关于帽子，爱尔兰作家萨缪尔·贝克特在名作《等待戈多》中写道：“他不戴帽子就无法思考。”

古埃及最美的王后纳芙蒂蒂彩色半身像，她的头上就戴着一顶帽子

世界上最早的帽子出现在距今5000多年前的古埃及，那是用尼罗河畔芦苇编织的简陋遮阳小帽。随后，帽子在古埃及广为流行并不断翻新花样，如法老及贵族都头戴高大且造型别致的帽子，以显示尊贵和不可侵犯的威严。这种高帽随后跨越地中海，被古希腊人和古罗马人接受。

在古代中国，最初的帽子被称为“冠”，男子成年要行冠礼，君主登基或举行大典都要头戴冕冠。伴随着中华文明在世界影响力的扩大，中国“冕冠”昂首阔步旅行到了朝鲜半岛、日本以及琉球等国。公元前1200年，生活在小亚细亚（今土耳其安纳托利亚半岛）的弗里吉亚人发明了无边软帽，这种帽子因为一度是被释放奴隶的象征而获名“自由帽”。伴随着启蒙运动，自由帽在法国大革命、美国独立运动中大受欢迎，后来也出现在尼加拉瓜、萨尔多瓦、哥伦比亚、巴拉圭、古巴等中美洲国家的国徽和美国参议院的院徽之上，成为世界上旅行最远的帽子。

说帽子：冠帽差异古时有

冠和帽子虽然都是人们头顶的饰物，但两者之间差异明显。中国应当先有冠后有帽。著名文物专家孙机先生认为，汉代之前人们重视冠而轻视帽子。关于冠的历史，明代张岱在《夜航船》中说：“辰氏始教民绹发闉首，尧始制冠礼，黄帝始制冠冕。”绹发就是束发，以免披头散发。中国人对帽子的重视，起源于对头发和束发的重视。孔子说：“微管仲，吾其被发左衽矣。”意思是说，如果没有管仲，我们这些后人都要散着头发、穿着前襟向左掩的衣服（像野蛮人一样生活）。

对于今天的人来说，散着头发可能只是个性或生活习惯；但在古代，只有遭遇重大危机或归隐山林时，人才可以散发。如《越绝书》记载，为了摆脱楚国的追杀，“伍子胥遂行至吴，徒跣被发，乞于吴市”，这是为形势所逼迫，无可奈何地披头散发。还有一种主动性的散发，那就是归隐山林，如李白的诗所说：“人生在世不称意，明朝散发弄扁舟。”

孔子像

冠最初是为束发而发明的。《白虎通义》解释说：“冠者，帣也，所以帣持其发也。”从形状上看，冠的主要部分是一块略带弧形的木板（称作延板，材质也可以是玉、象牙等），板前圆后方，

七梁冠

象征着天圆地方。板顶部两端垂下数串玉珠，叫冕旒。狭窄的冠梁除了用于固定挽起的头发，主要起装饰作用。

所以，冠并不能把头顶全部遮住，而只能在头顶形成一个像鸡冠的东西。难怪古人说："冠，寒不能暖，风不能障，暴不能蔽。"从实用角度来看，冠的用处不大。可能正是因为如此，今天与冠相关的成语大多演变为贬义，如"冠冕堂皇""衣冠楚楚""衣冠禽兽"等。冠和帽形制与功能的不同，也使成语中的冠、帽不能相互替换，如"怒发冲冠"不能说成"怒发冲帽"，因为人生气的时候，头发在没有遮盖的情况下可以竖起来与冠一样高，如果戴着严严实实的帽子，无论怎样愤怒，头发也不可能冲破或顶起帽子。

尽管冠的实用性偏弱，但它作为文明的象征被保留了下来，并成为古人日常服饰中最为重要的一部分。人们通过佩戴冠来彰显身份，来表达对他人的尊重和重视。

赐帽子：万国衣冠拜冕旒

2019 年 5 月，日本冲绳县那霸市博物馆举办了一场琉球王的"王冠展"，展出的王冠为七梁冠，王冠上共有 12 条金龙。从形制来看，此王冠正是中国明代赐予琉球国王的皮弁冠样式。皮弁冠在中国历史悠久，《周礼》中记载，这种冠一般长 7 寸、高 4 寸，形如覆杯。根据《明史》记载，明朝最早在永乐年间赐予琉球国王皮弁冠，这一史实在日本文献中也有记载。

当然，这不是中国冠冕第一次跨国旅行。历史上，中国中央王朝很早就通过"赐衣冠"的方式传播中华文化，也推动了中华冕冠的旅行。据记载，隋代时，日本的服饰还相对落后，人们不仅无鞋无帽，而且只有两片能遮丑的"幅布"作为衣服。为了发展睦邻友好，隋炀帝专门委派特使裴清到访日本，并赐予他们中华衣冠。宋人乐史在《太平寰宇记》中记录："（倭国）其国跣足，以幅布蔽其前后，椎髻无冠带。隋炀帝时始赐与衣冠，令以绵綵为冠饰，赏即施襈，缀以金玉。"这是中国帽子旅行至日本的最早历史记录。

明初，为了巩固海防，发展中日友好关系，明太祖朱元璋专门赐予日本国王源道义一套九章冕服。冕服中，冕冠最为重要。《明史》中记载："冕冠玄表朱里，前圆后方，前后各九旒，每旒各五采缫九就，贯五采玉九。"从明代冠服的管理制度看，这套九章冕服即便在明王朝也只能是皇太子和亲王两种人才有资格穿。经历了唐宋的中日友好时期，元代忽必烈汗曾于1274年和1281年两次远征日本，中日关系恶化。明朝建立后，日本处于南北朝对峙的混乱时期，不少沦为浪人的日本武士开始零散结队，袭扰大明海疆，渐成倭寇之患。明太祖朱元璋高瞻远瞩，以德报怨，以赐日本国王中华衣冠为突破口，打破两国交恶局面，为随后日本遣使来朝、称臣纳贡开了好头，也可以说用"中华衣冠"重建了两国关系。

除了日本，朝鲜半岛也是中国帽子旅行的重点区域。朝鲜王朝初年，著名学者郑麟趾在《高丽史》中写道："东国自三韩仪章服饰循习土风，至新罗太宗王请袭唐仪，是后冠服之制稍似中华。"也就是说，朝鲜半岛的新罗王朝最初是学习模仿唐朝服饰和衣冠形制，并逐渐形成自己特色的。事实上，早在南北朝时期，中原王朝的冕冠已经开始向朝鲜半岛旅行。《资治通鉴》中记载："普通元年（520年），高句丽世子安遣使入贡。二月癸丑，以安为宁东将军、高句丽王，遣使者江法盛授安衣

身穿皮弁服的琉球国王

朝鲜王朝第二任国王李祹

着七旒冕服的越南国王

冠剑佩。”从明代开始，中国史籍中以衣冠赐予朝鲜的记录也多了起来。如《明宣宗实录》中记载赐予朝鲜王九旒冕冠，我们知道，明代皇帝的冕冠有 12 个旒苏，这种细小的差别显示出“赐冠”的藩王臣子属性。

除了朝鲜半岛和日本，中国帽子也通过“赐冕冠”的方式南行中南半岛，来到安南国（今越南）。清乾隆五十五年（1790 年）七月，乾隆皇帝八十大寿，安南国王阮光平专程到承德觐见乾隆皇帝。此次来华，安南国王收获颇丰，其中就有自己期待已久的中华冕冠。《清史稿》中记载：“班次亲王下，郡王上，赐御制诗章，受冠带归。”时至今日，无论是在旧的照片、历史图集、绘画作品，还是在日本、韩国、越南等国的古装影视作品中，我们都能看到中国古代冕冠的影像。这些影像记录着中国冕冠的旅行，也记录着中国文化的强大影响力。

戴帽子：汉世胡风吹暖帽

与冠的装饰性和阶级性不同，帽子是为满足人们保暖遮阳的需要而诞生的。从帽子旅行史的角度看，汉地用于保暖的帽子大多是从北方或西北游牧民族地区旅行而来的。如《夜航船》中说："秦汉始效羌人制为毡帽。"毡帽是什么呢？《后汉书》中记载："北方寒冷，以貂皮暖额，附施于冠，因遂变成首饰，此即抹额之滥觞。"羌人是生活在四川西北部、青海东南部的古老民族，以养羊、养牛而知名，那里气候严寒，为了保暖，人们利用羊皮、牛皮、貂皮制作遮挡额头或耳朵的帽子也在情理之中。

事实上，在秦汉仿效羌人制作毡帽之前，一种"搭耳帽"就已经从北方游牧部落旅行到了汉地。唐末马缟在《中华古今注》中记载："搭耳帽，本胡服，以韦为之，以羔毛络缝。赵武灵王更以绫绢皂色为之，始并立其名'爪牙帽子'，盖军戎之服也。又隐太子常以花搭耳帽子，以畋猎、游宴后，赐武臣及内侍从。"战国时的赵国地处今河北省，与东北游牧民族部落在地理位置上相邻，为了提升战力，赵武灵王实施"胡服骑射"的改革，引进北方胡人的服饰和骑兵制度。随之，胡人窄细的裤子代替中原肥大的长袍，胡人轻便舒适且能暖头护耳的帽子也成为赵国将士的军服配件。

我们知道，貂皮、羊皮或者羔毛都不是农业社会的特产。随着纺织技术的发展，汉地民众在汲取"搭耳帽""毡帽"制作技术的同时，巧妙利用四脚头巾折叠成帽子戴在头上，并将其称为"幞头"。隋唐时期，人们在幞头内设置统一造型骨架，罩在头上，这就形成了朝廷专用的"乌纱帽"。乌纱帽轻盈保暖，深受人们喜爱。

元朝建立之后，来自漠北蒙古高原的民族服饰尤其是帽子旅行到中原，进一步丰富了人们头顶的服饰。元朝时，人们对帽子情有独钟，不仅皇室权贵常戴帽子，就连老百姓也喜欢戴帽子，大量涉及元代的明清小说插画或画像、壁画上的人们多佩戴一种叫钹笠帽的帽子。对此，明初大

戴宝珠钹笠帽的元成宗

学者叶子奇指出，这种帽子自元代才有。他在《草木子》中说："帽子系腰元服也……（元代）官民皆戴帽。其檐或圆，或前圆后方，或楼子，盖兜鍪之遗制也。"

关于这种帽子的由来，人们认为是元世祖忽必烈的皇后弘吉剌·察必发明。《元史》中记载："旧制帽无前檐，帝因射，日色炫目，以语后，后因益前檐，帝大喜，遂命为式。"事实上，早在蒙古人入主中原之前，他们就有戴帽子的习惯和传统。南宋人彭大雅在《黑鞑事略》一书中描述蒙古人的衣冠习俗时说："其冠，被发而椎髻，冬帽而夏笠。"

可能是因为蒙古式帽子的影响太过深远，明朝建立后，为了恢复汉式服饰传统，还一度禁止人们佩戴这类帽子。如《明太祖实录》中记载："悉以胡俗变易中国之制，士庶咸辫发椎髻，深檐胡帽……无复中国衣冠之旧……胡服、胡语、胡姓一切禁止。"不过，无论哪种帽子，只要能为人们的生活带来便利，能更好地美化人们的生活，都会突破暂时的政策藩篱，长久留存下来。

画帽子：新旧世界帽自由

20 世纪中期开始，一种被欧美世界称为"自由帽"的帽子开始出现在动画及影视剧中，并受到了人们的关注和喜欢。1937 年，美国迪士尼公司的经典动画电影《白雪公主和七个小矮人》上映，影片中的七个小矮人勤快、善良，每人都戴一顶圆形高耸、顶部尖而中空的无檐软帽。1959 年，比利时漫画家贝约创作出蓝精灵形象，他们是三个苹果高的人形小生物，也头戴白色无檐小帽。

《白雪公主和七个小矮人》海报

名画《自由引导人民》

漫画家们之所以为笔下的小人们戴上自由帽，并不是他们心血来潮的突发灵感，而是这种帽子在欧亚大陆以及美洲都有相当广泛的影响力。1830 年，著名画家欧仁·德拉克罗瓦创作的名画《自由引导人民》中的自由女神就戴这种帽子。在古巴、巴拉圭、哥伦比亚等国，人们还将这种帽子画进了自己国家的国徽中，足见它的影响力之大。

之所以得名“自由帽”，与古代罗马神话有关。根据鲁刚、郑述谱编译的《希腊罗马神话词典》可以知道，“古罗马自主神利柏耳塔斯（Libertas，英语中自由一词 Liberty 的来源）是一位庄严的妇女，手执象征自由的无边毡帽或月桂花环”。从源头上看，这种象征自由的无边毡帽来源于古代小亚细亚地区。公元前 700 年，生活在今天土耳其安纳托利亚地区的弗里吉亚人和特洛伊人就已经佩戴这种帽子，并将其视作民族独立和自由的标志。此外，在希腊神话中，太阳神阿波罗将弗里吉亚国王弥达斯的耳朵变成了驴耳朵。为遮住两只长耳，弥达斯发明了这种帽子。因此，自由帽最初被称为弗里吉亚帽。从神话传说中，我们可以看出，早期的自由帽从安纳托利亚一路旅行到了希腊和亚平宁半岛。

在后来的法国大革命、美国独立战争以及美洲人民争取民族独立的革命中，象征和寓意自由的弗里吉亚帽大受欢迎，还被人们染成红色，以彰显革命热情和民众团结。借着这层寓意，自由帽加快了从欧亚大陆旅行到新世界的脚步，并最终出现在美洲国家的国徽、货币和历史画卷上。

敦煌莫高窟第45窟《观音经变》（局部）“商旅遇盗”

当然，作为一种诞生于欧亚大陆交界地带的帽子，自由帽不可能缺席前往中国的旅行。在敦煌莫高窟壁画中就留有它的踪影，如盛唐第45窟《观音经变》（局部）“商旅遇盗”中就有5名西域胡商带着这种帽子；晚唐第194窟《维摩诘经变》中的各国王子里也有头戴自由帽的。在1981年洛阳龙门南郊出土的西域安国人安菩墓葬中，人们就发现了数尊带着自由帽的唐三彩胡人俑。

在历史文献中，中国诗人和史学家也忠实地记录了这些自西而来的自由帽。如中唐诗人刘言史在《王中丞宅夜观舞胡腾》中写道：“石国胡儿人见少，蹲舞尊前急如鸟。织成蕃帽虚顶尖，细氎胡衫双袖小。”晚唐诗人张祜也在《观杨瑗柘枝》中写道：“促叠蛮鼍引柘枝，卷檐虚帽带交垂。紫罗衫宛蹲身处，红锦靴柔踏节时。”

锦袜西行与贵妃袜东渡
——袜子旅行记

对于直立行走的人而言，脚是最辛苦的部位。从身体构造来看，双脚离心脏最远，供血相对较差，所以，自人猿揖别之后，人们越发注重对脚的呵护。为此，鞋子首先被发明出来，然后，人们又发明了袜子。袜子的出现，标志着足衣的完成。有了鞋和袜的帮助，人们才能走得更远，才能更好地去追求诗和远方。

在西方，袜子直到12世纪前都是贵族服饰的象征。1589年，英国人威廉·李发明了世界上第一台袜子针织机。可惜的是，这台机器生产的袜子并没有得到英国女王伊丽莎白一世的青睐。为了推广自己的机器，威廉·李远赴欧洲大陆，说服了法国国王亨利四世支持自己。在法国里昂，威廉·李成功创建了世界上第一家袜子工厂，不久法国人将这种针织机传到整个欧洲。机器生产的袜子开始代替手工生产的袜子成为欧洲人的新选择。到了19世纪，西方人用坚船利炮敲开古老中国的大门，一双双的“洋袜”漂洋过海旅行到古老中国。对此，近代启蒙思想家郑观应曾在《盛世危言》中惊呼：“洋布、洋纱、洋花边、洋袜、洋巾入中国，而女红失业。”

中国是世界上袜子第一大出口国，中国海关总署的统计数据显示，我国每年的袜子产量占全世

界的40%，2019年中国共出口袜子163亿双，出口金额为62.5亿美元。今天，百亿计的袜子正源源不断地从中国旅行到世界各地，成为各个国家和不同民族人们脚下温暖而美观的小物件。

从韈到袜，早期袜子旅行的历史迷雾

袜子是人们日常生活中离不开的足衣，又因脚踩、汗浸、鞋捂而得名“臭袜子”。与其他服饰不同，袜子穿在人们脚底，最不容易被看到，属于服饰系统中的“尾服”。与鞋相比，袜子显得不是那么重要。因此，古代文献和史籍对袜子的着墨不多，整体性忽视袜子的存在。袜子历史和研究的缺失，让早期袜子的旅行轨迹迷雾重重。

在西方，袜子最早出现在古希腊诗人赫西俄德的长诗《工作和时日》中。根据诗人的描述，那是一种用动物皮毛织就的袜子，名为皮洛伊（piloi）。在汉语中，袜，古作韈，后来才作袜。东汉刘熙《释名》中称：“韤，末也。在脚末也。”顾炎武在《日知录》中也说：“古人之袜，大抵以皮为之。”我们知道在古代，“韦”和“革”都是指皮子，其中“韦”是熟皮子，“革”是生皮子。韈的“革”字偏旁提醒人们，最早的中国韈与古希腊袜子一样，是由动物皮毛所制，韈的材质也显示出早期袜子与游牧民族的密切关系。

五代时期的马缟在《中华古今注》中记载：“三代及周，著角韈，以带系于踝。至魏文帝吴妃，乃改样以罗为之。后加以彩绣画，至今不易。至隋炀帝宫人，织成五色立凤朱锦韈靿。”也就是说，至少在汉代之前，袜子多为皮革所制。国学大师张舜徽甚至认为，这种皮革的韈本身可能就是鞋：“古之袜，盖即今俗所称长筒靴子，以皮为之，连履而成，著此不复再服布袜。”

关于韈的旅行源头，有观点认为，韈最初是从西方或者游牧民族地区旅行到农耕民族地区的。如著名历史学家吕思勉先生在《中国文化史》中就提出了“窃疑袜本亦田猎之民之服”的疑问，因为“农耕之民，在古代本是跣足的”，不需要穿袜子。跣足就是光脚，《说文解字》说：“跣，足亲地也，从足先声。”的确，古代中国人不仅倾向光脚，而且形成了一整套关于跣足的礼仪要求。由于古人席地而坐，所以，待客之道都要先脱鞋，以显示礼仪；而且，比“脱履之制”的敬重程度更高的是“跣袜之制”。在古代，如果屋里有长者或贵客，晚辈进屋，除了脱鞋，还要脱袜子，即所谓“跣袜”，不“跣袜”就是严重失礼。如《淮南子》就有“跣足上堂，跪而斟羹”的记载，说的是，媳妇侍奉公婆时要光着脚，不能穿鞋袜。

《左传》中记载了一个有名的“跣袜”故事。卫出公在藉圃建成了一座灵台，邀请大夫们在那里喝酒庆祝。一位叫褚师声子的大夫居然没有脱袜子就登上宴席。卫出公对此非常生气，褚师声子辩解说：“我和别人不一样，因为脚上生疮才不跣足。如果脱了袜子，会臭气熏天，令您作呕，因此不敢光脚。”尽管在场的大夫都为褚师声子说情，卫出公仍不高兴；然而，褚师声子还是坚持不脱袜。卫出公气得把手叉在腰上，说：“今天一定要砍断你的脚！”褚师声子听了这话，就和司寇亥坐上车子逃了出去，还说：“今天没脱袜的事情，能够落个逃亡已经很幸运了。”

大量跣足的历史记载说明，古代中国人并非人人都穿袜，袜子可能局限于特定阶层。到了明末，顾炎武还在《日知录》中说：“今之村民，往往行縢而不袜，古之遗制也。”以皮革为主的袜子最早不是农耕民族的原创，而是来自游牧民族。从考古实物来看，目前中国境内存世最早的袜子为公元前1000年的皮毡（音毡）袜，出土于今天新疆且末县的扎洪鲁克古墓群。很显然，在3000多年前，皮制的韈先在游牧地区出现，然后旅行到东方的农耕地区。

锦袜西行，丝绸之路上的中国袜子

从穿着使用上看，皮革制作的韈虽厚重保暖，但只适合在寒冷的冬季穿着。春秋季节的袜子还是以轻薄透气为好。吕思勉先生说得好："古人升堂必脱屦，脱屦则践地者为袜，立久了，未免汗湿，所以就座又必解袜。"中国是丝绸的故乡，具有轻盈、透气、亲肤等特征的丝绸自然更适合作为袜子的材质。《淮南子》中有"钧之缟也，一端以为冠，一端以为絉，冠则戴致之，絉则蹍履之"的表述，表述中不再使用革字旁的"韈"，而是绞丝旁的"絉"，为我们从一个侧面了解中国早期"丝袜"提供了依据。

考古发现也证实了秦末汉初中国人以丝绢编织袜子的事实。20世纪70年代，湖南长沙马王堆汉墓中出土了一双绛紫绢袜。这双袜子袜靿较高，靿后开口，开口处有袜带，整个袜子用绛紫绢缝制而成，袜底无缝，十分精美。随着丝织水平的提高，东汉时，还出现了织锦的袜子。为了凸显袜子的美观，人们还在袜子上织出各种汉字祝福语。这些带有祝福语的袜子不仅在中原流行，还向西旅行，现身于古代丝绸之路上。

绛紫绢袜

"延年益寿大宜子孙"锦袜

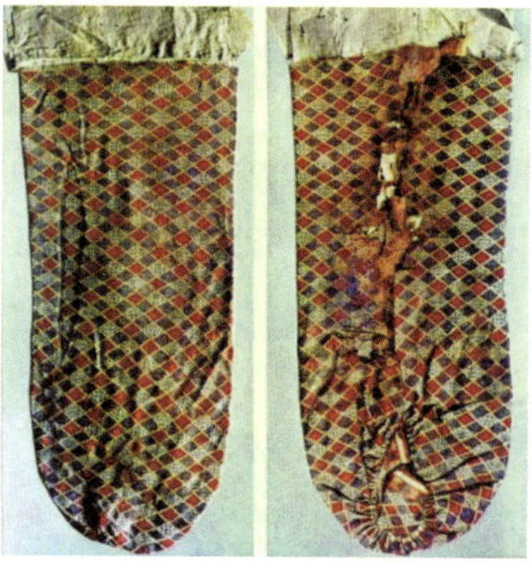

"阳"字菱纹锦女袜

1959年，新疆民丰县尼雅遗址出土了两双带有汉字图案的丝质袜子——"延年益寿大宜子孙"锦袜和"阳"字菱纹锦女袜。经考古学家断代，这两双袜子为东汉时期的衣物。其中，现藏于中国国家博物馆的"延年益寿大宜子孙"锦袜出土于尼雅河沿岸，袜子由绛、白、宝蓝、浅驼、浅橙五种颜色的丝线织成，上面散落着由汉字隶书撰写的“延年益寿大宜子孙”字样；现藏于新疆维吾尔自治区博物馆的“阳”字菱纹锦女袜出土于民丰北大沙漠一号墓，外形呈筒状，足指部分收口为圆形，长约39厘米，宽约16厘米，一端束缘，无袜跟，以绛红色为底，用白、宝蓝等丝线织成小型菱格花纹，锦边为方向相对的“阳”字纹和四瓣纹，造型端庄大方。

从今天的行政区划看，尼雅遗址隶属新疆和田地区的民丰县。历史上，这里是古代丝绸之路的要冲。从地图上看，尼雅所在的民丰县是丝路南道的必经之地。西汉时这里是西域三十六国中的精绝国，也是玄奘法师《大唐西域记》中的“尼壤城”。英国人斯坦因、美国人亨廷顿等人分别于1901年和1905年来到这里进行疯狂盗掘，他们发现了大量写有如蝌蚪般的文字的小木板和铜铁器、陶器、毛织品文物。后经研究发现，那些木板上的文字是已经失传的佉卢文。

新疆维吾尔自治区民丰县出土的汉代锦袜

佉卢文是贵霜帝国曾使用的文字，贵霜帝国是曾经存在于中亚的古代大国，它以犍陀罗（今巴基斯坦白沙瓦）为统治中心，建立起了西连罗马帝国、东接汉帝国的大帝国。历史上，贵霜人通过控制连接东西方的丝绸之路，同时与罗马和汉朝进行商贸往来，促进了丝绸之路的繁荣。佉卢文的发现，说明尼雅在当时东西方文化与商贸交流中扮演着极为重要的角色。除了袜子，中国考古学家在尼雅遗址还陆续发现了具有浓郁犍陀罗风格的佛塔、佛像木雕和蜡染棉布等文物。

在尼雅遗址发现了许多汉文化特征鲜明的丝绸织锦，如著名

“王侯合昏千秋万岁宜子孙”锦衾

“五星出东方利中国”织锦护臂

的“王侯合昏千秋万岁宜子孙”锦衾和“五星出东方利中国”织锦护臂等。我们有理由相信，书写着中国汉字的织锦袜子必定也在精绝古国的市场上出现过。在这座国际化小城里，西来的贵霜人、印度人、匈奴人和来此垦荒戍守的中原汉人彼此互通有无。轻盈透气的中国织锦袜一定是西方客商眼中的珍奇之物，是收入行囊打包起运至西方的必备货物。从时间上看，直到2世纪时，西方罗马人才有了用植物纤维织成的袜子。或许正是中国汉代织锦袜一路向西的旅行，影响了西方袜子的材质和制作工艺。

贵妃袜东渡，“香”袜子的日本旅行

“马嵬坡头，门巷幽，拾得娘娘锦袜收，开着店儿重卖酒，往来客人尽见投。聊度日，不用愁。”这是清初剧作家洪昇名作《长生殿》第三十六出《看袜》的开篇唱词。这出戏写的是在贵妃杨玉环于马嵬坡香消玉殒之后，她的一只锦袜流落民间，被当地一位开酒铺的王嬷嬷捡到。郭子仪平叛之后，长安重现太平，王嬷嬷的酒铺凭借这只贵妃袜声名鹊起，门庭若市，“远近人家，闻得有锦袜的，都来铺中饮酒，兼求看袜”。在洪昇的笔下，这只被贵妃踩在脚下的锦袜不仅“锦纹缜致，制度精工，光艳犹存，异香未散”，而且“薄衬香棉，似一朵仙云轻又软”。

大概是出于对白居易《长恨歌》中“宛转蛾眉马前死，花钿委地无人收”的杨贵妃悲惨结局的不满，唐代中后期，人们开始了对“贵妃袜”的文学想象和历史记述。诗人刘禹锡首开“贵妃袜”的传奇，他认为一位邮童获得了杨贵妃的袜子。在《马嵬行》一诗中，他写道：“履綦无复有，履组光未灭。不见岩畔人，空见凌波袜。邮童爱踪迹，私手解鞶结。传看千万眼，缕绝香不歇。”稍晚，文人李肇也在《国史补》中记载：“玄宗幸蜀，至马嵬驿，命高力士缢贵妃于佛堂前梨树下。马嵬店媪收得锦靿一只。相传过客每一借翫，必须百钱，前后获利极多，媪因至富。”相比刘禹锡诗中邮童拾袜的简单朴实和个人行为，李肇还将“贵妃袜”商品化，让一只袜子成为了发家致富的金字招牌。此后，更多文人加入到歌咏和续写“贵妃袜”的队伍中来，这双贵妃“香袜”竟以极为顽强的生命力一路穿越旅行，不仅从唐代来到清代，还从中国去到了日本。

唐代，中日文化交流频繁，白居易的《长恨歌》及同时期陈鸿的《长恨歌传》，“早在平安时代就已经传入日本，对日本历代文学、戏曲及艺术带来莫大冲击”。根据香港中文大学日本研究所吴伟明教授《日本杨贵妃传说的流变及思想史考察》一文的研究，14 世纪开始，日本出现“有文献尝试用神道教的角度重新诠释杨贵妃传说”，这种尝试将中国人眼中红颜祸水的杨贵妃变成了日本的护国神明，由此产生了整个日本民族的杨贵妃崇拜。

日本经济新闻网特约撰稿人青树明子撰文指出，对于日本人来说，知名度超群的中国美女当属杨贵妃。为此，日本山口县长门市一座名为“二尊院”的寺院内还保留着杨贵妃墓，在九州天草地区也广泛流传杨贵妃的传说。日本人认为，当年在马嵬坡死去的并非杨贵妃本人，而是她的替身。杨贵妃则在亲信帮助下漂洋过海来到日本，并在此终老。杨贵妃的故事在日本人尽皆知，贵妃袜、贵妃的服饰妆容甚至贵妃爱吃的荔枝都成为人们争相追捧的对象。换言之，贵妃袜也随着杨贵妃一同东渡日本。

在中国历代史书中，日本人没有鞋袜的跣足也就是光脚历史相当漫长。日本人的袜子（日语，足袋）伴随木屐的流行而产生，诞生时间约为 11 世纪前后。大约在 1400 年前后，日本人开始规模化生产分趾棉袜，所用的材质多依赖从中国进口的棉花。通过文献研究，周作人先生认为日本袜子源自中国，他在《日本的衣食住》一文中指出：“（日本）袜前分歧为二靫，一靫容拇指，一靫容众指。屐有如丌字者，两齿甚高，又有作反凹者。织蒲为苴，皆无墙有梁，梁作人字，以布绠或纫蒲系于头，必两指间夹持用力乃能行，故袜分作两歧。考《南史》虞玩之传，一屐着三十年，蒵断以芒接之。古乐府，黄桑拓屐蒲子履，中央有丝两头系，知古制正如此也，附注于此。”看来，无论是贵妃“香袜”的东渡，还是日本“足袋”的溯源，都证明了中国袜子向东旅行至日本的事实。

日本妇人脚穿分趾棉袜

宋元之际，中国妇女开始缠足；至明清时，缠足陋习竟成为主流习俗。缠足不仅极大残害了女性身心健康，也影响了中国袜子尤其是女袜的改良和进步。高洪兴先生在《缠足史》中指出：“袜在缠足服饰中不很重要，清代人常说古人‘不袜而缠’，即使在清代，缠足不穿袜的情况也很多。”曾经影响东亚的中国袜业，或许因此而中断了旅行世界的脚步。

皮靴西来与木屐东去——鞋的旅行记

鞋，又称足衣，是人类服饰的重要组成元素。2020 年 7 月，葡萄牙鞋业协会发布的权威报告《世界鞋业年报》数据显示，2019 年，全球共生产各类鞋 243 亿双；其中，中国鞋产量稳居世界第一，为 134.7 亿双，占全球产量的 55.5%；同年，中国出口的各类鞋为 95.3 亿双。单从出口量来看，这一年，中国差不多为每位地球人贡献了两双鞋。从鞋子消费数量排名看，美国人平均每年每人消费七双鞋，欧洲人为五双，中国人为三双。

鞋的产量如此之大，反映了人们对双脚的关怀，也反映了人们对鞋的要求从保暖御寒向审美个性的转化。追溯历史，我们发现，虽然自人猿揖别之后，直立行走的人在面对雨雪泥泞或尖锐粗粝的地面时，自然会产生保护脚的需要；但鞋的诞生要远远晚于衣服。最初，鞋的造型简单，或用柔软的兽皮，或用宽大厚实的草叶包裹双脚。随着生产力的发展，各种不同材质、不同造型的鞋开始出现，并伴随着人们的双脚旅行到世界不同的地方。

麻屩西游，跨国旅行的中国草鞋

提起中国古代的鞋，人们很容易想起“郑人买履”“张良拾履”“刘备贩履”等故事。受地理环境和资源分布的影响，早期中国，鞋的材质多为草本或丝麻，一般有履

（音屦）、屦（音巨）、屩（音绝）等称谓。其中，履是唐代以前对鞋的总称，东汉许慎《说文解字》解释说：“履，足所依也。”东汉刘熙《释名》中也说：“履，礼也，饰足所以为礼也。”由此可以看出，穿鞋在古代中国不仅关系足下舒适，更与“礼”等文化要素相关。关于履的材质，西汉扬雄在《方言》中认为：“丝作之者谓履。”

张良拾履雕像

履之外有屦，屦是草鞋的一种。《诗经》中说：“纠纠葛屦，可以履霜。”“葛屦”就是用葛草编织的简易草鞋。大概是因为屦的使用相对广泛，《周礼》中还专门设有“屦人”这样的官职，以“掌王及后之服屦”。与屦类似，屩也是草鞋。在《战国策》中，苏秦游说秦惠王失败，“去秦而归，羸滕履屩，负书担橐，形容枯槁”，可知“屩”是用于远行的草鞋。《释名》中说：“屩，草履也，出行箸之，蹻蹻轻便，因以为名。”

可不能小瞧了这种叫屦或屩的中国草鞋，唐朝初年，高僧玄奘万里西游，前往天竺求取佛经，他脚下穿的草鞋就是“麻屩”。玄奘这次彪炳史册的远行，不仅开启了中印文化交流的新高潮，也让佛陀故里的人们结识了博学多才的东方高僧。为了纪念这位来自东方的高僧，后来的印度僧侣们在寺庙墙壁上刻上玄奘穿过的草鞋和使用过的筷子、勺子，进行长期膜拜。不能不说，玄奘法师的麻屩是中国草鞋走向世界的历史见证。

麻屩西游印度的故事记录在唐代段成式的《酉阳杂俎》中：“国初，僧玄奘往五印度取经，西域敬之。成式见倭国僧金刚三昧言，尝至中天，寺中多画玄奘麻屩及匙箸，以彩云乘之，盖西域所无者。每至斋日，辄膜拜焉。”为什么印度人要膜拜玄奘的麻屩和匙箸，而不是他的袈裟或著作书籍，那位叫三昧的日本僧人没有给段成式具体答案。不过，从历史记载来看，那时的印度没有鞋子和筷子、勺子。对玄奘麻屩和匙箸的膜拜，一方面是对其主人的缅怀，另一方面可能是物以稀为贵的原因。

那么，屩是什么样子呢？从现存莫高窟第17窟的《虎伴背笈行脚僧图》、大英博物馆的《行脚僧图》及日本东京国立博物馆的《玄奘负笈图》等画作来看，这种草鞋没有完整的鞋面、鞋帮和鞋跟，仅有2～4条草绳编织的系带与鞋底相连，样子极为简朴，估计制作并非难事。当然，玄奘法师不可能只穿一双麻屩就能从长安走到天竺，他很有可能会编草鞋，或者出发前准备了充足的草鞋。说起玄奘西行，以往人们多强调印度文化对中国的影响，“麻屩西游”则从另一个角度向世人宣告，中国对印度也有实实在在的物质文化输出。

皮靴西来，胡服骑射的足上荣光

从字形上看，“鞋”字从“革”，与履、屦、屩等不同，革暗示着鞋的材料多为兽皮。中国人很早就有用皮制作的鞋，但没有靿。春秋时期，一种短靿的皮鞋旅行至中原，成为人们后来熟悉的“靴”。“靴”本作“鞾（音靴）”，是长靿（或半靿）鞋。靴最早为骑兵的配备，是方便骑马所穿的足衣。《释名》中解释说：“鞾，跨也，两足各一跨骑也。本胡服，赵武灵王服之。”也就是说，皮靴是赵武灵王在“胡服骑射”的改革中从胡地引进的。

胡服，即胡人服饰。胡人到底指哪里人呢？先秦时期，中原人将来自西方和北方的少数民族统称为“胡”；秦汉至南北朝时期，印度、大秦、波斯等西域国家也被称为胡地。因此，“胡”是一个非常宽泛的人文地理概念。关于“胡服骑射”，从地理位置上看，当时的赵国西有秦国、北有燕国，无论靴子从西还是从北旅行到赵国，都一定先经过秦国或燕国。可惜秦国和燕国对其“视而不见”，只有赵国将它“为我所用”。

胡服骑射

"胡服骑射"的首要目的是增强军队的作战能力。黄金贵先生指出，唐代以前"靴"多属军装范畴，即便有女性穿靴，也是女骑兵。

考古发掘显示，新疆地区是我国最早出现靴子的地方。1980 年，在新疆罗布泊地区的铁板河古墓中，一双距今约 3800 年的羊皮靴重见天日。这双靴子高 19 厘米，底长 27 厘米，整个靴子由靴底、靴面前部和靴后三块牛皮缝制，靴口留有侧孔，用于鞋带打结，专家们研究认定这是中国境内最早的靴子。随后，在哈密五堡古墓、罗布泊小河墓地中也出土了距今 3000 年以上的皮靴。这些皮靴不仅做工精致，而且造型也相对成熟。

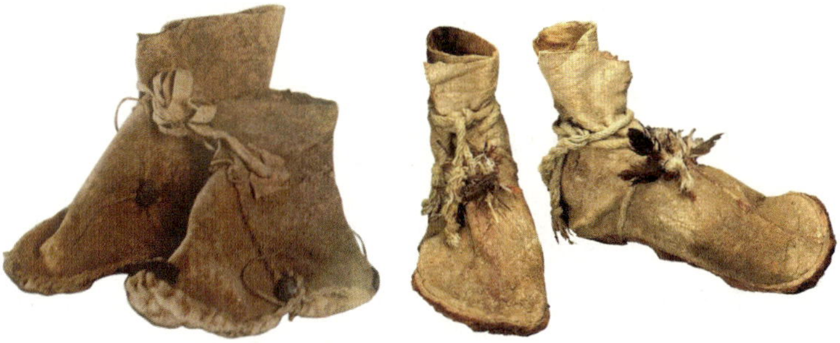

哈密五堡古墓和罗布泊小河墓地出土的皮靴

靴子之所以先诞生在以游牧生产方式为主的胡地，本身就是对自然环境的适应。在《梦溪笔谈》中，沈括对靴子的来历以及靴子在草原环境中的使用做过研究，他说："中国衣冠，自北齐以来，乃全用胡服……窄袖利于驰射，短衣长靿，皆便于涉草。"对此，任学礼先生在《汉字生命符号》一书中分析认为："北天胡地，春夏草茂，秋天天寒地冻，处处冰雪。胡人只有穿上皮靴，才能春夏踩于草而不拂衣，秋冬履冰雪而能御寒。"事实上，除了雨雪天脚蹬靴子不怕泥污之外，更重要的是士兵穿靴子便于上马骑射，下马作战也蹬地有力。从外形上看，脚着长靴，让人看上去有刚强之美。所以靴子一传入汉地，就受到人们的喜爱。

靴子在中国国内的旅行，有一个先北后南的过程。受气候、使用习惯以及南北政治对峙等因素的影响，"胡服骑射"之后，当靴子在北方逐渐流行时，魏晋时的南方人仍多穿厚底的布鞋或草鞋。随着南北交流融合的加深，靴子也慢慢被南方人接受。隋代，国家重新统一，靴子得到推广。唐代，靴子全面放开，文武百官和普通百姓都可以穿靴子。为了让靴子更符合中华民族的审美情趣，中原人还进行了大胆革新，如将低靿改为高靿、采用多种丝麻等材质制作靴子等，让靴子更加美观实用。

木屐东去，中国木鞋的日本传承

提起木鞋，人们很容易想起日本的木屐或荷兰的木鞋。的确，在今天的日本，木屐仍然十分常见，它是人们居家生活或回归传统的必备之物。在荷兰，木鞋与风车、郁金香并称三大国宝，人们不但喜欢穿木鞋，还建起木鞋博物馆，开发与木鞋相关的旅游纪念品。在英语和法语中，木鞋写作 sabot，其词根为 boot，即靴子。资产阶级革命初期，工人们为了表达不满，不时将脚上的木鞋扔进机器，以实现消极怠工的目的；所以，木鞋 sabot 又衍生出 sabotage（蓄意破坏、怠工）和 saboteur（怠工者、破坏者）等词汇。

不难看出，全世界都有木鞋的身影；但从木鞋诞生的历史和考古出土的文物实物来看，中国是木鞋的故乡，也是木鞋旅行的源头。在汉语中，木鞋被称作“屐”。《释名》中说：“屐，榰（音只）也。为两足榰以践泥也。”意思是说，“屐”这种鞋，底子前后装有两个小木齿，鞋面有帛带来固定脚，属于雨鞋，用于在泥泞中行走。南朝刘敬叔在《异苑》中认为，木屐为晋文公所发明：“介子推逃禄隐迹，抱树烧死。文公拊木哀嗟，伐而制屐。每怀割股之功，俯视其屐曰‘悲乎，足下’！足下之称，将起于此。”

从地理环境来看，木屐应当先出现在中国南方地区。南方潮湿多雨，无论是外出行走，还是水田耕作，有了能隔绝水汽的木鞋自然更好。从考古发现来看，南方出土的木屐历史也更为久远。如浙江宁波磁湖遗址（距今 5300 多年）就出土了两件新石器时代晚期的木屐。从木屐残存的样子看，均为左脚所穿，屐木扁，略呈足形，前宽后窄，出土时绳带已腐，但屐板上的小孔清晰可见。

浙江宁波磁湖遗址出土的木屐

朱然墓中出土的木屐

这说明，在5000多年前，中国南方的先祖们就已经穿上木屐了。

1984年，在安徽马鞍山市郊朱然墓中也出土了一双木屐。木屐的主人是三国吴国大将军朱然。从外形上看，屐板和屐齿由一块木板刻凿而成，屐板木胎基本呈椭圆形，长20.5厘米，宽8厘米，厚0.3厘米；屐板前后圆头，略呈椭圆形，髹黑红漆，做工精美；屐齿为前后两个；穿孔有三个。专家认为，这双木屐不仅造型优美，而且漆工艺水平也很高，具有重要的历史和文物价值。2002年1月18日，国家文物局还将其列入《首批禁止出国（境）展览文物目录》。

从木屐的发展史来看，山水诗的开创者谢灵运曾对木屐进行改进，使之更适合游览名山大川。《宋书》中记载：“灵运因父祖之资，生业甚厚……登蹑常著木履，上山则去前齿，下山去其后齿。尝自始宁南山伐木开径，直至临海，从者数百人。”有了“谢灵运”版的木屐登山鞋，“一生好入名山游”的李白受用不尽，留下“脚著谢公屐，身登青云梯”的名句。

日本与中国一衣带水，两国自汉代就有正式往来。在中国历代史书中，日本人“跣足”也就是“光脚”的历史相当漫长。除了文字记录，历朝历代的图像画作也显示日本人的确长时间“跣足”。如南朝梁萧绎所绘《职贡图》中的“倭国使者”就光着脚；在明代《万宝全书》中的插图上，日本人也上身赤裸，且双脚无鞋。

中国木屐是何时旅行到日本的呢？从现有史料看，木屐在隋代传入日本的可能性较大。隋朝建立后，日本派遣数批遣隋使学习中国的文化礼仪制度，隋炀帝也将中国服饰系统性赐予日本，还委派大臣裴清出访日本，这些举措都极大推动了包括木屐等在内的中华服饰旅行至日本。在明代李言恭所著《日本考》中，日本已经有了漆制的木屐：“上古，足多跣，首无冠。中古及今，皆设其履，名曰法吉木那。形如履，漆其上，面系其足。”在这段史料中，我们可以看出日本“法吉木那”与中国木屐的密切联系：漆身，说明为木质；面系其足，说明其造型与三国朱然墓中出土的木屐类似；其名字本身，很有可能就是“木屐”的转音。

日式木屐

在古代中国的服饰体系中，鞋的地位相对较低，《论语》说：“冠虽敝，必加于首；履虽新，必贯于足。”意思是说，帽子旧了仍可戴在头上，鞋破了却只能“弃如敝履”。虽然鞋很重要，但关于鞋的故事和记录并不多；然而，我们还是能从海量的人类交流史料中寻觅到鞋的影踪。当鞋已成为时尚的代名词，成为个性的表达方式，当中国成为世界上最大的“鞋子工厂”，今天的我们在穿鞋时，不妨也为这个陪伴我们的小器物点个赞吧。

参考文献

一、古典中文文献

（汉）司马迁 著，超生群 等校点．史记［M］．北京：中华书局，2014 年 8 月版．

（梁）释慧皎 撰，汤用彤 校注．高僧传［M］．北京：中华书局，1992 年 10 月第 1 版．

（北魏）贾思勰 著，石声汉 译．齐民要术［M］．北京：中国商业出版社，1984 年 10 月版．

（唐）玄奘 著，董志翅 译注．大唐西域记［M］．北京：中华书局，2011 年 12 月第 1 版．

（唐）慧超 著，张毅 注．往五天竺国传［M］．北京：中华书局，2004 年 7 月第 1 版．

（唐）杜环 著，张一纯 注．经行记［M］．北京：中华书局，2004 年 7 月第 1 版．

（宋）陆游．老学庵笔记［M］．北京：中华书局，1979 年 11 月第 1 版．

（宋）沈括 撰，施适 校点．梦溪笔谈［M］．上海：上海新世纪出版有限公司，2002 年版．

（五代）马缟．中华古今注［M］．北京：中华书局，2012 年版．

（宋）洪迈 著，何卓 校点．夷坚志［M］．北京：中华书局，1981 年 10 月第 1 版（全四册）．

（宋）洪迈．容斋随笔［M］．上海：上海古籍出版社，1987 年 7 月第 1 版（全二册）．

（宋）李昉，李穆，徐铉等撰，夏剑钦，张意民 校点．太平御览［M］．石家庄：河北教育出版社，1994 年版．

（宋）徐兢．宣和奉使高丽图经［M］．北京：国家图书馆出版社，2009 年版．

（宋）乐史 著，王文楚 译．太平寰宇记［M］．北京：中华书局，

2008 年版 .

（明）宋应星 著，杨维增 译 . 天工开物 [M]. 北京：中华书局，2021 年 5 月版 .

（明）文震亨 著，李瑞豪 译注 . 长物志 [M]. 北京：中华书局，2021 年 3 月版 .

（清）顾炎武 撰，黄汝成 集 . 日知录集释 [M]. 上海：上海古籍出版社，2006 年 12 月第 1 版（全二册）.

（清）徐珂 . 清稗类钞 [M]. 北京：中华书局，1984 年 12 月第 1 版（全十三册）.

二、当代中文文献

恒强 校注．杂阿含经［M］．北京：线装书局，2012年12月第1版（全九册）．

俞德浚，蔡希陶 编译，胡先骕 校订．农艺植物考源［M］．北京：商务印书馆，1936年版．

袁珂 译注．山海经全译［M］．贵阳：贵州人民出版社，1982年7月第1版．

杨荫深 编著．事务掌故丛谈［M］．上海：上海辞书出版社，2011年9月版（全九册）．

张星烺．中西交通史料汇编［M］．北京：华文出版社，2018年8月版（全六册）．

张星烺．欧化东渐史［M］．北京：商务印书馆，2015年12月版．

季羡林．糖史（一）（二）［M］．南昌：江西教育出版社，1998年6月版．

任继愈 主编．中国文化史知识丛书［M］．北京：商务印书馆，2015年12月版（全一百册）．

李学勤，冯尔康 主编．中国古代生活丛书［M］．北京：商务印书馆，1995年6月版（全一百四十册）．

周振甫．诗经译注［M］．北京：中华书局，2002年7月版．

沈从文．中国古代服饰研究［M］．北京：商务印书馆，2011年12月版．

黄金贵．中国古代文化词义集类辨考［M］．北京：商务印书馆，2016年3月版．

三、外文文献

John Gerarde, The Herball or Generall Historie of plantes[M]. London: Iohn Norton, 1597.

Samuel Hartlib , Legacy of Husbandry[M]. J. M. for Richard Wodnith 1655. .

Sara Pendergast; Tom endergast, Fashion, Costume, and Culture-Clothing, Headwear, Body Decorations, and Footwear through the ages[M]. The Gale Group, Inc. USA.

William Dampier, New voyage round the world[M]. London, 1707.

Charles Singer. A History of Technology[M]. Oxford University Press. 1954.

（古希腊）荷马 著，罗念生 译. 伊利亚特[M]. 北京：人民文学出版社，2003 年 1 月版 .

（古希腊）荷马 著，王焕生 译 . 奥德赛[M]. 北京：人民文学出版社，1997 年 5 月版 .

（古罗马）普林尼 著，李铁匠 译 . 自然史[M]. 上海：上海三联书店，2018 年 8 月版 .

（意大利）利玛窦等著，何高济 译 . 利玛窦中国札记[M]. 北京：中华书局，1983 年 3 月版 .

（法）法海昂 著，冯承钧 译 . 马可 · 波罗行记[M]. 北京：商务印书馆，2012 年 6 月版 .

（美）劳费尔 著，林筠因 译 . 中国伊朗编[M]. 北京：商务印书馆，2015 年 12 月版 .

（美）谢弗 著，吴玉贵 译 . 唐代的外来文明[M]. 北京：中国社会科学出版社，1995 年 8 月版 .

（阿拉伯）穆根来，汶江，黄倬汉 译 . 中国印度见闻录[M]. 北京：中华书局，1983 年版 .

（英）达尔文 著，周建人，叶笃庄，方宗熙 译 . 物种起源[M]. 北京：中华书局，1997 年版 .

（伊朗）阿卜杜 · 侯赛因 · 扎林库伯 著，张鸿年 译 . 波斯帝国史 [M]. 上海：复旦大学出版社，2011 年版 .

（德）李希霍芬 著，李岩，王彦会 译 . 李希霍芬中国旅行日记 [M]. 北京：商务印书馆，2016 年 6 月版 .

（英）菲利斯 · 贝内特 · 奥茨 著，江坚 译 . 西方家具演变史——风格与样式 [M]. 北京：中国建筑工业出版社，2006 年 12 月版 .

（加）潘妮 · 拉古德 著，程来飞 译 . 拿破仑的纽扣：改变历史的 16 个化学故事 [M]. 北京：北京理工大学出版社，2007 年 5 月第 1 版 .

（美）王晴佳 著，汪精玲 译 . 筷子：饮食与文化 [M]. 北京：三联书店，2019 年 2 月第 1 版 .

（日本）桑原鹭藏 著，杨炼 译 . 张骞西征考 [M]. 台北：台湾商务印书馆，1969 年版 .

（日本）一色八郎 著 . 箸の文化史 [M]. 御茶の水書房，1998 年 8 月版 .

作者简介

刘小方

男，陕西周至人，温州职业技术学院教授。国内“文化线路”遗产最早研究者之一，在《城市发展研究》《天府新论》《西藏研究》《青海民族大学学报》《宁波大学学报》《温州大学学报》《西藏民族学院学报》《旅游论坛》等CSSCI类期刊发表线性世界遗产研究论文20余篇。同时担任《中国国家地理》《百科知识》《中国西部》《四川画报》《中国旅游报》《森林与人类》《中国三峡》等杂志旅游专栏撰稿人，发表文化旅行类散文100余篇。

后　记

《器物旅行记》的写作起源于与《百科知识》杂志的结缘。2010年6月，在李小波老师的推荐下，《百科知识》编辑部王凯老师让我写一篇关于“蜀道”的科普文章。研究生阶段，我的研究方向正是“线性文化遗产”，写起来也得心应手。不久，《蜀道——古代的高速公路》一文得以刊发（文章题目调整为《古蜀栈道》）。2011年，陕西中考语文试卷以此文为内容，设置了12分的现代文阅读考题；2018年，顾之川先生的《全民阅读：阶梯文库》传统文化卷收录此文；2019年，四川遂宁中考语文试题也选用此文为现代文考题。受到鼓励后，我更加积极地投入到科普写作的道路上来，也开始了和王凯老师长达十多年的合作。

2019年初，完成了海上丝绸之路和陆上丝绸之路节点城市“地理风物”解读系列之后，面对新的选题要求，我有感于《博物志》《酉阳杂俎》《长物志》《自然史》《科技史》《中国伊朗编》《撒马尔罕的金桃》等东西方巨著对器物的关注，并从北京大学唐晓峰教授《地远车疾》一文对“轮子”的关注中获得灵感，想以身边熟悉的器物为对象，通过追溯器物旅行的路线，再现人类在更大地理尺度上的交流和交融，讲述寻常器物背后不寻常的故事。

选题确定后，我列出了第一批12篇写作计划，很快得到了王凯老师和《百科知识》杂志社的肯定。在第一篇《轮子旅行记》正文之前，我这样写道："时至今日，有一些器物已完美融入到我们的生活之中。它们能登大雅之堂，也能入寻常百姓之家。它们是如此的普通，以至于让人觉得它们的存在理所当然，无需解释。然而，它们中的每一个却并非我们生活中的原有之物：它们的到来或充满离奇，或出于偶然，或经历坎坷……让我们一起去探寻身边这些普通而又不寻常的器物旅行之路吧。"

没有想到，这个选题一写就是三年。三年中，36 篇关于器物旅行的文章受到了读者、社会和媒体的关注，部分作品摘录或全文转载于《新华文摘》《济南日报》《青年博览》《科学之友》《家教世界》等期刊、报纸，部分作品为搜狐、网易、新浪等网络平台转载。2021 年，我以《器物旅行记》为题，成功申报了浙江省科普课题，并被列为年度重点课题。

当然，在《器物旅行记》的写作中，我也越发感到写作的难度：一方面，自己的外语水平有限，仅凭英语能获得的第一手资料少得可怜，大多数对世界产生影响的器物历史当然不可能只以中英文两种文献留存，所以无法避免出现遗漏的情况，也希望更多专家、学者、读者朋友们能及时指出，帮助我们改进；另一方面，如何同时把握通俗趣味和严谨考据颇为困难，追溯器物旅行的时空过程，有时不得不引用文献，不得不站在前人研究成果的基础之上，文献原文引用又会增加阅读的困难，如何在有限的文字中取得平衡是相当有挑战性的工作。

感谢浙江省社科联的资助，感谢《百科知识》杂志社提供的平台。在本书出版过程中，王凯老师等付出了大量心血，一并感谢。书中涉及引用部分，或在文中，或在文末参考文献中有标注，限于本人知识、视野的局限，不当之处，敬请方家指正。

刘心方

2022 年 6 月 1 日